Het Koninklijk Huis

Van Herman Koch verscheen eveneens
bij Ambo|Anthos *uitgevers*

Red ons, Maria Montanelli
Eindelijk oorlog
Eten met Emma
Odessa Star
Denken aan Bruce Kennedy
Het diner
De ideale schoonzoon
Zomerhuis met zwembad
Korte geschiedenis van het bedrog
Geachte heer M.
De greppel
Makkelijk leven
Finse dagen
Een film met Sophia

Herman Koch

Het Koninklijk Huis

EEN MODERN KONINGSDRAMA

Ambo|Anthos
Amsterdam

MIX
Papier van verantwoorde herkomst
FSC® C014496

ISBN 978 90 263 5494 6

Omslagontwerp Roald Triebels, Amsterdam
Omslagillustratie © Hein Nouwens/Shutterstock
Foto auteur © Maarten Kools

Verspreiding voor België:
Veen Bosch & Keuning uitgevers nv, Antwerpen

Als ik een doek van Chagall zie,
zie ik terstond een juffrouw met knotjeshaar
die zegt jongens en meisjes dit is dus
wat de schilder als het ware droomt met zijn geestesoog
zoals het uit die viool die speelt opstijgt
en werkelijkheid wordt: de innerlijke
belevingswereld zoals de kunstenaar die ervaart
want dat paard dat vliegt niet echt door de lucht
dat begrijpen jullie wel.
Maar als ik ook iets zeggen mag,
of dat paard echt door de lucht vliegt of niet:
liever helemaal geen kunst dan Marc Chagall.

Gerard Reve, 'Liever niks' (1973)

WOORD VOORAF

Dit is geen reconstructie, daarvoor vallen er te veel gaten in de werkelijkheid. Waar de feiten het lieten afweten, is de hulp ingeroepen van de verbeelding. Veel van de hier besproken gebeurtenissen zijn inmiddels door diezelfde werkelijkheid ingehaald.

Je kunt je afvragen welk doel een koningshuis in de eenentwintigste eeuw nog dient behalve het aanleveren van verhalen. Natuurlijk inclusief de foto's in de bladen: een bruiloft, de doop van een nieuwe telg, een koninklijke uitvaart. De Engelse, Spaanse, Belgische en Nederlandse koningshuizen voorzien ruimschoots in onze behoefte aan verhalen: een blunder hier, een politieke uitglijder daar, een neergeschoten olifant, een onecht kind, een met miljoenen euro's aan gemeenschapsgeld gebouwd vakantiehuis in een ontwikkelingsland waar het gemiddelde dagloon van de plaatselijke bewoners lager ligt dan de prijs van een wc-rol bij ons.

De Scandinavische vorstenhuizen laten we hier gemakshalve buiten beschouwing: als een koningshuis een auto was, dan waren het Noorse en het Deense koningshuis tweedehands diesels met te veel kilometers op de teller om nog in binnensteden te worden toegelaten. Koningshuizen van buiten Europa zouden hier bij ons onmiddellijk van de weg worden gehaald.

Koningen, koninginnen, prinsen en prinsessen zijn geen rocksterren. Ze sterven niet op hun zevenentwintigste aan een overdosis. Het blijft bij wat slap gezwaai vanuit een koets, een been in het gips, een paar woorden van lof voor de wereldkampioen polsstokhoogspringen.

Soms blijkt een koning of koningin in het echt mee te vallen. 'Zo natuurlijk, zo gewoon,' zeggen we, terwijl we 'bijna menselijk' bedoelen. Maar welke koning na Lodewijk de Veertiende heeft er nog met zijn vuist op tafel geslagen? Wie is er gebaat bij al die tandeloze middelmatigheid?

Daarom is dit verhaal eerder uitzondering dan regel. Daarom zijn ze er ook allemaal meteen bovenop gedoken: HBO, Netflix, de naam van Steven Spielberg is al meer dan eens gevallen.

Het is natuurlijk zeer begrijpelijk, er hoeft tenslotte maar weinig te worden verzonnen. Er wordt gedacht aan een serie van tien afleveringen. Het blijft bij één seizoen, uiteraard, ook dat is begrijpelijk.

AFLEVERING 1

Op het eerste gezicht hebben koning Hendrik en koningin Margarita een goed huwelijk, al is Hendrik misschien gelukkiger met zijn vrouw dan andersom. Af en toe brengt de koningin, incognito, een bezoek aan Amsterdam om wat te winkelen in de P.C. Hooftstraat, of alleen om er even van haar vrijheid te genieten. Een ontmoeting tijdens een van die bezoeken aan de hoofdstad zal het leven van het koninklijk paar voor altijd veranderen.

De koningin sliep.

Haar man, de koning, was zachtjes, vrijwel zonder geluid te maken, uit bed gestapt en naar het raam gelopen. Daar had hij de gordijnen een klein stukje opengeschoven en naar buiten gekeken. De rode ochtendzon hing boven de boomkruinen aan het einde van de paleistuin. Een reiger zette behoedzaam een paar stappen over de betegelde rand van de hofvijver, bleef toen doodstil staan en tuurde, met zijn kop iets schuin, in het water.

Voorzichtig – hij wilde haar niet meteen wakker maken – trok de koning de gordijnen nog wat verder open, zodat een rood met goudgeel doorsneden zonnestraal op het hoofdeind van het bed viel, net naast haar slapende gezicht, het in een brede waaier over het kussen verspreide haar.

Elke ochtend verbaasde hij zich er weer over dat hij deze vrouw tot de zijne had kunnen maken. Elk uur van de dag. Vanaf het moment dat ze uit bed stapte, haar kimono aandeed en op blote voeten naar de badkamer liep, tot aan de late avond, het uur waarop ze de elastiekjes en kammetjes uit haar haar trok, het losschudde en aan haar kant het donzen dekbed terugsloeg.

In die eerste minuten van de ochtend luisterde hij naar het ruisen van de douche en sloot zijn ogen. Achter zijn oogleden schoven de beelden over elkaar heen: haar naakte lichaam, de kimono en daarna opnieuw alleen haar lichaam, onder de waterstralen. Hij zou willen dat hij een van de druppels was. Van bovenaf zou hij zich zo zachtjes mogelijk op haar gezicht laten vallen, op haar voorhoofd, haar gesloten ogen of haar lippen. Vandaar zou hij verder naar beneden stromen, eerst langs haar hals, dan een korte aarzeling bij haar sleutelbeen: aan welke kant van haar borsten zou hij zich verder naar beneden laten glijden? Links of rechts, of door het midden? Hij zette zich af, als een skispringer bovenaan de schans, en daar was hij al bij haar buik, maakte, nu meer als een bobslee in een scherpe bocht, extra vaart in de ronding van haar navel en bereikte zo het spannendste gedeelte van de afdaling.

Hij hield zijn adem in. Hier kwamen alle druppels opnieuw bijeen, werden samen weer een waterstraal. Langs de binnenkant van haar dij gleed hij verder omlaag, nam behendig de hindernis van haar knie en bereikte zo haar enkels, haar voeten. Via haar kleine teen verliet hij haar lichaam en liet zich samen met de andere druppels meevoeren naar het doucheputje.

’s Avonds, voor het naar bed gaan, verdween ze opnieuw voor

langere tijd de badkamer in. Hij wist eigenlijk niet precies wat ze daar deed. Eerst hoorde hij nog het vertrouwde geluid van de tandenborstel – ze maakte de hele cyclus van vier keer een halve minuut altijd helemaal af.

Zelf smokkelde hij vaak. Morgen, sprak hij zichzelf dan in gedachten toe. Morgen poets ik grondiger. Vandaag neem ik vrij. Zijn haast om het hygiënisch ritueel zo veel mogelijk te bekorten had te maken met zijn eigen gezicht in de spiegel, het trillen van de tandenborstel in zijn mond, zijn gebrekkige concentratie op het poetsen zelf, waardoor het tandpastaschuim al na een halve minuut over zijn kin droop. Hij vermeed het meestal om naar dat gezicht te kijken. Hij hield niet van zichzelf op zulke momenten, in het harde, op de witte tegels weerkaatsende licht van de badkamer – althans niet van zijn eigen hoofd. Het was alsof er een onoverbrugbare kloof gaapte tussen de gedachten in dat hoofd en het hoofd zelf. Alsof zijn gedachten er niet in slaagden een passende uitdrukking op zijn gezicht te toveren.

Soms zette hij de tandenborstel na nog geen halve cyclus uit, spoelde snel zijn mond en bracht zijn gezicht dichter naar de spiegel. Hij probeerde ergens aan te denken: aan iets wat er die dag was gebeurd; aan zijn vrouw; aan zijn dochter. Maar omdat hij niet echt dacht, of beter gezegd: omdat elke concrete gedachte al na een paar seconden wegfladderde, bleef zijn gezicht leeg en uitdrukkingsloos.

Andere keren bleef hij naar zichzelf kijken en probeerde hij een peinzende uitdrukking op zijn gezicht te brengen door te fronsen en zijn ogen enigszins samen te knijpen. Soms zei hij iets: 'Alles goed met je?' of: 'Dames en heren, leden van de Staten-Generaal.' Niet zo lang geleden had hij op tv een interview met een zogenaamde lachtherapeut gezien. Die beweerde dat je je humeur kon verbeteren door te lachen, zonder aanleiding te lachen, een glimlach was vaak al genoeg. Kort na deze uitzending had hij het zelf geprobeerd, en terwijl hij zijn mond in een door geen enkele emotie ondersteunde glimlach trok, voelde hij al dat hij heel even naar een andere gemoedstoestand werd getild. Maar hij wist niet goed of het door de glimlach kwam of doordat hij zichzelf plotseling zag zitten: een om niets glimlachende koning in een lege kamer, waarna hij écht moest lachen. Algauw verdwenen de lachtherapeut en zijn therapie uit zijn gedachten, en bleef de glimlach weer achterwege.

Hij trok het gordijn nog iets verder open, zodat een zonnestraal op haar gezicht viel, en liep naar het voeteneind van het bed. Op een andere ochtend had hij haar rustig laten slapen, maar vandaag wilde hij haar het liefst zo snel mogelijk recht in de ogen kijken en vragen of ze nog had gedroomd. Al zou hij beter kunnen wachten tot ze daar zelf over zou beginnen. Beter gezegd: óf ze daarover zou beginnen.

Vannacht had ze zich in haar slaap naar hem omgedraaid, ze had haar arm om zijn middel geslagen, hem stevig tegen zich aan gedrukt en iets in zijn oor gefluisterd.

'Wat zeg je?' had hij gevraagd, maar ze had niet gereageerd. Vanaf dat moment had hij de slaap niet meer kunnen vatten. Hij had niet gekeken hoe laat het was, het was in elk geval nog donker geweest. Voor zijn gevoel had hij urenlang wakker gelegen.

De koningin kreunde zachtjes, bewoog haar hoofd een paar keer van links naar rechts op het kussen en wreef toen in haar ogen.

'Hendrik...' zei ze, toen ze haar ogen opende en haar man in zijn pyjama aan het voeteneind zag staan. 'Wat is er... Hoe laat is het?'

Hij zei niets. Hij wachtte. Misschien herinnerde ze zich niets van wat er deze nacht was gebeurd. Had ze geen idee meer van wat ze hem, half of helemaal in slaap, in zijn oor had gefluisterd.

Een paar dagen geleden had hij zelf een droom gehad die hem was bijgebleven. Hij was geen voorstander van het navertellen van dromen, en al helemaal niet van het zoeken naar verborgen betekenissen. 'Ik heb zo raar gedroomd,' zei zijn vrouw soms wanneer ze nog lagen te soezen in bed – en dan zette hij zich al schrap. Meestal kwam er daarna iets over een schip, of een woestijn. Een schip of een woestijn 'waar we allemaal waren'. 'Jij was er, en Vera, mijn ouders...' Eigenlijk luisterde hij dan al niet echt meer. Zijn vrouw vertelde wat er in de droom was gebeurd, op dat schip of in die woestijn. 'We waren er allemaal wel, maar ook weer niet', en ook het schip en de woestijn waren na verloop van tijd 'niet echt een schip', 'niet echt een woestijn meer'.

Op dat punt in de droom, in de door de vorstin navertelde droom, aanbeland, voelde hij zijn oogleden al zwaar worden, hij moest oppassen dat hij niet naast haar in slaap viel. Tot slot kwam onvermijdelijk de vraag die hij het meest vreesde. 'Wat denk je, Hendrik? Wat denk je dat die droom betekent?'

Zo'n droom was die van hem niet geweest. Je hoefde niet naar de betekenis te vragen, die lag er duimendik bovenop. In zijn droom was hij op de akkers van Zeeuws-Vlaanderen op jacht, achter de lage dijk met populieren was de kerktoren van Lamswaarde zichtbaar. Tot zover niets aan de hand. Hij ging daar wel vaker jagen, zijn dromen hadden altijd een hoog realiteitsgehalte. Daarin verschilden hij en zijn vrouw. Dat gold ook bij de keuze van de series die ze op Netflix of HBO keken. Zo was Margarita totaal verslingerd aan *Game of Thrones*, terwijl hijzelf meteen was afgehaakt toen de eerste vuurspuwende draak het beeld in kwam vliegen. Daarna keek hij de serie alleen nog maar uit liefde voor Margarita, zeven seizoenen lang. En hij vond het niet eens erg. Het was heerlijk om tegen haar aan te liggen en de hele stoet onbegrijpelijke personages op het scherm voorbij te zien trekken, terwijl zij bij de gruwelijkste scènes – de zoveelste onthoofding of verbrandingsdood – een hand voor haar ogen hield.

'Kan ik alweer kijken?'

'Alleen dat paard bloedt nog dood. Maar dat zie je nu niet.'

In zijn droom had hij kort na elkaar twee fazanten uit de lucht geschoten, die met veel gefladder achter een schuurtje neerkwamen. Hij had niet, zoals gebruikelijk, de hond bij zich gehad. Zonder zich te haasten was hij, het geweer losjes om zijn schouder, naar het schuurtje toe gelopen. Maar in plaats van de fazanten trof hij daar een vrouw en een man aan. Ze zaten allebei onder het bloed, het was zonneklaar dat ze dodelijk waren geraakt. Het gezicht van de man was hem onbekend, maar toen de vrouw haar hoofd omdraaide, keek hij recht in de verschrikte ogen van zijn echtgenote.

'Hendrik, wat heb je gedaan?' vroeg ze, moeizaam ademhalend, terwijl het bloed uit haar mond en over haar kin gutste. 'We zwaaiden nog. Zag je ons niet?'

Was het een zogenaamde voorspellende droom geweest? Hij keek naar haar gezicht, ze kneep haar ogen nu samen tegen het felle zonlicht. Om de schaduw van zijn eigen gestalte over haar gezicht te laten vallen hoefde hij alleen maar een pas opzij te doen, maar hij bleef staan waar hij stond.

Hou je nog van me? Het was een vraag die de plaats van een andere vraag innam. Eentje die hij haar nooit zou stellen, als het aan hem lag, de vraag die ook beroemde voetballers nooit aan hun vrouw stelden. *Zou je ook voor mij zijn gevallen als ik…?*

'Je was nogal onrustig vannacht,' zei hij ten slotte, terwijl hij nu wel een stap opzij deed. 'Had je misschien een rare droom?'

Soms ging de koningin incognito naar Amsterdam. Dan trok ze een spijkerbroek met gaten aan, combineerde die met een leren jasje, zette een zwarte wollen ijsmuts met een wit Nike-merkje op en maakte haar vermomming compleet met een Ray-Ban-zonnebril.

De eerste keren was het nog spannend. Wat als iemand haar toch zou herkennen? Ze liet zich door haar chauffeur op de Dam afzetten en wandelde in een rustig tempo door de Kalverstraat. Soms keken mensen naar haar: ze keken eerst één keer, en daarna nog een keer, zoals je kijkt naar iemand die je ergens van denkt te kennen maar niet goed kunt plaatsen.

Het was ook altijd nog mogelijk dat ze alleen naar haar keken vanwege haar verschijning, hield ze zichzelf voor. Mannen vooral. Ze zag hun blikken, hoe die van haar leren jasje langs de gescheurde spijkerbroek omlaaggleden naar haar niet meer helemaal nieuwe witte sneakers. Ze vermoedden waarschijnlijk een mooie vrouw achter de zonnebril en onder het Nike-mutsje.

In de afgelopen tien jaar was ze maar één keer ontmaskerd. Een verkoper bij Athenaeum Boekhandel op het Spui complimenteerde haar met haar keuze, de tweede roman van een Nederlands schrijftalent.

'Mag ik u feliciteren met uw goede smaak, Majesteit?' zei hij, zo zacht dat niemand in de winkel het kon horen. Ze had heel even gedacht dat ze zou gaan blozen, daarna had ze de verkoper haar warmste glimlach geschonken, de glimlach die haar handelsmerk was geworden, er was geen tweede zoals die van haar – uitsluitend door hem haar glimlach te tonen, bevestigde ze dat de boekhandelaar het goed had gezien.

Toen ze was vertrokken, haastte de verkoper zich de trap van de boekwinkel op. 'Jullie raden nooit wie hier net was,' zei hij tegen de twee collega's die daar de kasten aan het ordenen waren.

Op de bovenverdieping was een laag en klein raam, ze moesten zich bukken om naar buiten te kunnen kijken.

'Die?' vroeg een van de collega's aan de verkoper. 'Je maakt een grapje.'

En inderdaad zag de koningin er in haar vermomming en op de rug gezien eerder uit als een meisje van zestien.

'Ze is het echt,' zei de verkoper, terwijl Margarita langs het standbeeld van het Lieverdje liep en daarna de straat overstak naar Café Luxembourg. 'Ze lachte naar me, weet je, met die glimlach, die rij witte tanden, nee, ik heb me niet vergist.'

Een enkele keer waagde de koningin zich in haar vermomming in de P.C. Hooftstraat. Hier kwam ze wel vaker om kleren te kopen, maar dan was het meestal een officieel bezoek. Een zwarte Mercedes met geblindeerde ramen stopte precies voor de deur van de winkel waar ze naar binnen wilde. De beveiligers in de volgauto stapten als eersten uit. Soms was haar komst van tevoren aangekondigd, dan sloten de verkopers een halfuur voor haar bezoek de winkel. Andere keren ging ze in een impuls. 'Laten we nog even langs de P.C. rijden,' zei ze tegen haar chauffeur na afloop van een lunch met een buitenlands staatshoofd in het Paleis op de Dam. Dan gingen de beveiligers de winkel binnen en verzochten ze de aanwezige klanten vriendelijk maar dringend om later terug te komen.

Diep in haar hart genoot de koningin van het onderdanige gedrag van de verkopers, van hoe ze soms niet goed leken te weten of ze moesten buigen of niet, de lichte paniek op hun gezicht. Maar ze maakte nooit misbruik van haar boven de gewone mensen gestelde positie. Ze deelde geen bevelen uit, snauwde niemand af. Integendeel, ze deed haar best om iedereen zo snel mogelijk op zijn of haar gemak te stellen. Zij was de koningin, dat wisten we allemaal, het was nergens voor nodig om haar natuurlijke autoriteit nog eens extra te benadrukken.

'Laten we alsjeblieft allemaal normaal blijven doen,' zei ze. 'Laten jullie me eerst maar eens wat van de nieuwe collectie zien.'

'Zo gewoon, zo normaal,' zeiden de verkopers na afloop van haar bezoek tegen elkaar. 'Wat een lieve, innemende vrouw. Waren al onze klanten maar zo welopgevoed als zij.'

In haar vermomming zag de koningin de winkelmedewerkers zoals ze werkelijk waren. Wanneer ze langzaam langs de rekken liep en haar vingers over de truitjes en blouses liet glijden, kwam er meestal al binnen een minuut een verkoopster op Margarita af die vroeg of ze haar misschien ergens mee kon helpen.

'Nee, dank u, ik kijk alleen maar,' zei ze. En in de blik van de verkoopster las ze iets van afkeuring. Het was een blik die ze nooit te zien kreeg wanneer ze in gezelschap van haar beveiligers dezelfde winkel bezocht.

Ten slotte liep ze met één of twee blouses naar een pashokje. Daar deed ze dan haar Nike-mutsje en haar zonnebril af, schudde haar haar los en haalde haar handen er snel doorheen zodat het weer in golven over haar schouders viel.

De verkoopster stond vlak achter het gordijntje op haar te wachten.

'Wat denkt u,' vroeg de koningin, 'misschien toch iets te strak? Hebt u deze ook in extra large?'

Het gezicht dat de verkoopster dan trok – daar deed ze het allemaal voor.

'Majesteit... ik wist niet, ik dacht...'

'Alstublieft, u hoeft zich niet te verontschuldigen. Ik probeer alleen maar om niet op te vallen. Dus als u nog een extra large hebt hangen, zou u me die dan willen brengen?'

De paniek op het gezicht van de verkoopster maakte plaats voor opluchting. Ook dat was iets wat de koningin niet wilde missen. Met haar koninklijke aanwezigheid kon ze zowel paniek als opluchting bij haar onderdanen teweegbrengen.

Ze keek naar het gezicht van haar man aan het voeteneind van het bed. Het was het gezicht waarop ze jaren geleden verliefd was geworden, ze wist nog altijd niet goed hoe dat mogelijk was geweest. Natuurlijk, zijn gezicht hield een belofte in. Toen ze de eerste keer aan hem was voorgesteld, op een receptie in de Nederlandse ambassade in New York, was hij nog een prins. Maar eens zou hij koning worden, en zij koningin.

Hendrik was lief en attent, hij aanbad haar. Ze was echt van hem gaan houden, van zijn lieve gezicht, zijn ogen die hij niet van haar af kon houden. Niet meteen bij die eerste ontmoeting op de ambassade, maar wel in de weken daarna – tot op de dag van vandaag.

Het was alleen onmogelijk om haar gevoelens voor hem te scheiden van het feit dat hij de koning van Nederland zou worden. Wat hij nu, terwijl hij daar aan het voeteneind van het bed stond, ook daadwerkelijk was.

Hoe hij naar haar keek… Die liefdevolle blik, in totale aanbidding, alsof hij elk moment voor haar neer kon knielen om haar hand te kussen. De eerste jaren had het nog verslavend gewerkt. Er bestond geen groter genot dan jezelf aanbeden te zien in de ogen van een ander. Zijn blik die over haar gezicht gleed, over haar lichaam. Een blik die haar van binnenuit verwarmde en deed stralen. Beter dan een spiegel. Maar de laatste jaren werd ze er ook weleens moe van, zoals je moe kunt worden van een al te aanhankelijk huisdier, een kat die om je benen draait en voortdurend op je schoot wil springen.

Hoe dan ook wilde ze dit lieve gezicht niet teleurstellen, ze wilde hem nooit iets aandoen, hem niets op de mouw spelden.

Maar het moest, er was geen ontkomen aan. Hoe zou ze hem ooit kunnen vertellen waarover ze vannacht had gedroomd?

Razendsnel zocht ze naar eerdere dromen. Een die ze de koning nog niet had verteld. Maar het was niet te doen: nadat ze ze had verteld, vervluchtigden die dromen ook meteen weer, losten in rook op.

Ze zou er ter plekke een moeten verzinnen.

'Ik liep door een gang,' begon ze. 'Een gang die eigenlijk geen gang was...'

Joseph Bosman had het meteen gezien.

Het kwam misschien wel door wat de mensen zijn 'speciale blik' noemden, zijn ongewone manier van kijken die je ook in zijn schilderijen terugvond. Hij zag de dingen in een afwijkende context. Een paard in een wei was nooit zomaar een paard, maar meteen Het Paard Door De Eeuwen Heen. Eerst in vrijheid levend in het wild, vervolgens als lastdier en trekker van de ploeg, van de postkoets, in volle galop in de voorhoede van de cavalerie, en ten slotte overbodig geworden, alleen nog dienend als vermaak, als drager van de jockey en de springruiter – en zo schilderde hij het ook.

Anderen wendden altijd als eerste hun blik af wanneer de schilder hen aankeek. Hij zag een nieuw gezicht en probeerde het helemaal in zich op te nemen, het zich in één keer toe te eigenen. Hij keek naar gezichten zoals iemand die twee dagen niet heeft gegeten naar een gedekte tafel kijkt. Dat was het misschien wat de ander zijn blik deed afwenden.

Soms probeerde hij zijn eigen blik in de spiegel te vangen, maar zo werkte het niet. Hij was eenvoudigweg niet in staat om met dezelfde intensiteit als waarmee hij naar anderen keek naar zichzelf te kijken. Hij kon niet doen alsof hij zichzelf in zich opnam en met huid en haar verslond.

Hij schoor zich zelden, meestal had hij een baard van een paar dagen of weken – wanneer het een echte baard dreigde te worden, schoor hij hem af.

Al met al was hij tevreden met zijn hoofd. Met zijn gezicht. Het deed nog het meest aan een onopgeruimde kamer denken. Een kamer waar van alles rondslingerde, waar sokken op de grond lagen, vuile borden naast het bed stonden, maar zonder dat het stoorde. Ook zonder de intense blik straalde het iets uit, iets warms en robuusts: een van een berg afgebroken rotsblok, houtblokken voor een open haard, een visnet dat wordt binnengehaald. Als hij als boot was geboren dan zou hij een trawler zijn geweest. Een trawler als die het hoogste punt van de golf bereikt en zijn boeg in een wolk van opspattend schuim weer terug in het water stort.

Ze stonden allemaal op straat voor de deur van de galerie – binnen was het te warm, te druk, de mensen stonden dicht opeengepakt te zweten. Na de verplichte toespraken, na het verplichte rondje langs de schilderijen, had iedereen zijn glas gepakt en was zo snel mogelijk naar buiten gegaan.

Hij zag het meisje als eerste, misschien wel als enige, de hoek om komen. Natuurlijk kon hij dit niet weten, maar zo voelde hij het wel. In elk geval besteedde hij meer aandacht aan haar verschijning dan de overige aanwezigen, die, inmiddels al iets luidruchtiger, de stoep en een deel van de straat bevolkten.

Eén, misschien twee seconden dacht hij inderdaad dat ze een meisje was. Ze liep met haar hoofd voorovergebogen, alsof ze uitsluitend oog had voor de stoeptegels.

Maar toen werd ze zich kennelijk bewust van de aanwezigheid van een grote groep mensen op straat. Ze richtte haar hoofd op, liet haar blik vluchtig over de voor de galerie verzamelde menigte glijden en glimlachte.

Alsof ze het gewend was, dacht hij later, alsof de glimlach haar natuurlijke reactie op menigten was en ze zich bijna had moeten bedwingen om niet te zwaaien.

Het was niet zo dat hij haar de weg versperde, hij deed hooguit een stap opzij zodat ze zou moeten uitwijken om niet tegen hem op te botsen.

'Sorry,' zei hij.

Ze keek naar hem op, hij was minstens een kop groter dan zij; de glimlach stond nog altijd op haar gezicht.

'Mag ik je vragen... Wil je misschien iets met ons drinken? Met míj drinken? Witte wijn?'

Ze had misschien een halve seconde geaarzeld, met een onderzoekende blik had ze zijn ongeschoren gezicht afgetast. Misschien had deze grote man haar wel herkend, las hij in haar blik. Hij bleef haar aankijken.

'Oké,' zei ze. 'Waarom niet? Een glas witte wijn graag, als u hebt.'

'Je,' zei hij en hij stak zijn hand naar haar uit. 'Joseph Bosman.'

Opnieuw aarzelde ze. Hij was benieuwd welke naam koningin Margarita voor haar vermomde zelf had bedacht.

'Dé Joseph Bosman?' vroeg ze. 'De schilder? Ik dacht al dat ik uw gezicht ergens van kende.'

Gedurende een kort ogenblik overwoog hij om nu al een einde aan de komedie te maken, om voor haar neer te knielen, haar hand te kussen en 'Tot uw dienst, Majesteit' te zeggen, maar daarvoor zou nog alle tijd zijn.

Ze pakte zijn hand, waarin de hare bijna in zijn geheel verdween.

'Charlie,' zei ze.

Een kwartier later schonk hij haar een tweede glas in en wandelden ze zij aan zij langs zijn schilderijen. Net zoals eerder met Het Paard Door De Eeuwen Heen, zag hij haar niet als dé koningin, maar als alle koninginnen bij elkaar. Niet wíé zij was, maar wát zij was. Er was een rechte lijn die haar met al die andere koninginnen verbond. Aan het begin stond de allereerste koningin: zij stond op van haar troon en gaf met een eenvoudig teken van haar hand te kennen dat de verrader die daar beneden, aan de voet van haar troon, door twee schildwachten in bedwang werd gehouden, kon worden onthoofd.

Aan het einde van de lijn bevond zich de koningin die nu naast hem stond, een koningin die glimlachend toekeek bij een folkloristisch dansje op Koningsdag, die een hapje nam van een aan een waslijn opgehangen plak ontbijtkoek, die ernstig keek wanneer kinderen van vluchtelingen uit een asielzoekerscentrum haar hun tekeningen van bombardementen en brandende tanks lieten zien.

Terwijl hij naast haar stond, vroeg hij zich af hoelang hij dit spelletje nog kon volhouden. Of hij haar niet moest vertellen dat hij wist wie zij was. Nu voelde hij zich een beetje een voyeur, alsof hij stiekem door een verrekijker naar een naakte vrouw op een ligstoel in een tuin keek.

Hij bekeek haar gezicht van opzij. Zij keek naar zijn schilderij: een stel dat zit te eten op een terras, hij heeft haar hand in de zijne genomen, op tafel ligt een opengeklapt doosje van een juwelier met daarin een glinsterende verlovingsring op een roodfluwelen kussentje. Op de achtergrond, aan de horizon, zien we de paddenstoelwolk van een atoomexplosie.

Hij zag het aan haar ogen, aan het puntje van haar tong, waarmee ze heel even haar bovenlip bevochtigde. Ze veinsde geen interesse. Ze keek echt.

'Het is...' begon ze. 'Ik vind het verontrustend, sorry, ik heb er geen ander woord voor. Het is vooral verontrustend omdat het zo mooi is geschilderd.'

Op vrijwel alle schilderijen was er op de achtergrond een paddenstoelwolk te zien. Dat was het verbindende thema, de rode draad van deze expositie. Ze waren eerst langs een schilderij van een kinderboerderij gelopen. Wanneer hij vroeger met zijn ouders of met de hele schoolklas de dierentuin bezocht, was de kinderboerderij altijd het eerste onderdeel dat hij wilde overslaan. Hij hoefde geen varkens, eenden en ganzen te zien, hij wilde meteen door naar de echte dieren. Het enige bijzondere van een kinderboerderij was dat de dieren er niet achter tralies zaten, maar dat je je ertussen kon begeven.

Op het schilderij had hij de setting van de kinderboerderij exact nageschilderd, en hij had de tamme dieren vervangen door wilde – hij was er speciaal voor naar Artis gegaan. De kinderen stonden nu tussen leeuwen, tijgers, een gifslang en een krokodil. Drie kinderen waren het, een jongen en twee meisjes, in jurkjes en een korte broek die eerder aan de jaren vijftig dan aan het heden deden denken. Ze voerden de leeuw een hamburger, aaiden de krokodil over zijn rug en lieten de boa constrictor met een rietje uit hun flesje cola drinken.

Het was een van de weinige schilderijen zonder paddenstoelwolk. Hoog in de lucht, boven de bomen, zag je alleen iets neerdalen aan een parachute. Ook de atoombommen op Hiroshima en Nagasaki waren aan parachutes uit een bommenwerper gegooid.

Free the Animals! was de titel van het schilderij. De aanvankelijke titel, *Little Boy Loves Animals*, had hij een paar dagen voor de opening laten vallen. Nog maar weinig mensen wisten dat de bom die op 6 augustus 1945 boven Hiroshima was afgeworpen Little Boy heette.

Het schilderij waar ze nu voor stonden, dat van een man die een vrouw ten huwelijk vraagt, had als titel *The Shockwave Will Reach Them Within 11 Seconds*. De overeenkomst tussen de schilderijen was dat niemand zich bewust leek te zijn van de atoomexplosie op de achtergrond. Niemand schonk enige aandacht aan de paddenstoelwolk die zich boven de horizon verhief.

Er was een schilderij met badgasten op een strand die een spelletje badminton spelen, de wolk verheft zich boven zee, precies nageschilderd van de kernproeven op de Bikini-atol. Op een ander stappen mensen in en uit een trein op een stationnetje tussen de weilanden. Een derde toonde een voetbalveld in een klein stadion, de scheidsrechter maakt het gebaar dat er een brancard moet komen voor een op de grond liggende, geblesseerde speler.

De atoomexplosie en de paddenstoelwolk leken deze vredige taferelen niet te beïnvloeden, alsof de mensen gewoon zouden doorgaan met hun vredigheid, er niet in het minst door werden geraakt.

'En wat is volgens jou de bedoeling van de schilder geweest?' vroeg hij, terwijl hij een zo ironisch mogelijke toon aansloeg – dat hoopte hij tenminste.

'De bedoeling...' Ze draaide haar gezicht naar hem toe, keek hem verschrikt aan.

'Ik maakte een grapje,' zei hij.

Hij keek in haar ogen, en zij keek terug. In haar blik zag hij iets onderzoekends, iets angstigs ook, alsof ze vreesde dat hij haar toch had herkend en nu alleen maar een spelletje met haar speelde.

Dat was inderdaad precies wat hij deed: een spelletje met haar spelen. Hij zou haar in de waan laten, hij wist nog niet hoelang, maar voorlopig zou hij blijven spelen dat hij hier gewoon met zomaar een vrouw langs zijn schilderijen wandelde.

'Er is geen bedoeling,' zei hij. 'Ik zou het in elk geval niet weten. Sterker nog, als ik zou weten wat mijn bedoeling was, zou ik waarschijnlijk morgen met schilderen stoppen. Ik zou niemand, ook jou niet, naar een bedoeling durven vragen. Dat zou te veel op museumles lijken.'

Er verscheen een brede glimlach op haar gezicht. 'O ja, museumles...' zei ze.

'Ja, heb je die ook gehad? Hier in Amsterdam?'

'We gingen naar het Stedelijk, ik weet het nog als de dag van gisteren, en dan zaten we met de hele klas een uur lang op de grond voor dat schilderij van Marc Chagall.'

'*De violist*! O mijn god, dat is echt verschrikkelijk.'

'Die juffrouw vroeg ons wat het betekende. Inderdaad, wat de bedóéling van de schilder was geweest. En de wijsneuzen van de klas staken dan hun vinger op en wisten van alles te melden over waarom die violist boven het dak in de lucht hing en zo. Terwijl wij alleen maar zo snel mogelijk weg wilden bij dat verschrikkelijk lelijke schilderij.'

'Ik had ook een juffrouw,' zei hij. 'Misschien hadden we wel dezelfde. Ze was best al oud, niet onaardig, typisch zo'n vrouw alleen, zonder man, die zoiets erbij doet om nog eens de deur uit te komen.'

'Ze had iets liefs, ja. Maar ook een beetje iets treurigs. Wat je zegt: eenzaam. Niet iemand op wie je als jongetje van tien zou vallen.'

Hij moest lachen. Kneep ze nu haar ogen samen? Suggereerde ze dat zij wel een vrouw was op wie een man, hij, zou kunnen vallen?

'Ik denk dat we dezelfde hadden,' zei hij, terwijl hij haar aan bleef kijken. 'In welk jaar was het, weet je dat nog? Op welke lagere school zat je?'

Te laat besefte hij dat hij haar nu via een omweg naar haar leeftijd vroeg. Niet netjes. Nooit al bij de eerste ontmoeting naar leeftijd informeren, was zijn gulden stelregel. Elke vrouw, hoe jong of oud ook, moest je het gevoel geven dat ze leeftijdloos was. Of met andere woorden: minstens tien jaar jonger dan haar werkelijke leeftijd.

'Ik zat op de Daltonschool,' zei ze. 'Die op de Apollolaan.'

'Nou ja!' zei hij. 'Ik zat op het Montessori. Daar recht tegenover, ook op de Apollolaan!'

Ze draaide niet alleen haar hoofd maar haar hele lichaam een kwartslag naar hem toe, en hij deed hetzelfde; ze keken niet meer naar het schilderij, ze keken naar elkaar.

Tijdens hun korte wandeling door de galerie had hij haar kunnen zeggen dat ze misschien beter haar zonnebril af had kunnen zetten, maar om voor de hand liggende redenen had hij dat niet gedaan. Nu vroeg hij zich af of ze alleen al daarom zou kunnen denken dat hij wist wie ze was.

Misschien speelde zij ook een spelletje met hem.

'Dan deed je ook mee aan het jaarlijkse sneeuwballengevecht, neem ik aan,' zei ze.

'Jazeker!' zei hij. 'Ik was...' Hij wilde 'Ik was een van de beste sneeuwballengooiers' zeggen, maar slikte die woorden nog net op tijd in. Ze zouden opschepperig klinken, en opscheppen was in zijn geval niet nodig. 'Ik deed altijd mee. Ik kon behoorlijk ver gooien,' voegde hij er ondanks zichzelf aan toe. 'En hard ook.'

Ze begonnen aan weerszijden van de Apollolaan, maar de afstand was te groot voor een bevredigend resultaat. Een van de twee scholen – meestal was dat het Montessori – stak de eerste rijstrook over en rukte op naar de middenberm. Maar met het dichter naderen van de Daltonschool werd al snel duidelijk welke kant over de hardste gooiers beschikte.

'Jullie waren overmoedig,' zei ze nu inderdaad. 'Jullie rukten op naar het midden, maar uiteindelijk dreven we jullie altijd terug. Tot op jullie eigen schoolplein. Dan vluchtten jullie naar binnen en probeerden jullie de deur achter je dicht te doen, maar wij waren inmiddels door het dolle heen over onze overwinning. We rukten de deur open en achtervolgden jullie met sneeuwballen tot in de lokalen om jullie in te poeieren. Er waren erbij die moesten huilen. Zo zielig! Maar eigenlijk waren jullie gewoon een stelletje watjes, natuurlijk.'

Hij moest lachen; het was waar, ze had helemaal gelijk.

Beide scholen stonden in de duurste straat van Amsterdam-Zuid, maar het Montessori was toch nog een slagje elitairder, de Dalton ietsje volkser. Hoewel 'volkser' in zo'n buurt net zo lachwekkend klonk als een acteur uit Bussum of Laren die het accent van een Amsterdamse taxichauffeur probeert na te doen.

Meer streetwise, zo zou je de leerlingen van de Daltonschool vandaag de dag misschien beter kunnen typeren. En de Montessori-leerlingen waren – ze had de typering zelf al laten vallen – inderdaad de watjes. Onevenredig veel kinderen van kunstenaars en acteurs. En nog wat kinderen van tandartsen, psychiaters en bankdirecteuren. Geen kinderen van loodgieters, timmermannen of boekhouders. De meeste leerlingen stroomden nog wel door naar het een paar straten verderop gelegen Montessori Lyceum, maar daar mislukten ze dan alsnog jammerlijk. Wie zijn eindexamen wist te halen mislukte hoe dan ook in het leven zelf. Montessori-leerlingen wisten zelden tot nooit werk te vinden, laat staan te behouden. Sommigen openden met geld van hun ouders een winkeltje met gekke, tweedehands spulletjes in de Jordaan, anderen studeerden een paar jaar kunstgeschiedenis of antropologie en gingen daarna klussen. Niet te vaak overigens, een keer of drie per jaar: als ze in hun gedeukte, tweedehands bestelauto van de bouwmarkt naar de woning met het te verbouwen keukentje reden, feliciteerden ze zichzelf met het leven dat ze leidden. Ze deden niet mee met de ratrace, waren nooit gezwicht voor een kantoorbaan uitsluitend vanwege het vaste inkomen. Ze waren vrij. Leefden het leven zoals het geleefd moest worden. Mensen die echt geld verdienden waren immers burgerlijk, slaven van de maatschappij.

'Ja, het klopt, je hebt gelijk,' zei hij. 'Het waren allemaal watjes. Wé waren allemaal watjes,' voegde hij eraan toe, terwijl hij zijn schouders ophaalde en haar verontschuldigend toelachte; hij hoopte dat hij haar zo duidelijk maakte dat hijzelf geen watje was geweest. Hij was nooit op de vlucht geslagen, hij was altijd blijven staan. Sommige van zijn medeleerlingen stopten stenen in hun sneeuwballen, maar hij speelde niet vals. In zijn grote handen kneedde hij de sneeuw tot een keiharde ijsbal – misschien nog wel harder dan een steen – en die gooide hij van grote afstand helemaal naar de overkant van de Apollolaan, precies tussen de ogen van het doelwit dat hij had uitgekozen. Huilend zakten zijn slachtoffers door de knieën, ze moesten meteen naar binnen, waren in elk geval voor de rest van het gevecht uitgeschakeld.

'Het ergste was dat jullie schoolhoofd na zo'n inval bij ons schoolhoofd kwam klagen,' zei ze. 'Dan mochten we voor straf een week niet naar buiten. In elk geval niet zolang er nog sneeuw lag.'

Het gebeurde zonder enige aankondiging vooraf. Je kon het geen herinnering noemen, het was eerder een flashback, zoals in een film. Hij zag een meisje met lang blond haar. Ze droeg een kort jasje met een bontkraag. Hij lag op zijn rug in de middenberm van de Apollolaan. Zij stond over hem heen gebogen. In haar handen een sneeuwbal zo groot als een voetbal. Hij wist niet meer of hij was gestruikeld of dat hij zich had laten vallen. Het meisje ging hem inpoeieren. Ze zou de sneeuw in zijn gezicht drukken. Hij wílde dat ze hem in zou poeieren. Hij zou zich alleen voor de vorm verzetten.

En net zoals in een film knipperde hij even met zijn ogen en verdween de flashback – hij was weer terug in de werkelijkheid.

'Je moet het me niet kwalijk nemen,' zei hij. 'Het is niet netjes om zoiets bij een eerste ontmoeting aan een mooie vrouw te vragen. Maar hoe oud ben je precies? In welke jaren zat je op de Daltonschool?'

Hij glimlachte. Indirect, in een bijna ironisch klinkende zin, had hij tegen haar gezegd dat ze een mooie vrouw was – alsof ze dat zelf niet allang wist, dacht hij het volgende moment.

'Ik ben van september 1971,' zei ze. '5 september 1971 om precies te zijn.'

Hij staarde haar aan.

'Wat is er?' vroeg ze; kennelijk zag ze iets in zijn gezicht, in zijn blik – misschien was zijn mond wel opengevallen, bedacht hij.

'Dit is ongelofelijk,' zei hij.

'Wat?'

'Ik ben ook van 5 september 1971.'

Nu was het haar beurt om hem aan te staren.

'We zijn precies even oud,' zei hij. 'Dat is… dat is…' Hij wist even niet hoe hij verder moest. Hij was bang voor een cliché. *Dat is geen toeval meer. Hoe is het mogelijk?* Aan de andere kant is het op de grote en belangrijke momenten in het leven meestal niet te doen om aan de clichés te ontsnappen. 'Ik dacht dat mijn laatste uur had geslagen,' zegt de overlevende van de ramp met de *Titanic*, nadat hij bijna twee uur in het ijskoude water heeft gedobberd en vlak voordat hij voor het laatst kopje-onder zal gaan alsnog door een reddingsboot wordt opgemerkt.

En nu werd hij door haar gered.

'Dan hebben we vast en zeker sneeuwballen naar elkaar gegooid,' zei ze. 'Misschien heb ik je wel een keer achtervolgd tot in het Montessori en moest je door het schoolhoofd worden ontzet.'

Ja, we hebben sneeuwballen naar elkaar gegooid. Je hebt me ingepoeierd. Ik lag achterover in de sneeuw en jij zat boven op me. Ik had me laten vallen. En toen, toen heb je... Toen heb ik...

Hij twijfelde of hij het haar nu moest vertellen of een andere keer. Tijdens een volgende ontmoeting. Een volgende ontmoeting waarvan hij nu al zeker wist dat die ging plaatsvinden.

'Kan ik je even storen?' vroeg de galeriehouder, die plotseling naast hem stond, en hem zo in ieder geval voorlopig van zijn dilemma verloste. 'Er zijn een paar mensen die iets willen kopen. En er is ook een journalist die je graag een paar vragen wil stellen.'

Joseph keek Margarita aan en haalde zijn schouders op.

'Ik kom eraan,' zei hij tegen de galeriehouder terwijl hij haar aan bleef kijken. 'Eén minuut.'

'We staan daar,' zei de galeriehouder en hij wees. 'Buiten bij die tafeltjes.'

'Ben je...' begon hij toen ze weer met zijn tweeën waren. 'Blijf je nog even? Ik bedoel, dit hoeft niet lang te duren.'

'Ik vind het jammer, maar ik moet er eigenlijk wel vandoor,' zei ze. 'Ik ben al laat. Ik had al bijna thuis moeten zijn.'

'Thuis'. Hij liet het woord even bezinken. Thuis was het paleis, hij wist niet eens precies welk, hij had het reilen en zeilen van het Koninklijk Huis nooit zo gevolgd. In een flits zag hij lange gangen voor zich met schilderijen aan de muur, met beeldhouwwerken. Door een van die gangen schreed een lakei die een dienblad met een theeservies droeg. In diezelfde flits klopte hij aan en liet zij hem binnen.

'Dat is goed,' zei hij. 'Ik zou alleen... Ik zou je willen vragen...'

En toen zei hij het. Hij gebruikte de zin die hij misschien niet elke dag gebruikte, maar toch op zijn minst één of twee keer per week. En op de een of andere manier was hij ook elke keer weer nieuw, net zoals een eerste kus weliswaar een kus is, maar met elke nieuwe vrouw weer anders.

'Ik zou het mezelf nooit vergeven als ik je niet zou vragen of je een keer koffie met me wilt gaan drinken,' zei hij.

Hij kende de mogelijke reacties van de vrouwen uit zijn hoofd, ze waren op de vingers van één hand te tellen. In de eerste plaats was er de regelrechte afwijzing, de afkeurende blik, waar geen misverstand over kon bestaan. Hun blik was aanvankelijk nog toeschietelijk wanneer hij ze aansprak, alsof hij hun misschien alleen maar wilde vragen hoe laat het was, maar daarna veranderde hij van vragend in ijskoud, er schoof een vlies over hun ogen, alsof hij ongevraagd door het raam bij hen naar binnen had gekeken en ze nu met een ruk de vitrages dichttrokken.

Er waren erbij – dat waren de ergste, vrouwen met wie je dan sowieso al niets meer zou willen beginnen – die hem aankeken alsof hij ze al op een plek van hun lichaam had aangeraakt waar dat zelfs bij het derde afspraakje nog ongepast was. Ze bevonden zich in een overvol café, maar keken om zich heen alsof ze in een donkere, doodlopende steeg stonden en elk moment konden gaan gillen.

Hij drong nooit aan bij een afwijzing. Nooit. Hij wilde de vrouwen die hem zo aankeken ook echt niet beter leren kennen. Je had een gouden ring op een roodfluwelen kussentje in een vitrine zien liggen, maar als je je hand in de vitrine stak om hem te pakken, viel je blik nog net op tijd op het alarmsysteem en trok je hem weer terug.

Misschien vielen ze op andere mannen. Op een ander type. Halfzachte mannen, kon hij nooit nalaten te denken. Mannen met kettinkjes om hun polsen, die beter konden dweilen dan hun vrouwen. Huismannen misschien wel.

De afwijzingen waren veruit in de meerderheid. Negen van de tien keer, schatte hij. Het was niet erg. Na negen kwam altijd tien.

'Ik heb al een vriend/ik ben getrouwd.'

Met deze reactie was de deur nog niet dichtgeslagen. Hij stond op een kier, de vrouwen hadden de deur geopend voor een onbekende, maar wisten nog niet zeker of de man met het pakje in zijn hand een echte postbezorger was of een bedrieger.

'Hij boft,' zei hij wanneer de vrouw antwoordde dat ze al een vriend had.

'Ik ook,' zei hij wanneer de vrouwen zeiden dat ze getrouwd waren.

Koffie – koffiedrinken – had een veilige, vertrouwenwekkende klank. Je wilde niet in een half verlichte kelder afspreken, maar in het volle daglicht tussen de winkelende huisvrouwen en de flexwerkers met hun laptops.

Hij had een hekel aan koffie. Niet eens zozeer aan de substantie als wel aan het idee van koffiedrinken in een openbare ruimte. Mensen die om elf uur 's ochtends koffie zaten te drinken in een Coffeecompany of Starbucks deden weinig tot niets met hun leven, was zijn ervaring, ook al zaten ze nog zo interessant en zogenaamd geconcentreerd naar hun scherm te staren.

Wanneer een vrouw met een koffieafspraak had ingestemd, belde of appte hij op het laatste moment dat er onverwachts iets tussen was gekomen maar dat hij nog wel om vier uur 's middags kon. In dat en dat café. Wist ze waar dat was? Een café om vier uur 's middags was als een half opengeslagen dekbed. Aan haar kant van het bed welteverstaan, zeker na drie of vier glazen rode wijn.

'Ik heb best honger gekregen,' zei hij na dat vierde glas. 'Misschien moeten we ergens wat gaan eten.'

Er was één ding dat hij zeker wist: mannen die zelden een vrouw wisten te versieren schepten daarover op, wilden hun verovering met zo veel mogelijk andere mannen (en soms met andere vrouwen) delen. Mannen zoals hij, voor wie de flirt een eerste levensbehoefte was, hielden doorgaans hun mond. Als anderen zeiden dat hij waarschijnlijk iedere vrouw kon krijgen die hij wilde, dat de vrouwen vast voor hem in de rij stonden, haalde hij zijn schouders op.

'Ach, dat valt wel mee,' zei hij.

En nu keek hij haar aan, zonder dat ze wist dat hij wist dat ze de koningin van Nederland was – daar ging hij tenminste van uit.

'We kunnen in het Stedelijk Museum afspreken,' zei hij. 'Er hangt daar een schilderij van mij dat ik je graag zou willen laten zien.'

AFLEVERING 2

Van niemand op de wereld houdt koning Hendrik meer dan van zijn vijftienjarige dochter, prinses Vera. Maar hij maakt zich ook zorgen om haar: zal zij nog koningin worden? Hoe kan hij haar er straks voor behoeden dat de verkeerde man op haar valt? Hendrik worstelt soms met de publieke kant van zijn bestaan. Toen hij net zo oud was als zijn dochter nu is, werd hem al een keer een blik in de fundamentele leegte van dat bestaan gegund.

'Dat is 'm,' zei prinses Vera. 'Niet meteen kijken. Die jongen met dat zwarte haar.'

Op de trappen van het lyceum hing een twintigtal leerlingen rond, zowel jongens als meisjes; het was kwart over acht in de ochtend.

Igor, haar persoonlijke beveiliger ('lijfwacht' vond ze een te groot en enigszins ouderwets woord dat haar aan 'lijfeigene' deed denken), deed of hij iets in zijn oortje hoorde – of misschien hoorde hij wel echt iets –, draaide zijn hoofd eerst langzaam naar de straat en keek om zich heen. Pas nadat hij de directe omgeving had afgespeurd, draaide hij zijn hoofd weer terug en richtte zijn blik op de trappen.

'Hij lacht nu,' zei de prinses. 'Die met die blauwe trui die staat te lachen.'

'*Copy*,' zei Igor.

Hij hield van films waarin Amerikaanse beveiligers de hoofdrol vervulden. *The Bodyguard* met Kevin Costner had hij meer dan twintig keer gezien, zo had hij prinses Vera een keer opgebiecht, maar zijn absolute favoriet was *In the Line of Fire* met Clint Eastwood. Igor was kaal. Kortgeleden had de prinses hem er een keer naar gevraagd, hoe oud hij was toen hij merkte dat hij kaal begon te worden en of hij nooit had overwogen om een beetje haar te laten groeien op de plekken op zijn schedel waar dat nog kon.

'Drieëntwintig,' had Igor geantwoord. 'En nee, nooit. Ik weet het nog goed: ik keek naar mijn hoofd in de spiegel en zag de eerste inhammen. Toen ik door mijn haren streek vielen er een heleboel in de wasbak. Op die dag heb ik alles er in één keer afgeschoren.'

'Nou, het staat je in elk geval goed,' had de prinses gezegd. 'Je hebt er het juiste hoofd voor, bedoel ik.'

'Dank u wel, Hoogheid,' had Igor geantwoord. 'Al zou u waarschijnlijk nooit een kale man als echtgenoot uitkiezen.'

Prinses Vera had gebloosd, ze had meteen door dat Igor het ook zag.

'Daar zou ik nog maar niet zo zeker van zijn,' had ze snel gezegd. 'Ik vind je een heel knappe man, Igor.'

Igor was vijfendertig. Elke dag hulde hij zich in eenzelfde soort zwart pak met een wit overhemd zonder stropdas. De Ray-Ban-zonnebril zette hij pas een halfuur na zonsondergang af, ook op herfstige dagen met regen en wind hield hij hem op. Van het doorzichtige oortje in zijn linkeroor had prinses Vera zich meer dan eens afgevraagd of het wel ergens op was aangesloten. Nergens op zijn overhemd of op de revers van zijn jasje was een microfoon te zien. Als er iets was, gebruikte hij steevast zijn telefoon.

Hij was nu al zes jaar haar persoonlijke beveiliger. Voor die tijd had hij een paar jaar op het kasteel van haar oom en tante, prins Philip en prinses Adelheid, gewerkt, voornamelijk als beveiliger van de prinses, maar daar was hij 'bijna gek' geworden, zoals hij Vera op een dag had toevertrouwd.

'Die vrouw... die vrouw,' had hij gezegd, en ze had zijn tanden horen knarsen. 'Je moet me beloven dat je hierover nooit iets aan je ouders verteld. Aan niemand.'

En dat had Vera plechtig beloofd. Ze zaten in de zwarte BMW, naarmate ze dichter bij het paleis kwamen ging Igor langzamer rijden.

'Ze stond altijd om vijf uur 's ochtends op,' vervolgde hij. 'En dat verlangde ze ook van het personeel, dat het al om vijf uur voor haar klaarstond. Ze begon met yoga, daarna ging ze een uur hardlopen. Heb je weleens goed naar het lichaam van je tante gekeken? Dat is echt veel te dun, veel te pezig. En dan haar gezicht. Je ziet alles, haar jukbeenderen steken door de huid heen, als je lang genoeg kijkt lijkt haar hoofd net de schedel van een dode die opnieuw met huid is omspannen. Wij werden allemaal gek van haar. Haar hofdames, de kokkinnen, de kamermeisjes. Wie te dicht in de buurt van een ADHD-patiënt verblijft, wordt zelf ook een soort van hyperactief. Het is als op de Duitse Autobahn. In Nederland heb je nog keurig honderd gereden en plotseling word je links en rechts gepasseerd door Audi's en Mercedessen die honderdnegentig rijden. Alsof je zelf stilstaat.

Voor haar kinderen is het trouwens ook verschrikkelijk, die hebben die hyperactiviteit rechtstreeks van hun moeder geërfd.

Ze kunnen nooit stilzitten, en het ergste is dat hun moeder ze allerlei dingen heeft verboden. Ze mochten bijvoorbeeld nooit met potloden in te felle kleuren tekenen, alleen met zwart en grijs, omdat kinderen van felle kleuren agressief zouden worden. Om diezelfde reden kregen ze ook geen suiker of vlees. Geen cola. Het was nog net geen veganisme, maar het kwam er dicht in de buurt. Ze waren echt vel over been. Ik haalde ze vaak af van school en dan nam ik ze weleens stiekem mee naar McDonald's om aan te sterken. *Speaking of* McDonald's, heb jij ook zo'n honger?'

Dit was een paar jaar geleden geweest, toen tutoyeerde Igor haar nog, ergens rond haar vijftiende was hij daar van de ene op de andere dag mee opgehouden. Aanvankelijk had prinses Vera erop aangedrongen dat hij haar zou blijven tutoyeren, maar daar wilde hij niets van weten. 'Misschien af en toe als we met zijn tweeën zijn, in de auto bijvoorbeeld,' zei hij. 'U bent nu een bijna volwassen prinses. Het hoort gewoon niet dat ik u als een kind aanspreek.'

De jongen die ze Igor had aangewezen had zijn zwarte haar niet aan de zijkanten opgeschoren zoals de meeste jongens, maar droeg het in halflange krullen. Vanuit de verte leek hij een beetje op Timothée Chalamet – maar alleen vanuit de verte.

'Hij ziet er leuk uit,' zei Igor, die zich naar haar toe had gebogen en zachtjes in haar oor sprak. 'Een beetje soft misschien. Heb ik gelijk, Hoogheid? Is hij een beetje een softie?'

'Igor!' zei de prinses op bestraffende toon, maar inwendig moest ze lachen. Igor had verstand van de jongens (van de meisjes ook trouwens), hij had haar al vaker welgemeende adviezen gegeven en sloeg de plank zelden mis. De jongen was inderdaad een softie: totdat Igor hem zo had getypeerd was dat woord nog niet bij haar opgekomen, nu zou ze het nooit meer uit haar hoofd kunnen zetten, wist ze meteen.

Ze was naar alle films geweest waarin Timothée Chalamet een rol speelde. Naar *Call Me by Your Name* samen met haar moeder.

'En?' vroeg de koningin aan haar dochter toen ze in de loge van de grote zaal van Tuschinski wachtten tot de overige toeschouwers waren vertrokken. 'Wat vond je? Wat een knappe jongen, hè?' voegde ze er nog aan toe voordat Vera antwoord had kunnen geven.

'Ja,' zei prinses Vera dromerig. 'Hij is echt heel knap.'

'En wat vond je van de film?'

Haar moeder zette haar Nike-mutsje en haar zonnebril op; ook Vera diende in het openbaar een vermomming te dragen, meestal stak ze haar lange blonde haar op en verborg het onder een witte pet van de New York Yankees. Daaronder droeg ze een bril met een groot zwart montuur en oranje glazen.

Ze had de film heel mooi gevonden, de lome Italiaanse landschappen rond het vakantiehuis hadden haar aan hun eigen vakanties doen denken. Ze was jaloers geweest op het knappe meisje dat verliefd was op Chalamet. Maar daarna had de oudere man zijn opwachting gemaakt, en alles draaide vanaf dat moment alleen nog maar om hem. Om hem en zijn liefdesaffaire met Chalamet. Ze vond de oudere man vervelend en verwaand, hij was weliswaar knap maar toch voornamelijk irritant.

'Ik weet het niet,' zei ze, terwijl ze haar witte pet en haar bril uit haar rugzakje haalde. 'Ik vond die man een beetje… oud. Ik bedoel, was dat niet raar, dat hij zo oud was?'

'Hoezo raar?'

'Ik had de hele tijd het idee dat die jongen gewoon op meisjes viel,' antwoordde prinses Vera. 'Dus in eerste instantie begreep ik het helemaal niet van die man. Ik vond het eigenlijk vooral jammer.'

'Maar vond je het niet mooi wat die vader aan het einde tegen hem zegt? Over geluk en eerste liefdes, dat vond ik prachtig.'

'Misschien wel. Maar toch vond ik het allemaal raar. Die scènes waarin hij met die man zit te kussen, ik weet dat je zo niet mag denken, maar ik vond het vooral vies. Alsof die man zich gewoon vergreep aan een mooi jongetje dat twintig jaar jonger is dan hijzelf.'

'Vera!' riep haar moeder, en ze keek even vlug of er nog toeschouwers in de loges om hen heen zaten, maar de zaal was zo goed als leeg. 'Je mag... je mag dat wel denken,' zei ze, veel zachter dan eerst, 'maar deze film laat toch vooral zien dat het allemaal niet uitmaakt. Of je eerste vakantieliefde er een is tussen een jongen en een meisje of tussen twee jongens of twee meisjes.'

'Tussen een jongen en een mán, mama. Dat is ook wat ik me afvraag. Stel dat deze film over een meisje was gegaan. Een meisje zoals ik, en dan komt er bij het vakantiehuis opeens een man van vijfendertig aanzetten die met dat meisje gaat zitten zoenen, en misschien nog wel meer, aan de oever van een of ander idyllisch meertje in Toscane. Zouden we dan net zoveel begrip hebben voor die man als nu, in deze film? Zou die vader van dat meisje dan ook zo'n prachtige monoloog hebben afgestoken over eerste liefdes en mooie ervaringen? Of had die vader die smeerlap gewoon vol op zijn bek geslagen?'

'Vera... Dat is toch helemaal niet... Dat kun je toch helemaal niet vergelijken?'

Vera voelde opeens een niet meer te bedwingen gevoel van triomf, het leek haar hele lichaam te vullen, en daarom wachtte ze nog even met antwoorden en begon eerst haar haar op te steken. Ze voelde dat ze haar moeder bijna klem had.

'Stel dat ik je op een dag vertel dat ik iets heb met Igor,' zei ze, terwijl ze haar moeder ondeugend toelachte.

'Igor! Nee, heb je iets met Igor?'

'Nee, natuurlijk niet. Ik bedoel het alleen maar als voorbeeld. Ik ben vijftien. Igor is vijfendertig. Dat is ongeveer het leeftijdsverschil tussen de man en de jongen in de film. Als jij dus in de gaten kreeg dat ik met Igor had zitten zoenen, dat ik mijn kleren had uitgetrokken aan de oever van een mooi Italiaans meertje, en dat hij me daarna overal had betast, zou jij me dan ook een mooi moederlijk verhaal hebben verteld over de schoonheid van de liefde en de eerste seksuele ervaringen? Of zou je Igor op nonactief hebben gesteld of hem meteen hebben ontslagen? Hem hebben verboden om ooit nog in mijn buurt te komen?'

'Vera... dat is niet... dat is...'

'Wat zou papa doen?' vroeg ze. Ze zette de pet en de bril met de oranje glazen op. 'Wat zou papa doen als ik hem zou vertellen dat ik met Igor was gaan zwemmen in een prachtig uitgelicht meertje ergens in de Toscaanse heuvels? Naakt. Dat hij me daarna had gekust. Overal, mama. Overal. Op mijn navel, op mijn dijen, en ook... daar. Net zoals die man in de film deed. Zou hij me feliciteren en gelukwensen met mijn liefdesleven, net als die slappe vader in de film? Of zou hij zorgen dat Igor nergens meer aan het werk kwam na zijn ontslag? Als hij hem al zou laten vertrekken voordat hij hem alle hoeken van de kamer had laten zien?'

'Vera...' zei haar moeder. 'Vera, wat zeg je allemaal?'

Plotseling moest Vera lachen.

'Wat?' zei haar moeder.

'Nee, ik stel me opeens papa voor die Igor door elkaar schudt. "Wat heb je met mijn dochter gedaan?" Sorry, mama, maar ik zie papa het niet lang volhouden tegen Igor. Als-ie het al durft...'

Ze stelde zich nu ook nog iets anders voor. Niet voor de eerste keer overigens. Igors gespierde lichaam. Hij ging vijf keer per week naar de sportschool. Soms leek het of het jasje van zijn zwarte pak boven de ellebogen bij de naden zou kunnen scheuren, zo'n spanning stond erop. Ze kon er niets aan doen, het was niet tegen te houden: in de voorstelling boog Igor zich over haar heen en kuste haar vol op haar lippen. Ze hadden geen kleren aan. Nog heel even kneep ze in zijn harde bovenarmen, alsof ze hem wilde stoppen, maar daarna gaf ze zich gewonnen. Voorzichtig maar zonder tegenspraak drong hij bij haar binnen.

Nee, Igor was lief, een aantrekkelijke man, zeker, maar al sinds jaren meer een broer dan een potentiële minnaar.

'Begrijp je een beetje wat ik bedoel, mama?' vroeg ze. 'Met wat me dwarszit aan die film, hoe mooi en goedbedoeld die misschien ook is?'

En haar moeder nam haar in haar armen.

'Soms ben ik zo trots op je,' zei ze, terwijl ze haar dochter stevig tegen zich aan drukte. 'Zo slim als je bent. En dat je je door niemand laat vertellen wat je ergens van moet vinden. Beloof je me dat je altijd zo zult blijven, lieve schat? Altijd?'

Ze nam afscheid van Igor en ging het schoolgebouw binnen. Terwijl ze de trappen op liep probeerde ze uit alle macht niet naar de jongen te kijken. Nee, hij was geen Timothée Chalamet, niet van veraf, en ook niet van dichtbij. Maar hij had wel een lief gezicht en heel mooi haar. En hij was verlegen, dat zag ze aan de manier waarop hij zijn krullen soms zo schudde dat ze over zijn voorhoofd en voor zijn ogen kwamen te hangen. Ze had zich al vaak genoeg voorgesteld hoe ze die krullen uit zijn ogen zou vegen en naar achteren zou trekken. Zijn lippen waren perfect, zijn onderlip hing een beetje naar beneden en leek altijd vochtig.

Ze wist nooit goed hoe ze het moest aanpakken. Haar positie op school leek in niets op die van de overige leerlingen. Ze behoorde niet tot de elite van populaire jongens en meisjes. Evenmin werd ze genegeerd, of erger nog: gepest. Nee, het was iets anders. Soms voelde ze zich in de gangen van het schoolgebouw als een rotsblok in een stroomversnelling: het water deed geen poging het rotsblok te verplaatsen, of het zelfs maar in beweging te brengen, het koos eieren voor zijn geld en stroomde er aan weerskanten omheen.

Iedereen wist wie ze was, daar was haar positie wel zo'n beetje mee samengevat. Je zou het respect kunnen noemen, maar dat was het niet. Eerder medelijden, dacht ze soms. Ze hadden met haar te doen om wie en wat ze was. Omdat ze niet gewoon als alle anderen kon zijn.

En ze hadden gelijk.

Ze zaten met zijn drieën aan het ontbijt; een lakei schonk thee in voor de koning en prinses Vera, en bracht een cappuccino voor de koningin.

'Zie ik het goed?' zei de koningin tegen haar dochter. 'Heb je je opgemaakt?'

Prinses Vera kreeg een kleur.

'Is het voor iemand?' vroeg haar moeder door. 'Heb je het voor iemand gedaan? Is er misschien een leuke jongen van wie wij nog niks weten?'

'Mam...' Prinses Vera bracht haar kopje naar haar mond, brandde kennelijk haar lippen en zette het met een klap weer terug op het schoteltje, waarbij er een flinke sloot thee over de rand klotste.

De koning moest eerlijk zijn tegenover zichzelf. Het was hem niet opgevallen dat zijn dochter zich had opgemaakt. Zo keek hij niet naar haar. Hij hield van de ochtenden waarop ze met zijn drieën aan tafel zaten, zoals nu aan het ontbijt, en ook 's avonds bij het avondeten. Hij genoot simpelweg van de aanwezigheid van zijn vrouw en zijn dochter. Het liefst nam hij zo min mogelijk aan de conversatie deel, hij zat daar gewoon, een flauwe glimlach op zijn gezicht, zo tevreden als een hond die ligt te soezen in de zon.

Hij zag zijn vrouw, maar tegelijkertijd ook weer niet echt. De koningin was altijd mooi, in een baljurk met een glinsterend, zilveren kroontje in haar opgestoken haar evengoed als nu aan het ontbijt, haar haar nog nat van de douche, haar nog onopgemaakte ogen. De koning zag al deze versies van zijn vrouw tegelijkertijd, legde ze over elkaar heen. Hij zag haar net zo lief met nat haar of met een witte handdoek om haar hoofd gewikkeld als een traan wegpinkend bij een herdenkingsdienst of zakdoekje leggen spelend met verstandelijk beperkte kinderen. Ze was er altijd, zonder dat hij de hele tijd naar haar hoefde te kijken. Op elk moment van de dag bevond ze zich in de periferie van zijn gezichtsveld, of ze wel of niet lijfelijk aanwezig was maakte feitelijk geen verschil. Ze was als een landschap dat je nooit met één blik wist te omvatten. Maar meer nog was ze als de zon die dat landschap bescheen.

Naar zijn dochter keek hij weer anders. Soms kneep hij zijn ogen samen zodat de buitenste randen van haar gelaatstrekken onscherp werden. Natuurlijk vond hij haar ook mooi, zoals elke vader zijn dochter mooi vindt, maar écht mooi was ze natuurlijk niet. Hij voelde elke keer wanneer hij deze gedachte toeliet een steek in zijn hart. Er waren foto's van haar waar ze helemaal goed op stond, die bij de kerstboom vorig jaar, haar gezicht perfect belicht door de kaarsen, en eentje in de sneeuw, poserend voor de skilift. Op die laatste foto droeg ze een dikke wollen muts, misschien kwam het daar wel door dat ze er zo volmaakt op stond, had de koning gedacht. Omdat je niet haar hele hoofd zag. Ze zou vaker een muts op moet zetten.

'Ja, pap, het is goed,' zei Vera wanneer haar vader haar deze foto's liet zien.

'Zie je hoe mooi je hier bent?' zei hij dan, maar het had geen zin om eromheen te draaien. Van de honderden foto's waren er inderdaad maar één of twee waar Vera bijna als bij toeval goed op stond.

'Doe weg, doe weg!' zei ze over de andere foto's. 'Alsjeblieft, ik zie er niet uit!'

De koning had de twee foto's van zijn dochter – die bij de kerstboom en die voor de skilift – laten uitvergroten en inlijsten en in zijn werkkamer laten ophangen. Maar hij merkte zijn vergissing pas op toen de minister-president een keer met zijn handen in zijn zakken naar de foto's had gekeken en had gevraagd wie dat meisje was.

'Zie je dat niet?' had de koning gevraagd, terwijl hij voelde dat hij een kleur kreeg. Van schaamte of van woede, of van allebei, dat wist hij nog even niet. 'Dat is mijn dochter. Vera.'

'Wat een mooi meisje,' zei de minister-president. 'Nee, sorry. Ik had haar echt niet herkend.'

Hierna zou het eigenlijk de beurt aan de minister-president moeten zijn om te blozen, had de koning gedacht. Maar nee, zo was de minister-president niet. Meestal lachte hij de ongemakkelijke situaties weg. En inderdaad begon hij het volgende moment te lachen. 'Ja, ja, kleine meisjes worden groot!' zei hij. 'Wat vliegt de tijd, nietwaar?'

Vanochtend aan het ontbijt keek Hendrik opnieuw naar zijn dochter. Zonder zijn ogen samen te knijpen. En nu pas zag hij wat zijn vrouw al eerder was opgevallen. Vera's wimpers waren zwarter dan normaal, en onder haar ogen had ze een dun zwart lijntje getrokken.

Wanneer had ze het voor het eerst aan hem gevraagd? Hij kon het zich niet meer precies herinneren, maar wel nog voor haar tiende, dat wist hij zo goed als zeker. Hij had met griep op bed gelegen. Zijn vrouw was ergens anders, op een liefdadigheidsdiner of bij een rondleiding door een nieuw verbouwde bibliotheek. Hij had zo'n hoge koorts dat hij nergens zin in had gehad: niet in lezen – zelfs de krant was al te veel gevraagd, de letters dansten voor zijn ogen en het nieuws zelf kwam hem nog banaler en oninteressanter voor dan anders –, maar ook niet in tv-kijken: er was 's middags toch niks en series keek hij uitsluitend samen met zijn vrouw.

Hij had alleen zijn eigen hoofd gehad, zo voelde het letterlijk, alsof zijn hoofd hem op sleeptouw nam. Hij kon er niets tegen doen, de gedachten waren sterker dan hijzelf. En eigenlijk kon je het nauwelijks gedachten noemen. Het waren over elkaar heen buitelende beelden. En wanneer hij zijn ogen sloot en even wegdoezelde, droomde hij steeds hetzelfde. Bij elk volgend dutje werd de droom naadloos voortgezet waar hij de vorige keer was geëindigd.

Een baggerschip was bezig de vaargeul in een rivier uit te diepen. Een brede rivier met uiterwaarden waarin koeien graasden. Een door en door Nederlands landschap. Elke keer dat hij even wegdommelde nam het baggeren opnieuw een aanvang. Er kwam geen einde aan. Zowel op het dek van het baggerschip als op de oevers lagen grote hopen grijze modder.

Halverwege een van die dutjes was zijn dochter de slaapkamer binnengekomen, hij had haar niet gehoord. Hij voelde alleen iets verzakken in het matras toen ze op de rand van het bed kwam zitten. In de droom dreigde hij juist van het plotseling kapseizende baggerschip af te rollen – met een schok werd hij wakker.

'Papa!' riep prinses Vera uit.

Het duurde nog een volle seconde voordat hij besefte waar hij was, nog weer een seconde later wist hij de vage contouren van een menselijke gedaante op de rand van zijn bed zodanig scherp te stellen dat hij er zijn dochter in herkende.

'Papa, ik wilde je niet laten schrikken,' zei Vera. 'Maar je praatte in je slaap. En daarnet riep je om hulp.'

'O,' zei hij, en hij wreef in zijn ogen. Hij vroeg zich af wat hij in zijn slaap kon hebben gezegd, of het misschien iets beschamends was geweest waarvan God mocht verhoeden dat het ooit zijn dochter ter ore zou komen, maar hij besloot om haar er niet direct naar te vragen. Op zijn ellebogen duwde hij zich overeind tot hij min of meer rechtop zat. 'Ik had een enge droom,' zei hij. 'Een soort nachtmerrie.'

En hij vertelde haar over het baggerschip, de vaargeul en de kluiten modder op de oevers. 'Tot zover nog niets engs,' zei hij. 'Totdat jij hier op het bed kwam zitten en ik in de rivier dreigde te vallen.'

'Ach, papa, het spijt me,' zei ze. 'Ik had voorzichtiger moeten doen.'

'Helemaal niet,' zei hij. 'Ik ben juist blij dat ik wakker ben.'

Hij wilde haar vragen wat hij had gezegd in zijn slaap en dacht na over een andere vraag, wat hem met zijn bonzende koortshoofd meer moeite kostte dan anders. Gewone ouder-kindvragen trachtte hij waar mogelijk te vermijden. *Hoe was het op school?* Nee, zo'n vraag zou hij haar nooit stellen. Welk ander antwoord dan 'Gaat wel' of 'Gewoon, saai' was daarop immers mogelijk? Ouders die zulke vragen stelden hadden geen fantasie. In elk geval geen kinderfantasie. Er was iets uit zijn kindertijd in hem bewaard gebleven, wist hij. Wat dat iets ook was, hij koesterde het als een kostbaar kleinood.

Vaak stelde hij zijn dochter helemaal geen vraag en begon hij haar gewoon iets te vertellen. Iets over zichzelf, iets wat hij die dag had meegemaakt. Of iets over zijn jeugd, dingen van lang geleden. Op de een of andere manier wist hij haar altijd te boeien. Voor je het wist, zaten ze midden in een gesprek, vertelde zij op haar beurt over dingen uit haar leven.

'Wat grappig!' zei ze dan. 'Dat heb ik een keer bijna precies zo gehad.'

Zo ging het meestal. Bewust of onbewust zocht hij naar dingen die zij ook kon hebben meegemaakt. Vergelijkbare ervaringen. Hij stelde geen vragen. Zij luisterde en kwam daarna met haar eigen verhaal. En dan luisterde hij. Van niets op de wereld kon hij meer genieten dan van naar haar luisteren.

Maar hij forceerde nooit iets. Hij vroeg haar nooit langer te blijven wanneer hij voelde dat ze genoeg verhalen had gehoord, genoeg verhalen had verteld. Wanneer ze onrustig op haar stoel begon te schuiven of haar telefoon begon te piepen. Hij zei nooit: 'Kun je niet even zonder je telefoon?', zoals veel ouders deden, wist hij, maar: 'Kijk maar even wie het is. Volgens mij heb je belangrijker dingen te doen dan met je oude vader praten.'

'Het is mijn vriendin Laura, papa,' zei ze. 'Haar vriendje heeft het net uitgemaakt. Dit moet echt even.'

Soms vertelde hij haar over zijn eigen ouders. Zowel de positieve als de negatieve dingen. Zijn vader woonde alweer jaren niet meer in het paleis, en op de een of andere manier was het makkelijker om zijn dochter over zijn vader te vertellen dan over zijn moeder. Hij wilde Vera's relatie met haar oma niet verstoren.

'Mijn vader blafte altijd het personeel af,' zei hij. 'Dan schaamde ik me dood. Nooit was het goed. Van de thee die te koud was tot de soep waar te veel zout in zat. Dat heb ik me altijd voorgenomen: dat ik personeel nooit zo zou behandelen als ik eenmaal koning was. Dat mag jij ook nooit doen, dat weet je, hè Vera? Het zijn mensen zoals jij en ik. Alleen door het toeval zijn wij boven hen gesteld, maar dat verplicht ons nog eens extra om niemand als een stuk vuil te behandelen.'

Op een middag had hij zijn dochter verteld over de eerste keer dat zijn vader hem mee uit jagen had genomen. Dat was nog gewoon op fazanten en patrijzen geweest. Later kwamen de herten en de wilde zwijnen. Vera was misschien zes of zeven toen hij haar voor het eerst over de jacht vertelde. Hoe spannend hij het had gevonden om naast zijn vader over de hei en over de akkers te lopen. De plotseling opvliegende vogels, de harde knallen van zijn vaders dubbelloopsgeweer, de hond die de buit ging halen.

Hij had moeite met het bloed gehad, dat de mooie kleuren van het verenkleed besmeurde. Soms hingen er ingewanden uit een groot gat in de buik van een vogel. Dan wendde hij zijn blik af, zeker die eerste keer.

Maar hij moest aan zichzelf toegeven dat hij het allemaal vooral erg opwindend vond. Meer dan eens beeldde hij zich in dat de hoog in de lucht passerende vogels formaties vijandelijke vliegtuigen waren. Daar deden die V-vormen hem ook heel sterk aan denken, zeker die van de trekganzen die in die tijd nog niet tot de beschermde vogelsoorten behoorden.

Te laat zag hij het gezicht van zijn dochter.

'Maar dat is toch zielig?' zei ze. 'Vind je dat dan niet zielig voor die beesten?'

Ze huilde nog niet, maar het scheelde weinig.

Hij vroeg zich af wat hij zich al vaker had afgevraagd: of het anders was geweest als hij een zoon had gehad.

Met een zoon ging je uit jagen, met een dochter niet. Was het zo simpel? Het had toch heel goed gekund dat Vera hem al op zeer jonge leeftijd zou hebben gevraagd of ze een keer mee mocht? Maar dat was nooit gebeurd. Zo was Vera niet. En omgekeerd had hij het haar ook nooit durven vragen.

'Moet je horen, Vera,' begon hij. 'Het is niet zo erg als je denkt. Van sommige dieren zijn er gewoon te veel. Die moeten worden afgeschoten, anders is er niet genoeg eten voor ze.'

Hij had het woord gebruikt zonder erbij na te denken. 'Afgeschoten'. Het was er heel natuurlijk uit gekomen, zoals het er altijd uit kwam wanneer hij met zijn jagersvrienden was.

Maar hij zag het effect op het gezicht van zijn dochter, als de echo van een schot, nagalmend over de akkers.

Ze trok even met haar mond, toen sloeg ze haar handen voor haar gezicht.

'Ik begrijp het gewoon niet,' zei ze. 'Ik begrijp het niet. Dat jij...'

Ze barstte in snikken uit.

'Vera,' zei hij, en hij strekte zijn hand naar haar uit en probeerde haar bij haar pols te pakken, maar met een ruk trok ze haar arm naar achteren. 'Vera. Het is niet zoals het lijkt. We doen niet zomaar iets. We schieten niet alleen voor onze lol op beesten. Iemand moet het doen. Anders gaan ze dood van de honger. Dat is een veel wredere dood dan een kogel.'

Hij stopte. Wist niet hoe hij verder moest. Het kwam door dat ene zinnetje. 'We schieten niet alleen voor onze lol op beesten.' Op het moment dat hij het over zijn lippen had horen komen, wist hij dat het niet waar was.

Het was andersom. Er waren soms te veel dieren, dus er moest een aantal worden afgeschoten. Dat verschafte hem en andere jagers hun vrijbrief. Het natuurlijk evenwicht ontlastte hun geweten. Een natuurlijk evenwicht waar intussen niets natuurlijks meer aan was.

We schieten niet alleen voor onze lol op beesten. Nee, niet alleen voor de lol, maar wel in de eerste plaats. Hij moest, opnieuw, eerlijk zijn tegenover zichzelf. Hij schoot uitsluitend voor zijn lol. Maar moest hij ook eerlijk zijn tegenover zijn dochter?

Koningen gingen op jacht, dat was altijd al zo geweest. Het werd doorgegeven van vader op zoon. Koningen, graven, hertogen, ze wisten elkaar allemaal te vinden. In een landhuis in de Engelse heuvels, op de hete vlakten van Castilië, in de jungle van India, op de savannen van Tanzania. Vossen, edelherten, konijnen, fazanten, tijgers en olifanten, het maakte geen verschil. Het wild hield zich schuil in het dichte tropische bladerdek of tussen het wuivende geel van het savannegras. Er was vrijwel altijd toestemming van hogerhand. Er waren te veel tijgers, ze werden een plaag, een paar weken geleden had een tijger nog twee dorpelingen gedood. Daar was hij! Daar, hij bewoog zijn kop! Toen klonk het schot. De kogel trof doel. Raak. Dood.

Misschien moest hij Vera een keer meenemen, zodat ze met eigen ogen kon zien dat het niet alleen maar bloed en wrede moordlust was. Niet meteen een drijfjacht met honden maar iets rustigs met zijn tweeën. Een weekend in Zeeuws-Vlaanderen. Samen wandelen over de akkers. Alleen een fazant of een patrijs schieten en die dan 's avonds plukken en roosteren op een open vuur.

Maar al direct aan het begin van deze voorstelling stokte er iets. De fazant die zich tussen de voren in de akker uit de voeten maakte, het klapperen van de vleugels, nog een laatste wanhopige poging om op te stijgen. Dan het schot. Een paar veertjes zouden nog enkele seconden in de lucht blijven dwarrelen, terwijl de vogel zelf ter aarde stortte. Het bloed. De kop half los van de romp. Een gat ter grootte van een tennisbal in de onderbuik. Loshangende ingewanden.

En ook het plukken daarna. Kaal zag de vogel er nog doder uit. Het vuur zou na slechts twee mislukte pogingen blijven branden. Een etentje voor twee bij zonsondergang, hij had de tafel gedekt met een wit tafelkleed, zilveren bestek, damasten servetten, wijnglazen die glinsterden in de laatste zonnestralen van de dag. Pellegrino-water voor haar, een ijskoud biertje voor zichzelf.

Maar de geroosterde vogel zou nog altijd veel te herkenbaar een vogel blijven. Een genomen leven. De fazant had misschien wel jonkies thuis, ergens in een nest. Kleine fazantjes die nu helemaal alleen waren en voor zichzelf moesten zorgen.

'Ik heb geen trek,' zou Vera zeggen en ze zou haar bord van zich afschuiven.

'Vind jij mij lelijk, papa?' had ze hem die middag dat hij met griep op bed lag gevraagd.

De vraag had hem overvallen, terwijl hij hem vrijwel elke dag had verwacht. Hij had ook allang bedacht wat hij haar zou antwoorden. Een antwoord dat met het verstrijken van de jaren aan verandering onderhevig was geweest.

Toch was hij niet voorbereid op het effect van de vraag nu hij hem voor het eerst hardop uit de mond van zijn dochter hoorde komen. De blik waarmee ze hem aankeek. Iets tussen open en gesloten in, alsof ze zelf ook niet goed wist waarop ze hoopte. Wilde ze van haar vader horen dat ze een oogverblindende schoonheid was of had ze liever dat hij haar de waarheid zou vertellen?

De koning bracht zijn verfrommelde papieren zakdoekje naar zijn ogen en deed alsof hij een hoestbui kreeg. Ondertussen dacht hij koortsachtig na. Hij keek naar haar gezicht. Soms kreeg hij al tranen in zijn ogen wanneer Vera hem alleen maar aankeek. Maar nu had ze hem deze vraag gesteld en hij kon haar niet met een halfzacht cliché het bos in sturen, dat zou ze hem nooit vergeven. *Echte schoonheid zit vooral vanbinnen. Je bent mooi zoals je bent.* Ze zou zich teleurgesteld van hem afwenden – misschien wel voorgoed. Een vader die haar ten koste van alles wilde beschermen, zelfs tegen de waarheid. Misschien was hij wel blind omdat hij zoveel van haar hield, zag hij het echt niet. Zag hij iets anders dan wat zij elke dag in de spiegel zag.

Waarschijnlijk had de griep hem overgevoelig gemaakt, minder weerbaar. Hij moest opnieuw hoesten en stevig met het zakdoekje in zijn ogen wrijven om zijn tranen te verbergen. Als hij zou gaan huilen, had hij haar zijn antwoord in feite al gegeven. Huilen kon straks nog wel, hij vermande zich. Hij moest nu vooral de sterke vader zijn.

'Kom eens,' zei hij. 'Kom eens dichter bij me zitten.'

Ze schoof naar hem toe, legde een hand op de deken, op zijn bovenbeen. *Heeft iemand iets tegen je gezegd? Heeft iemand op school een opmerking over je uiterlijk gemaakt?* vroeg hij zich af. Meisjes onder elkaar waren erger dan jongens. Ze wisten iemands zwakke plekken feilloos te vinden. En ze waren ook nooit te beroerd om de gebreken bij naam te noemen, liefst met zo veel mogelijk toeschouwers eromheen.

Hij wist hoe zijn vrouw over het uiterlijk van hun dochter dacht. Juist door het er zelden over te hebben, uitte de koningin haar teleurstelling over het feit dat vrijwel alle trekken in Vera's gezicht van haar vader afkomstig waren. Soms werden er bij een eerste kraambezoek al grapjes gemaakt. *Gelukkig lijkt ze niet op haar vader…* Maar toen al was de afwezigheid van grapjes veelzeggend.

Vera leek als twee druppels water op haar vader, al vanaf haar geboorte. Bij hem kon dit gezicht nog net door de beugel: het had hooguit iets onaanzienlijks, straalde een vriendelijk soort nietszeggendheid uit. Als een gezicht een stad was, dan was dat van de koningin het bruisende centrum en dat van de koning een grijze buitenwijk. Een buitenwijk met flatgebouwen die door geen toerist werd bezocht. Een rustig gezicht was het, dat wel. Er was niemand op straat, er was nauwelijks verkeer. Een gezicht als een zondagmiddag. Er was een overvloed aan tijd, maar er was niks te doen.

Ja, bij hem was zo'n gezicht nog wel acceptabel, er werd hooguit minder aandacht besteed aan wat hij zei. Mensen luisterden beleefd tot hij was uitgepraat en namen daarna snel de draad van hun conversatie weer op. Als concurrent op de vrouwenmarkt was hij geen serieuze partij. Mannen duldden zijn aanwezigheid, ze durfden hem gerust met hun eigen vrouw alleen te laten.

Voor haar was het een serieus probleem. In de eerste plaats in gezelschap van andere vrouwen, de 'vriendinnen' die haar er, uitsluitend om het contrast, maar al te graag bij wilden hebben.

Bepaalde mannen zagen in haar een mogelijkheid. Nietszeggende mannen, lelijke mannen, oude mannen. Zo'n vrouw zou maar wat blij zijn met welke mannelijke aandacht dan ook, redeneerden ze. Toegegeven, de vrouw in kwestie was niet bepaald mooi, ze was zelfs niet aantrekkelijk, maar ze was nog altijd een vrouw.

Maar wanneer de onderhavige man of vrouw een zekere status genoot, kwam alles op losse schroeven te staan. Een miljonair was hooguit lelijker dan andere miljonairs, maar zijn geld op de bank daalde niet in waarde.

Hetzelfde gold voor kunstenaars. Voor acteurs, filmregisseurs, schrijvers, dirigenten. Woody Allen was geen mooie man.

Een beroemd dirigent drapeerde het laatste restje haar over zijn verder kale hoofd en kreeg iedere eerste violiste die hij maar wilde in bed. Voetballers. Sommigen zagen er van zichzelf best goed uit, bovendien hadden ze stevige, voor iedereen, dus ook voor de vrouwen, zichtbare gespierde benen. Maar er waren ook kleine opdondertjes bij: trots stonden ze te glimmen naast een boomlang fotomodel. De slimsten onder hen wisten hoe het zat. Als ze als ober in een restaurant hadden gewerkt, zou het fotomodel korter naar ze hebben gekeken dan naar de vlieg op het tafelkleed.

Een prins of een prinses, een koning of een koningin, was hoe dan ook een begeerlijke partij. Niet alleen in romans of kostuumdrama's maar ook in het leven zelf. In vroeger tijden zat die begeerlijkheid hem niet alleen in de status van het ambt maar strekte die zich ook uit tot de gebiedsdelen waarover de vorst of vorstin de scepter zwaaide. Een huwelijk leidde niet zelden tot uitbreiding van het territorium – tot het samenvoegen van een of meerdere tot dan toe gescheiden wereldrijken.

Vandaag de dag was de glamour het enige wat overbleef. Een relatieve glamour, want niet iedereen was even geïnteresseerd. In alle overgebleven monarchieën van Europa werden vraagtekens bij de kosten van een koningshuis geplaatst. Het was niet eens zozeer de directe roep om een republiek, als wel al die andere dingen die je van het salaris van een koning of koningin zou kunnen doen. Niemand plaatste die vraagtekens bij het koningschap van Lodewijk de Veertiende. Dat dat nu wel gebeurde zat hem in het overbodige. In de verspilling. Zodra je de wachtlijsten in de ziekenhuizen kon wegwerken met het geld dat nu naar een koningshuis vloeide, begon de hele zaak te wankelen. Vijftig jaar geleden dacht iedereen dat de dagen van de monarchieën waren geteld. Die dagen waren nog steeds geteld, maar het duurde allemaal langer dan gedacht.

Zelf had Hendrik nog zonder al te veel vraagtekens de troon bestegen, maar vaak vroeg hij zich af of hetzelfde ook nog voor zijn dochter zou gelden. Over de toekomst van een eventueel kleinkind durfde hij niet eens na te denken. Het zou niet zo zijn dat het gepeupel met hooivorken en dorsvlegels naar de hekken van het paleis zou oprukken, dat was niet waar hij bang voor was. Het was eerder een toenemende leegte. Een leegte die hem op elk moment van de dag kon overvallen. Iets wat op hem afkwam, van heel ver, een donker, onverlicht brok steen uit een ander melkwegstelsel.

Die leegte overviel hem zelden thuis, in de aanwezigheid van zijn kleine gezin. Dan leek alles nog vanzelfsprekend. Een vader en een moeder en hun opgroeiende dochter. Ze keken tv, lazen een boek, praatten over de plannen voor de komende dag, de eerstvolgende wintersportvakantie.

Maar op de drukste dagen was het er opeens: een gat dat zich leek te openen, een vreemde stilte, alsof iemand in een verre regiekamer het geluid had weggedraaid. Hij zwaaide nog wel naar de mensen langs de kant van de weg, maar hij was al iemand anders. Of beter gezegd: ergens anders.

Een koning, dacht hij. Ik ben de koning. En naast mij zit mijn koningin.

Met de volgende gedachte opende de leegte zich al, als een kamer in een droom, een deur die opengaat, maar erachter is niets, uitsluitend duisternis.

Hadden deze mensen niets beters te doen? Waren ze zo fantasieloos dat ze niets anders konden bedenken dan hier in oranje kledij met vlaggetjes te zwaaien? Was er echt niets leukers te bedenken om je kinderen mee naartoe te nemen dan naar een zwaaiende koning in een koets?

Het was de middelmatigheid die hem tegenstond. Paradoxaal genoeg waren de langs de route opgestelde toeschouwers de laatste mensen die hij zou willen leren kennen. De volgende gedachte was dat hijzelf het middelpunt van al die middelmatigheid was.

Hij herinnerde zich een vakantie met zijn ouders aan de Costa Brava. Met een duikbril en een snorkel was hij de zee in gegaan. Eerst was alles nog gewoon als een film geweest. Een natuurfilm van David Attenborough. Zonder commentaarstem, alleen het suizen van de zee in zijn oren. Vissen in alle kleuren en maten zwommen onder hem door of schoten weg in de spleten in de rotsen.

Plotseling was het water kouder geworden. Tot dan toe was de rotsige en zanderige bodem nog gewoon zichtbaar geweest. Een meter of vijf onder hem, schatte hij. Maar nu was hij bij een soort rand aangekomen die niet meer tot de kust en het strand behoorde maar tot de zee zelf. Hij zweefde erboven, was er in feite al overheen. Beneden hem werd de zee donkerder en hij staarde in een afgrond waarvan de bodem niet te zien was.

Proestend en naar adem happend was hij boven water gekomen, hij had de duikbril van zijn gezicht gerukt en de snorkelpijp met zoveel kracht uit zijn mond getrokken dat hij even bang was dat er een paar tanden mee zouden komen. Al watertrappelend keek hij om zich heen: een windsurfer laveerde op een tiental meter van hem vandaan tussen de rotsen door, op het strand kon hij zijn ouders en zijn broer onder hun rode parasol zien zitten.

Goedbeschouwd was het niet meer dan een aanval van hoogtevrees. De plotselinge diepte van de zee. Het gevoel over de rand van de rotsige zeebodem in de afgrond te zullen vallen, door die diepte te worden opgeslokt en voor altijd te verdwijnen.

Zijn eerste aanvechting was om zo snel mogelijk naar het strand te zwemmen, of tenminste naar een plek waar hij de zeebodem weer kon zien, maar na een paar minuten werd zijn ademhaling al rustiger. Vroeger, tot zijn tiende ongeveer, was hij bang geweest voor de lege, donkere ruimte onder zijn bed. Niet eens bang dat iets of iemand zich daar verborgen hield, het was eerder een abstracte angst voor lege, donkere ruimtes in het algemeen. Met zijn kaken stijf op elkaar lag hij in zijn bed, hij wist dat er maar één remedie was om de angst te bezweren, en dat was kijken. Soms duurde het een paar minuten, vaker meer dan een uur, maar altijd haalde hij uiteindelijk een keer diep adem, vermande zich, en boog zich in één snelle beweging over de rand van zijn bed.

Nooit was er iets te zien geweest. In het zwakke schijnsel van zijn leeslampje zag hij de leegte, die er alleen maar was omdat zijn bed op poten stond. Een 'loze ruimte' werd zo'n lege, met niets gevulde en ongebruikte plek genoemd. Rond zijn tiende was hij op een briljant idee gekomen, zo vond hij zelf. Hij vroeg zijn ouders of het bed uit zijn kamer kon worden verwijderd. Voortaan zou hij op zijn matras op de vloer slapen. De toenmalige prinses en prins hadden hun wenkbrauwen opgetrokken bij het horen van dit verzoek, maar ten slotte hadden ze hem zijn zin gegeven. Intens tevreden sliep hij die eerste nacht op de grond. Hij strekte zijn armen uit en streek met zijn handen over de houten vloer. Het verwijderen van het bed had nog een onbedoeld bijeffect: zijn kamer werd er groter door, het plafond was verder weg. Maar het voornaamste gevolg was dat de angst verdween. En hij had het helemaal zelf bedacht. Hij had de angst uit zijn leven gebannen door de oorzaak – de lege en loze ruimte – weg te nemen.

Die middag in zee bleef hij nog een paar minuten watertrappelen, net zo lang tot zijn ademhaling volkomen rustig was geworden. Daarna zette hij opnieuw de duikbril op, stak zijn hoofd onder water en keek.

Daar was ze, de diepte. De verrassing was er inmiddels af. Het was nog steeds allemaal even donker en koud, maar zijn lichaam was aan de temperatuur van het water gewend geraakt. Hij sloeg geen acht meer op de vissen. Hij keek. Eerst naar de plek waar de gele rotsbodem nog gewoon te zien was, daarna verplaatste hij zijn blik naar de rand.

Het was al een stuk minder beangstigend dan een paar minuten geleden. Hij bracht zijn mond naar de oppervlakte om verse lucht in te ademen, stak zijn hoofd weer onder water en deed een paar slagen zodat hij helemaal los van de rotsbodem boven de diepte kwam te hangen.

Dat was alles. Hij voelde dat de kou bezit nam van zijn lichaam, maar hij wist dat hij maar een paar slagen terug hoefde te zwemmen en het water daar, dat eerst nog gewoon koud had geleken, zou warm aanvoelen.

Hij keek opnieuw. Het was een andere leegte dan de lege ruimte onder zijn bed. Een leegte zonder einde. Het voelde niet alsof hij boven een plek hing waar de zee dieper werd, maar alsof hij in Dé Diepte keek. Menselijk leven was daar zo goed als onmogelijk, het was waarschijnlijk niet eens de bedoeling dat mensen hier getuige van waren. Hetzelfde gevoel overviel hem zo nu en dan in een vliegtuig. Neerkijkend op de besneeuwde toppen van de Alpen, of alleen maar op een wit wolkendek. Zelfs vogels vertoonden zich niet op die hoogte.

Soms had hij dit gevoel ook tijdens zijn publieke optredens. Het moment waarop hij op Koningsdag uit de limousine stapte en alle blikken op zich wist gericht. We zijn hier, dacht hij op zulke momenten, maar we zijn hier ook weer niet.

Nog diezelfde avond, of de volgende dag, keek hij de beelden terug op tv en zag hij zijn eigen gezicht. Alsof hij daar niet hoorde te zijn, zo keek hij, alsof hij diep adem had gehaald om het daar zo lang mogelijk te kunnen uithouden. Zijn gezicht verried geen spanning of ongemak, het was eerder leeg, alsof hij er niet echt was. Alsof hij op het verkeerde feest was beland en nu zo snel mogelijk weer weg wilde – een feest voor iemand anders, of eerder nog een surpriseparty die anderen voor je hebben georganiseerd, en waar je moet blijven lachen totdat iedereen naar huis gaat.

Natuurlijk was hij zich ervan bewust dat er meer mensen naar zijn vrouw keken dan naar hem. Of dat ze in elk geval langer naar haar keken. Maar ze keken ook nooit níét naar hem, ze sloegen hem zogezegd niet over. Een koning sloeg je niet over. Je vroeg je misschien hooguit af hoe het mogelijk was dat zo'n gewone man met dit geen enkele emotie uitstralende gezicht koning had kunnen worden.

Soms stelde hij zich voor dat niemand hem herkende. Dat hij niemand was. Een gewone man die tussen de zwaaiende mensen achter de dranghekken stond. Zwaaiend naar een andere koning dan hij.

Tegenwoordig waren het vooral de gelukszoekers en de nietsnutten die op een huwbare prins of prinses afkwamen. De playboys en de golddiggers. Mannen en vrouwen zonder een eigen karakter die het heerlijk vonden om in uniform of in galajurk naast een lid van het Koninklijk Huis op het balkon van het paleis te staan. Om minzaam te zwaaien naar het juichende gepeupel op het plein. Ze hadden geen zin in een vaste baan. Voor een vrij beroep hadden ze het talent niet. Nietsdoen was hun ideaal. Een beetje jagen, een potje tennissen. Een cocktail drinken op een ligstoel naast het zwembad. Vanachter de zonnebril naar andere vrouwen of mannen kijken. Later die avond diezelfde vrouwen of mannen aanspreken. *Ik ben die en die.* Vaak was dat niet eens nodig, de meesten wisten allang wie die ander was.

Daarvoor wilde hij zijn dochter in de eerste plaats behoeden: dat de verkeerde man op haar zou vallen. Een man die al een leven lang droomde van een plekje aan de zijde van een koningin, van staatsbezoeken, van diners met andere koningen en koninginnen.

Hij kon alleen maar hopen dat hij de verkeerde man zou herkennen wanneer deze zijn opwachting aan het hof kwam maken. Zo'n man zou hij de hand van zijn dochter weigeren. 'U bent haar niet waardig, vriend. Ga heen en waag het niet om u hier ooit nog te vertonen.'

Zoals wel vaker wanneer hij dit soort dingen dacht, gingen zijn gedachten nu naar zijn eigen vrouw. In hoeverre was zij ooit de verkeerde vrouw voor hem geweest? Op zijn uiterlijk kon ze onmogelijk zijn gevallen. In het gunstigste geval was het allemaal op een combinatie van factoren terug te voeren. Zijn vriendelijkheid, zijn geduld, zijn zachtaardige karakter. In hoeverre was dat genoeg? Zou ze ook voor hem zijn gevallen als hij de hypotheekportefeuille van een middelgrote bank had beheerd? Of was het in het geval van Margarita toch ook de aantrekkingskracht van het hof geweest? Van de paleizen, de lakeien, de rijtoeren, de buitenlandse reizen, een leven in het licht van de schijnwerpers?

In een rechtvaardige, door de natuurwetten geregeerde wereld was de dochter een jongere, mooiere versie van de moeder. Omgekeerd waarschuwden mannen elkaar altijd dat je naar de moeder moest kijken als je wilde weten hoe de dochter er later uit zou komen te zien. Maar in het geval van Margarita en Vera ging deze vlieger niet op. Onder alle omstandigheden – thuis aan tafel, op het strand, zwaaiend tijdens Koningsdag, poserend op de skipiste – was Margarita de zon en Vera in het beste geval de maan die het zonlicht weerkaatste. Het was als in die margarinereclame (of was het toch boter?) van jaren geleden, waarin een jongen zijn vriendin en zijn schoonmoeder op de rug ziet en bij vergissing zijn schoonmoeder bij haar taille vastgrijpt. Zo slank, zo jong was zij immers gebleven door die margarine (of boter) haar leven lang over al haar boterhammen uit te smeren.

Margarita's schoonheid leek zich met het verstrijken van de tijd alleen maar te verdiepen. Soms verdacht de koning zijn vrouw ervan dat ze zich opzettelijk slonziger probeerde te maken in de aanwezigheid van haar dochter: geen make-up, een sweater met vlekken, haar haar ongekamd en in de war – maar het haalde allemaal niks uit, ook in een aardappelzak zou Margarita nog alle aandacht naar zich toe trekken. Vera had die luxe niet.

'Vind jij mij lelijk, papa?'

Hij drukte het papieren zakdoekje tegen zijn linkeroog, dat half dichtzat. Met zijn andere oog probeerde hij zijn dochter zo recht mogelijk aan te kijken.

'Nee,' zei hij. 'Ik vind je niet lelijk. En dat zeg ik niet alleen omdat ik je vader ben. Je bent heel erg slim, Vera. Dat straal je uit in alles: in je blik, in hoe je je beweegt, hoe je praat. Je zegt nooit te veel. Elke jongen zal gaan blozen als je hem maar lang genoeg aankijkt. Hem aankijkt zoals je bent. Ik ben eerlijk tegen je, een fotomodel zul je niet snel worden, maar mooi ben je wel. Voor wie het ziet. Ik zie het. En ik niet alleen. Ieder ander zal het ook zien.'

Vera kroop verder omhoog op zijn bed. Ze sloeg haar armen om zijn hoofd en drukte dat tegen zich aan.

AFLEVERING 3

Terwijl koningin Margarita zich opmaakt om naar haar rendez-vous met Joseph Bosman te vertrekken, denkt de koning liefdevol aan zijn grootvader, prins Arthur. Meer dan van zijn eigen vader kreeg Hendrik zijn eerste wijze levenslessen van de inmiddels achtennegentigjarige prins. En de koning krijgt bezoek van prinses Astrid. Hij houdt zijn hart vast. Het zou niet de eerste keer zijn dat de zus van de koningin onheil over zichzelf afriep.

'Ik zat te denken...' zei de koning tegen zijn vrouw, nadat prinses Vera met Igor naar school was vertrokken. 'Ik breng vanmiddag een bezoek aan de Wageningen University. Een rondleiding, gesprekken met leerlingen en docenten.' Hij haalde even diep adem, schoof zijn servetring over het tafelkleed. 'Het is niet als zodanig aangekondigd, maar zou je er wat voor voelen om met me mee te gaan?' vroeg hij. 'Het zou voor die school een enorme verrassing zijn. Ik bedoel dat het voor iedereen een verrassing is als jij ergens verschijnt. Het is alleen maar dat bezoek, verder geen verplichtingen. We kunnen na afloop gaan eten in dat Chinese restaurant in Arnhem. Gewoon met zijn tweeën.'

‘Ik ga zo dadelijk naar Amsterdam,’ zei de koningin.

‘Amsterdam? Maar je was pas nog in Amsterdam.’

De koningin sloeg even haar ogen neer, pakte toen haar koffiekopje van het schoteltje.

‘Ik heb laatst bij Natan een jurk gepast,’ zei ze, terwijl ze het kopje weer neerzette zonder te hebben gedronken. ‘Op de terugweg had ik al spijt dat ik hem niet had gekocht. Gisteren en eergisteren had ik geen tijd, maar vandaag kan ik langs die winkel gaan.’

De koning was teleurgesteld, maar probeerde dat niet te laten merken.

‘In de P.C. Hooftstraat?’ vroeg hij om zijn interesse te tonen.

Zijn vrouw keek hem aan, het leek alsof ze hem niet had gehoord, of misschien dacht ze even aan iets anders.

‘Margarita?’

‘Ja?’

‘Ik vroeg je iets. Of je die jurk in een winkel in de P.C. Hooftstraat hebt gezien.’

Ze staarde hem aan, of beter gezegd: ze keek naar zijn gezicht als naar een foto van een ver familielid van wie je niet meer weet wie het is.

‘Ja,’ zei ze, terwijl haar hand even boven het broodmandje zweefde, waar nog één minicroissant in lag. ‘Inderdaad. In de P.C. Hooftstraat.’

Nadat de koningin was vertrokken, bleef de koning nog een minuut of tien besluiteloos aan de ontbijttafel zitten. Om elf uur zou zijn broer Philip langskomen. Hij keek op zijn horloge. Sinds kort had hij een Apple Watch die zijn stappen telde, het aantal calorieën dat hij die dag had verbrand aangaf en hem elk heel uur aanmoedigde om te gaan staan en een minuut lang te blijven bewegen. 'Aanmoedigen' was eigenlijk niet het juiste woord, het was eerder dat het horloge hem bevál om op te staan. Wanneer hij gehoor gaf aan het bevel, werd de Watch heel blij en feliciteerde hem. Het was een verjaardagscadeau van Margarita en Vera geweest. In het begin had hij nog enig plezier beleefd aan het uitzoeken van alle functies, maar de laatste tijd bekroop hem het gevoel dat de Watch hem in de gaten hield en hem opdrachten gaf, waar hij zich steeds vaker met hand en tand tegen verzette.

'Nee, ik ga niet staan,' zei hij dan hardop tegen het horloge. 'En ik ga zeker niet een minuut lang geconcentreerd ademhalen!'

Het liefst zou hij zich van zijn kwelgeest bevrijden, hem afdoen en ergens opbergen in een la, waar het horloge zo lang en zo vaak als het hem beliefde opdrachten kon geven, bevelen kon uitdelen en niet-gelopen passen kon blijven bijhouden. Maar dat was onmogelijk. 'Vind je het geen leuk cadeau, papa?' had zijn slimme dochter gevraagd toen ze zijn gezicht zag bij het uitpakken. 'Ik vind het juist heel erg leuk!' had hij gezegd. 'Ik heb zo'n ding altijd al willen hebben,' voegde hij eraan toe, terwijl hij zichzelf dwong tot dezelfde glimlach die hij ook op het bordes van het Paleis op de Dam en tijdens Koningsdag op zijn gezicht toverde. 's Avonds in bed had hij nog steeds geglimlacht, het voelde alsof hij vergeten was de make-up van zijn gezicht te halen, en toen hij dan eindelijk zijn kaken ontspande, wat met een hevige pijn gepaard ging, voelde het alsof de spieren in zijn gezicht thuiskwamen van een urenlange boswandeling.

Hij had nog ruim een uur voordat prins Philip zou arriveren. Zoals altijd zag hij op tegen een bezoek van zijn broer. Liever had hij Margarita vergezeld naar Amsterdam, maar dan zou hij onmogelijk op tijd in Wageningen kunnen zijn.

Misschien moest hij even bij zijn grootvader langsgaan, die sinds een jaar of vijf een zijvleugel van het paleis bewoonde. Na de dood van zijn vrouw, de vroegere koningin Johanna, was prins Arthur eerst bij zijn dochter, koningin Mildred, ingetrokken. Maar toen Mildred een paar jaar later was afgetreden ten gunste van Hendrik, had de prins te kennen gegeven liever dicht bij zijn kleinzoon te gaan wonen. 'Ik kan hem misschien nog van dienst zijn tijdens zijn beginjaren als koning,' had hij geargumenteerd. 'Ik kan hem adviezen geven. Ongevraagde adviezen uiteraard,' had hij er met een knipoog aan toegevoegd.

Dat was de officiële reden voor zijn verhuizing, maar het was een publiek geheim dat het nooit echt had geboterd tussen de prins en zijn dochter. Hun persoonlijkheden lagen te ver uiteen. De prins met zijn sportwagens en minnaressen had nooit begrepen hoe hij zo'n saaie, rechtlijnige dochter had kunnen voortbrengen. De koning was blij met de nabijheid van zijn grootvader. Uiteraard hield hij van zijn moeder, maar de echte levenslessen, als je ze zo kon noemen, had prins Arthur hem geleerd. Dit jaar zou zijn grootvader negenennegentig worden, maar hij vertoonde nog altijd geen uiterlijke tekenen van verval, was bijzonder helder van geest en reed het liefst zonder chauffeur in zijn Range Rover Sport.

Hij voelde een tikje op zijn pols. *Tijd om te gaan staan!* las hij op de wijzerplaat van zijn Apple Watch. 'Nou, mooi niet!' zei hij hardop.

Daarna dacht hij weer aan het aanstaande bezoek van zijn broer en slaakte een diepe zucht. Soms stelde hij zich een wereld voor waarin niet zijn broer maar hijzelf als tweede zoon ter wereld was gekomen. Een enkele keer vergezelde prins Philip hem op Koningsdag. Hij had een dankbare rol, hij hoefde alleen maar de leukere, makkelijkere broer te spelen. En het was niet eens een rol. Philip was echt leuker en losser dan de koning. 'Flamboyant' was een term die regelmatig viel om zijn karakter te omschrijven. Toen ze jonger waren, was het altijd Philip die de kranten en het tv-journaal haalde met weer een in de prak gereden sportauto, een dronken, uit de hand gelopen feest waar de verkeerde liederen waren gezongen, een feest waarbij een van de aanwezigen na afloop in een gracht was beland en het niet had overleefd. En dan nog de hele rij vriendinnen voordat hij, een jaar of vijftien geleden, met zijn huidige vrouw was getrouwd en in recordtempo vier kinderen op de wereld had gezet. Fotomodellen, actrices, prinsessen, Hendrik kon hun namen niet onthouden, zo snel werden ze aan de kant gezet voor weer andere meisjes. Hoe heette dat vriendinnetje ook alweer dat in een afkickkliniek was opgenomen? Dat achttienjarige meisje dat door zijn ouders als serieuze partner was afgekeurd omdat ze voor een lingerielijn had geposeerd? En dan was er nog dat mysterieuze overlijdensgeval: een vierendertigjarige pornoactrice was dood aangetroffen in een auto die mogelijk door prins Philip was bestuurd. De zaak zou tot op de bodem worden uitgezocht, maar toen werd de verzamelde Nederlandse pers op het paleis ontboden en werd de journalisten met klem verzocht het onderzoek, in naam van het landsbelang, te staken.

De Nederlandse pers hadden hun ouders nog weten te beteugelen, maar dat gold niet voor de buitenlandse. Er verschenen grote artikelen in *Bild*, *Vanity Fair* en *Paris Match*. Er zou meer aan de hand zijn geweest. De pornoactrice zou met een 'explosief verhaal' naar buiten hebben willen treden. Voor geld. Vanuit kringen rond het Koninklijk Huis zou haar een hoger bedrag zijn geboden. De auto, een zwarte Porsche met open dak, stond aan het einde van een doodlopende weg op de Hoge Veluwe geparkeerd. Niets wees op een ongeluk. Mogelijk was de actrice overleden aan een overdosis, maar ook daar werd nooit sluitend bewijs voor geleverd. Het autopsierapport zou door onbekenden uit het ziekenhuis zijn ontvreemd.

In alles leek Philip meer op zijn grootvader dan Hendrik. Ook prins Arthur had minstens drie sportauto's total loss gereden. Hij had een noodlanding met een sportvliegtuigje overleefd: het vliegtuig was op zijn kop in een maïsveld terechtgekomen; de door een toevallig aanwezige amateurfotograaf gemaakte foto's van de prins tussen de maïskolven waren de wereld over gegaan. Prins Arthur had smeergeld aangenomen om een nieuw model Duitse tank aan het Nederlandse leger te slijten. Zijn jachtpartijen op bedreigde diersoorten in Afrika waren legendarisch – het was een tijd waarin je dat soort dingen als lid van een koningshuis nog gewoon kon doen. Een onbezorgde tijd waarin het poseren boven op een gedode olifant nog gewoon een still uit een *Indiana Jones*-achtige avonturenfilm was. En dan waren er dus de vrouwen. Tientallen waren het er geweest, zo niet honderden. Ze smolten voor zijn Spaans, voor zijn Nederlands en Engels met een Spaans accent. In de bladen verschenen de gebruikelijke, met telelenzen genomen foto's. Het achterdek van een jacht ergens op de Middellandse Zee, prins Arthur met zijn arm losjes om het topless bovenlijf van een dertig jaar jongere Franse hertogin. Prins Arthur die een wereldberoemde Amerikaanse filmster van de duikplank af duwde. In documentaires over het Koninklijk Huis ontbraken ook zelden de beelden van de prins met zonnebril die buiten een bekende nachtclub in Los Angeles een fotograaf te lijf ging.

'Weet je wat het is?' had zijn grootvader tegen Hendrik gezegd toen hij de net zestien geworden prins had meegenomen naar de 24 uur van Daytona. 'Je moet altijd een gezicht blijven trekken alsof de wereld je voornamelijk amuseert. Alsof je het allemaal één grote grap vindt. Kruip je uit een wrak – van een boot, een vliegtuig, een sportauto –, blijf altijd glimlachen. Zet allereerst je zonnebril recht en vraag om een sigaret.'

Na Daytona waren ze naar Mexico gevlogen. In een klein stadje op vijftig kilometer van Guadalajara hadden ze een stierengevecht bijgewoond. Meer dan een klassiek stierengevecht was het een soort volksfeest geweest, waarbij de mannen uit het publiek werden aangemoedigd om hun mannelijkheid te tonen en zich met de stieren te meten. 'What the fuck,' had prins Arthur gezegd, en daarna was hij over de houten afscheiding van de tribune gesprongen. 'Niet aan je moeder vertellen,' voegde hij Hendrik toe, toen hij zijn hand uitnodigend naar zijn kleinzoon uitstak. 'Kom, Hendrik, dit is kicken, ik garandeer het je.'

Maar Hendrik was in tranen uitgebarsten. Omdat zijn grootvader hem stevig bij zijn pols had vastgepakt en hem over de afscheiding probeerde te trekken, zag prins Arthur de stier niet aankomen. Het was een nog jonge stier, het was misschien het verschil tussen aangereden worden door een personenauto of door een vrachtwagen. De stier kreeg zijn hoorns onder het achterwerk van de prins en slingerde hem een paar meter de lucht in.

'Opa! Opa!' riep Hendrik, nadat zijn grootvader met een smak was neergekomen op het zand van de arena en niet meer bewoog. Mexicanen met rode en paarse lappen probeerden de stier af te leiden, maar konden niet verhinderen dat deze met zijn kop – en met zijn hoorns – nog een paar keer op de rug van de prins inbeukte.

Op de brancard waarop hij naar de ambulance werd gedragen, glimlachte prins Arthur niet. Hij zette ook zijn zonnebril niet recht. Zijn hoofd wiebelde heen en weer, alsof het niet meer van hem was – alsof sterkere krachten van buiten ermee konden doen wat ze wilden.

In de ambulance had hij heel kort zijn ogen geopend. 'Ga naar het hotel,' zei hij tegen zijn kleinzoon. 'Bel niemand. Bel vooral niet naar huis. Ik ben over een paar dagen bij je.'

En de prins had woord gehouden. Na twee dagen zaten ze tegenover elkaar op het terras van hun hotel, met uitzicht op de cactussen en de in de zon zinderende Mexicaanse heuvels in de verte. Twee krukken leunden tegen zijn grootvaders stoel.

Prins Arthur had een cola voor Hendrik besteld en een dubbele Jack Daniel's met ijs voor zichzelf. Na wat koetjes en kalfjes kwam hij over zijn schoonzoon, prins Karl, de vader van Hendrik, te spreken.

'Je moet nooit zeggen dat je dit van mij hebt, maar je vader is een beetje een slappeling,' zei hij. 'Hij doet alsof hij zich voor alles interesseert, voor schilderkunst, voor literatuur, maar het is allemaal niet echt. Je ziet het aan zijn kop, daar moet je maar eens op letten. Laatst zag ik hem op het nieuws bij een balletvoorstelling zitten met zo'n uitgestreken, zogenaamd belangstellend gezicht. Dat moet je gewoon niet doen. Dat gelooft niemand.'

Hendrik was niet gechoqueerd door deze typering van zijn vader. Het was eerder een eyeopener. Een 'slappeling'. 's Avonds sprak hij het woord, zijn mond nog vol tandpastaschuim, hardop uit voor de spiegel in de badkamer van hun hotelkamer.

'Een slappeling.'

Hij had zich zijn hele jonge leven al afgevraagd wat het toch was aan zijn vader dat hem ergerde. Zijn onderdanigheid misschien wel. De manier waarop hij zijn blik afwendde wanneer zijn vrouw hem toesprak over iets wat hij vergeten was te doen. Wanneer ze hem berispte waar de kinderen bij zaten. En het feit dat hij nooit iets terugzei. Hij lachte alleen maar stom en schudde zijn hoofd. In het openbaar probeerde zijn vader zich voor te doen als een lid van het Koninklijk Huis dat wars was van elk protocol, dat losjes omging met de etiquette. Maar het was nooit erg geloofwaardig, hij bleef voornamelijk stijf en houterig. Tijdens het uitspreken van de troonrede zat hij naast de koningin alsof hij er niet echt bij hoorde, alsof hij de pop was die zijn vrouw had meegenomen naar een logeerpartijtje.

In restaurants, en vaak ook tegenover de eigen bediening, thuis op het paleis, stelde hij zich dan weer op als een gourmet. Als iemand die verstand had van wijn. Hendrik schaamde zich dood wanneer zijn vader rustig drie keer een fles wijn liet terugsturen omdat deze 'kurk' zou hebben. De obers hadden hem kunnen tegenspreken, maar lieten dit na. Eén fles wijn kon misschien nog smerig zijn, maar niet twee of drie. Hendrik zou het liefst onder de tafel zijn gekropen wanneer zijn vader zijn gemis aan autoriteit op lager personeel afreageerde. Proefondervindelijk stelde prins Hendrik vast dat er zelden tot nooit iets ernstig mis was met het eten dat de paleiskoks op tafel zetten. Zelf zag hij een keer een lange, zwarte haar op een stuk hardgekookt ei in de caesarsalade, vast en zeker van Mercedes, de jonge, Spaanse kokkin die in de keuken de scepter zwaaide. Hij schepte het ei toen snel op zijn bord, plukte, toen niemand keek, de haar eraf en liet deze onopvallend onder tafel verdwijnen.

Een slappeling. Het zou nog een paar jaar duren voordat zijn vader in een psychiatrische inrichting zou worden opgenomen, maar tot die tijd deed prins Hendrik het met deze, hem door zijn grootvader ingefluisterde typering. De overgang van slappeling naar niet meer helemaal in orde voltrok zich snel. Er was de ochtend waarop prins Karl met een schepnetje bij de grote vijver in de paleistuin werd aangetroffen. Twintig moeizaam spartelende karpers lagen naast elkaar op uitgespreide kranten. 'We gaan naar de markt,' had de prins tegen een toegesnelde lakei gezegd.

'Het is vrijdag. We gaan vandaag verse vis verkopen.'

Het incident met het jachtgeweer was al een stuk ernstiger. Eerst sneuvelden de ramen van de jongenskamers, daarna die van zijn eigen slaapkamer. Toen Hendrik en Philip hun hoofd uit het raam staken, zagen ze hun vader in alleen een witte onderbroek in de paleistuin staan. 'Ik kan niet slapen door die duiven,' zei hij. 'Die hadden allemaal allang moeten zijn afgeschoten.'

Het definitieve besluit tot opname kwam nadat prins Karl Philip op een keer naar judo had vergezeld. Tijdens de les was hij plotseling opgesprongen en was hij de judoleraar te lijf gegaan. 'Dat kan toch niet, hoe hij naar die jongens kijkt?' had hij uitgeroepen. 'Hoe die viezerik ze vastpakt. Ben ik dan echt de enige die het ziet?'

Een paar jaar later werd de bewuste judoleraar overigens inderdaad opgepakt voor vermeend misbruik van enkele leerlingen tijdens een judokamp. Maar toen zat de prins al lang en breed in De Kastanjehof, waar hij naar het zich liet aanzien tot zijn dood niet meer uit zou komen.

'Hij doet veel te cultureel,' zei prins Arthur. 'Daar zit niemand op te wachten. Een prins moet een rolmodel zijn, dat zien de mensen het liefst. Een romantische film die zich in de hogere kringen afspeelt. Dure auto's, balzalen vol juwelen en glitterjurken, een gouden koets met paarden. Je vader doet soms te veel alsof het hem allemaal niet interesseert, alsof hij erboven staat. Dat is niet goed, daarmee holt hij de status van het koningshuis uit.' Hier pauzeerde de prins even, alsof hij nog iets wilde zeggen maar twijfelde of hij dit wel aan zijn kleinzoon kon vertellen. 'Hij interesseert zich zelfs niet echt voor vrouwen,' vervolgde hij, veel zachter nu. 'Dat zie je in de eerste plaats aan de vrouwen zelf. Ze maken een beleefd praatje met hem, maar daarna zijn ze ook in één keer weg. Vrouwen voelen het heel goed aan wanneer een man ze niet moet. Kijk, voor je moeder waren we destijds allang blij met een man als je vader. Je moeder is natuurlijk geen Marilyn Monroe, dat kun jij met je vijftien jaar ook wel zien. Maar achteraf hebben we ons toch vaak afgevraagd of we misschien nog wat langer hadden moeten wachten. Huwelijkskandidaten genoeg. Ook voor een prinses die eruitziet als een paard staan de mannen in de rij. Ik bedoel,' – en hier gaf hij zijn kleinzoon een knipoog – 'laten we wel wezen, zo nu en dan moet je de dingen bij de naam noemen, jongen. Zou ik met jouw oma zijn getrouwd als ze bij Albert Heijn achter de kassa had gezeten? Nee, geen goed voorbeeld. Stel, ik was haar tegengekomen op een feest. De laatste vrouw die door de mannen ten dans wordt gevraagd. Uit medelijden had ik haar misschien de dansvloer op getrokken. Maar is dat een goed begin van een geslaagd huwelijk, medelijden?'

Het was ergens rond het middaguur, de genadeloze Mexicaanse zon had zijn hoogste punt bereikt. Ze zaten weliswaar onder een parasol, maar het was alsof de hitte dwars door het canvas heen brandde. 'Er zijn bepaalde dingen die je moet weten,' vervolgde de prins. 'Dingen die je misschien niet zo gauw van je ouders zult horen.' Hij wees naar het glas cola dat prins Hendrik voor zijn neus had staan. 'Hoe oud ben je nu, Hendrik? Vijftien toch?'

'Zestien.'.

'Dat bedoel ik. Zestien. En daar zit je dan met je cola. Je gaat me toch niet vertellen dat je nog nooit alcohol hebt gedronken? Kom, wat je aan mij vertelt blijft tussen ons. Voor de draad ermee.'

Hendrik had weleens een biertje genomen op een feest, maar hij vond het niet echt lekker. Wijn vond hij zelfs vies ruiken.

Maar hij wilde zijn grootvader niet teleurstellen.

'Af en toe,' zei hij. 'Op het schoolfeest laatst. Toen hebben we met een stel vrienden pakjes jus d'orange leeg laten lopen en ze daarna gevuld met wodka.'

In werkelijkheid had hij niet deelgenomen aan het vullen van de pakjes jus. Waarschijnlijk had niemand het tegen hem durven zeggen. Hendrik was er pas achter gekomen toen iemand hem het rietje voorhield en hij al na één slok in een hoestbui uitbarstte.

Prins Arthur knikte goedkeurend.

'Wij gebruikten vroeger injectiespuiten om sinaasappels vol te spuiten met whisky. Die aten we dan tijdens de pauze op school met drie, vier tegelijk op. "Wat een gezonde jongens!" riep een leraar in het voorbijgaan uit.'

Daarna had prins Arthur de ober geroepen.

'Voor mij nog een dubbele Jack Daniel's,' zei hij, 'en voor de jongen hier hetzelfde. Maakt u zich geen zorgen, hij is meerderjarig,' voegde hij eraan toe terwijl hij zijn kleinzoon opnieuw een knipoog gaf.

'Waar was ik gebleven?' zei prins Arthur, en hij stak een sigaret op. 'O ja, bij de vrouwen. Bij je oma om precies te zijn. Het was een lief mens, dat zul je met me eens zijn, maar ook een beetje... Hoe zal ik het zeggen? Naïef? Nee, het gaat eigenlijk nog een stapje verder. Ik wil onder geen beding aan je mooie herinneringen aan je grootmoeder komen, maar "verstandelijk gehandicapt" komt waarschijnlijk dichter in de buurt dan "naïef". Het klinkt misschien hard, maar het is helaas niet anders. Je hebt vrouwen die niets van mannen begrijpen, die zijn verreweg in de meerderheid. Maar je hebt ook vrouwen die niets van mannen én niets van vrouwen begrijpen. Je grootmoeder behoorde tot die laatste categorie. Ik zal je niet vervelen met de details van hoe vermoeiend dat kan zijn. Dodelijk vermoeiend, kan ik je verzekeren. Proost!' zei hij toen de ober de twee bijna tot aan de rand gevulde glazen Jack Daniel's voor ze neerzette. Ze tikten hun glazen tegen elkaar.

Prins Hendrik nam zich voor om in geen geval te hoesten of een vies gezicht te trekken, maar het kostte hem de grootste moeite. Daarentegen voelde hij ook onmiddellijk een niet onprettige warmte die via zijn slokdarm zijn maag bereikte en daarna ook zijn wangen. Het was een warmte van een andere orde dan de allesverzengende hitte van de buitenlucht, alsof de whisky hem, beter dan de parasol, tegen die hitte van buitenaf wist te beschermen.

'Let wel, ik wil niet kwaadspreken over mijn vrouw,' zei de prins. 'Ik beperk me hier tot de feiten. Je grootmoeder was een lieve vrouw, dat is ook wat me meteen in haar aantrok. Er zit geen kwaad bij, zeggen we soms over iemand. Daarmee haal je die persoon ook gelijk naar beneden, maar zo bedoel ik het niet. Ik vond haar echt lief, zoals je een hond lief kunt vinden. Zoals een hond naar je kan kijken, dat je helemaal smelt vanbinnen. Een open boek was je grootmoeder. Net zo open als de Nederlandse huizen, waar ze geen gordijnen voor de ramen hangen. Je keek dwars door haar heen haar ziel in, om het zo maar eens te zeggen. Ze had geen geheimen. In Spanje bestaat dat type vrouw volgens mij niet eens, misschien houden ze er de huizen van de welgestelden schoon. In Nederland zitten ze in de kelder van een restaurant naast de deur van het toilet met een schoteltje voor muntgeld. Zo heb ik me mijn vrouw weleens voorgesteld, dat mag je best weten. Wanneer ik bij de open haard zat te lezen en zij kwam binnen, dan kneep ik mijn ogen samen en probeerde ik me voor te stellen dat zij alleen maar kwam schoonmaken. Dat ik straks mijn benen zou moeten optillen zodat ze er met de stofzuiger bij kon. Ik wist eerst niet goed waarom ik dat precies deed, ik dacht dat ik het deed om het allemaal iets begrijpelijker te maken. Maar toen dacht ik aan María, de vrouw die vroeger bij ons thuis schoonmaakte. Ze was iets tussen een huishoudster en een kokkin in, en dweilde elke dag alle kamers. In mijn herinnering was María aanwezig vanaf mijn vroegste jeugd. Ze was een lieve en warme vrouw, op haar eigen manier was ze misschien ook nog wel mooi, ze straalde altijd een zekere trots uit. Niet de trots van mensen die hun hele leven voor anderen zorgen en hun rotzooi achter hen opruimen maar ondertussen blijven geloven dat ze voor iets beters zijn bestemd. Nee, echte trots. Trots die uit haarzelf kwam. Trots op haar werk, hoe eenvoudig dat ook was.

Mijn moeder was een beeldschone vrouw, een klassieke Spaanse schoonheid, maar ook afstandelijk. Wanneer er gasten waren nam ze me soms in haar armen, maar eerder als een verplicht nummer dan uit tederheid, zo voelde ik dat. Ze knuffelde me nooit wanneer er geen getuigen waren. Ik werd vrijwel altijd door María naar bed gebracht. Die las me niet voor, maar vertelde me verhalen uit het dorp in Extremadura waar ze was geboren. En als het tijd was om te gaan slapen, knipte ze het licht uit, woelde even door mijn haar en kuste me op mijn wang. Ik rook haar geur, iets amandelachtigs vermengd met de geur van olijfbomen en een houtvuur. Met die geur in mijn neusgaten viel ik altijd in slaap. Ik probeerde zo lang mogelijk wakker te blijven om de geur te kunnen blijven ruiken, maar juist dat maakte mijn oogleden zwaar. Ik voelde de plek net naast mijn oor waar ze me had gekust, soms raakte ik hem even aan, maar vaker ook niet. Soms voelde ik die plek de volgende ochtend bij het ontwaken nog steeds. Je hoort wel van mannen die op zoek gaan naar een vrouw die als twee druppels water op hun moeder lijkt. Maar ik niet. Ik ben mijn hele leven op zoek geweest naar onze huishoudster. Naar María.'

Er werden verse glazen Jack Daniel's op tafel gezet; Hendrik kon zich niet herinneren dat hij zijn grootvader een bestelling had horen plaatsen. Hij zweefde inmiddels, of beter gezegd: hij dreef. Zoals hij ooit boven de zeebodem had gedreven aan de Costa Brava, maar nu was er geen onmetelijke diepte of plotselinge koude. Er was alleen de lucht die trilde in de hitte. Het was alsof alles hem toelachte: de dag, zijn leven, de grijze cactussen, de blauwe heuvels aan de horizon.

Nu hield zijn grootvader hem ook nog zijn pakje Marlboro voor.

'Roken is slecht,' zei hij. 'Ik had allang moeten stoppen natuurlijk. Maar jij bent nog jong. Het is onzin dat jonge mensen niet zouden mogen roken. Stoppen kan altijd nog.'

Hendrik trok voorzichtig aan zijn sigaret. Tijdens de pauze op school rookten ze ook weleens, maar hij werd nog altijd snel misselijk en duizelig. Deze combinatie – de goudgele warmte van de whisky, de ijskoude ijsblokjes tegen zijn tanden, en de scherpere, brandende warmte van de sigaret – was ideaal. Hij zou deze ontdekking zijn leven lang koesteren.

'Wat er in het begin nog bij kwam,' zei prins Arthur, 'was dat je grootmoeder en ik geen gemeenschappelijke taal spraken. In Spanje werd er geen Engels gedoceerd op de middelbare scholen. Franco was bang dat dat maar tot rare ideeën zou leiden, dat de roep om vrijheid via het Engels het land zou binnendringen en zijn regime zou ondermijnen. Kortom: ik sprak destijds nog geen woord Engels, dat heb ik pas tijdens de oorlog geleerd, in Engeland. En je grootmoeder sprak behalve Nederlands en een beetje Engels vooral goed Duits, nog een taal die ik niet machtig was. Dus we konden elkaar helemaal niet verstaan. We behielpen ons met gebaren, terwijl zij mij ondertussen Nederlands probeerde te leren en ik haar een beetje Spaans. En dat werkte wonderwel goed, erotiserend zelfs. We hebben veel gelachen in die begintijd, vooral om alle misverstanden. Ik weet het nog goed: voor de grap zei ik tegen haar, of probeerde ik haar in elk geval duidelijk te maken, dat het later misschien nog lelijk tegen kon vallen als we elkaar eenmaal zouden kunnen verstaan. Dat we dan weleens op elkaar zouden kunnen afknappen. En de tragiek is,' vervolgde de prins nadat hij zijn glas weer terug op tafel had gezet, 'dat die voorspelling is uitgekomen. Toen ik kon verstaan wat je grootmoeder zei, begreep ik wat voor een kolossale vergissing ik had gemaakt. En dat was denk ik wederzijds. Hoewel zij geloof ik wel altijd van mij is blijven houden.

Na die eerste romantische jaren waarin we elkaar niet begrepen maar dat wel dachten te doen, zij het op een ander level, hoorde ik plotseling wat je grootmoeder allemaal voor onzin uitkraamde. Geen gewone onzin, nee, slaapverwekkende onzin. Het woord "astrologie" is in alle talen hetzelfde, dus ik had het kunnen weten. Ook omdat ze me al eerder naar mijn ascendant had gevraagd, nog zo'n woord waarover geen misverstanden kunnen bestaan. Ik speelde het spelletje aanvankelijk nog mee, er ontstond opnieuw enige spraakverwarring toen ik haar bereidwillig mijn sterrenbeeld meedeelde. Een kreeft heet een *langosta* in het Spaans, maar als je het sterrenbeeld Kreeft bedoelt, is dat *cáncer*. Ik herinner me haar verschrikte ogen, omdat ze dacht dat ik had gezegd dat ik kanker had. Maar daarna nam haar verhaal serieuze vormen aan. Ze begon over de stand van de maan binnen mijn planeten, ik verstond haar steeds beter. Ze wilde ook nog mijn hand lezen. Het was inmiddels allemaal te laat, de verlovingsring zat al om onze vinger.

Ze draaide grammofoonplaten van Franse chansonniers en

deed dan haar uiterste best om de teksten woord voor woord voor me te vertalen. Ik heb nog een tijd gedaan alsof het me werkelijk interesseerde. Dat is ook echt zo'n vrouwending, naar de tekst van chansons luisteren – van mij mogen ze, maar een man moet je daar echt niet mee lastigvallen.

Ik moet overigens ook de hand in eigen boezem steken, want omgekeerd begon zij ook steeds beter te verstaan wat ik allemaal zei. Over politiek, over vrouwen, over Nederlanders – ze keek steeds vaker verschrikt, net zoals die keer dat ze dacht dat ik kanker had. Vaak vroeg ze me of ze me wel goed had begrepen, de arme ziel hoopte nog dat het allemaal op een misverstand berustte. "Maar dat is bijna fascistisch!" riep ze uit. "Zo denken fascisten, Arthur!" Nederlanders gebruiken het woord "fascisme" voor alles, ze hebben het hele begrip net zo lang uitgehold tot het helemaal niks meer betekent. Een man die de deur openhoudt voor een vrouw of haar stoel voor haar naar achteren schuift in een restaurant is natuurlijk ook een fascist. Een paar weken geleden nog, ik probeerde mijn auto te parkeren op de Keizersgracht, was er zo'n fietser met een linnen tas van de kringloopwinkel die het allemaal niet snel genoeg ging. Meneer kon er niet langs, dus gaf hij een klap op het dak en riep dat ik een fascist was. In dit land is iedereen die weigert in een lelijke auto te rijden een fascist. In Londen wordt iemand die in een dure auto rijdt met respect behandeld, omdat hij kennelijk iets heeft gedaan wat anderen niet kunnen. In Nederland was ik, omdat ik een Spanjaard was uit het Spanje van Franco, automatisch verdacht. Ik kwam uit een adellijke familie, dus die families zouden wel allemaal met de dictator heulen. Er kwam een diepgaand regeringsonderzoek, net zoals er bij je vader is gebeurd. Het is allemaal behoorlijk vernederend, het zou een goede reden zijn geweest om voor de eer te bedanken. Willen jullie een representatieve prins naast jullie koningin? Een koningin die was voorbestemd om mannen aan te trekken die uitsluitend op haar fortuin en haar status afkwamen? Ik bedoel: misschien was ik ook wel slecht, maar zij had het veel en veel slechter kunnen treffen dan met mij. Ik was inderdaad van adel, zij het dan van een adel die de dictatuur van een fascistische caudillo oogluikend toeliet. Ze hadden vast liever een Duitser of een Deen gehad. Je vader was weer een ander verhaal. Een onberispelijke Duitser, totdat die foto opdook waarop hij op de verkeerde tank zat en ook nog eens in het verkeerde uniform. Alsof je in die tijd überhaupt veel te kiezen had. Maar goed, ik was dus een Spanjaard, een echte Spaanse edelman die van lekker eten, van jagen en van stierenvechten hield. Jongen, ik heb als achttienjarige in Pamplona voor de stieren uit gerend, ik kan je het litteken in mijn zij laten zien. De adrenaline die daarbij vrijkomt – dat is met niets te vergelijken. Ik ben in de oorlog uit een brandende Dakota gesprongen, dat kwam er nog het dichtst bij in de buurt. Hoe dan ook, ze konden niks vinden, behalve dat ik Spaans was, dat lag natuurlijk wel een beetje gevoelig met de Tachtigjarige Oorlog en zo, maar over dat hele conflict heb ik wijselijk mijn mond gehouden. In het geheim heb ik altijd gefantaseerd over hoe geweldig het voor dit land zou zijn geweest als niet de Nederlanders maar wij Spanjaarden die oorlog hadden gewonnen. Alleen al vanwege het eten, die fantasieloze rotzooi die in Nederland als maaltijd op tafel wordt gezet. Die verschrikkelijk gewoonte om tijdens de lunch een schaal met slappe witte kadetjes neer te zetten. De helft belegd met kaas, de andere helft met ham. Tast toe! Ik schaamde me altijd dood bij dat soort gelegenheden. Er was alleen melk of karnemelk. Karnemelk! Een smerige uitvinding van religieuze fanatici, want die hebben de oorlog gewonnen, dat neigen de Nederlanders nog weleens te vergeten. Ik heb de gezichten van buitenlandse hoogwaardigheidsbekleders gezien wanneer ze voor het eerst in hun leven karnemelk proefden. "Waar is de wijn?" vroeg ik aan mijn vrouw. "Waar is het bier? De champagne?" Dan had er tenminste enige warmbloedigheid in de Nederlanders gepompt kunnen worden. Nu stroomt er karnemelk door jullie aderen.

Over het uiterlijk van de Nederlander wil ik liever zwijgen. Je kunt het zien in Zeeuws-Vlaanderen, waar de Spanjaarden het nog bijna honderd jaar langer hebben volgehouden voordat ze ook daar werden verdreven. Aan de vrouwen, die er donkerder zijn dan in de rest van het land, ronder ook, de mooiste vrouwen van Nederland vind je in Zeeuws-Vlaanderen. Ze zijn ook kleiner van stuk, meer in proportie. Natuurlijk zijn er oogverblindende Nederlandse vrouwen, maar ze zijn wel vaak te lang en te groot. Dat is nergens voor nodig, een mooie vrouw van twee meter. Zo is de schepping niet bedoeld. Er zijn ook knappe Nederlandse mannen, maar zo'n lang basketballichaam met een verhoudingsgewijs heel klein hoofd erbovenop, dat hoort gewoon niet, daar is de evolutie op hol geslagen. Een man hoeft niet bij de bovenste boomtakken te kunnen komen om als een giraf de sappigste bladeren eraf te kunnen snoepen. Hij moet kunnen wegduiken in het savannegras, onzichtbaar voor de grazende buffels.'

De koning schrok op uit zijn herinneringen doordat een lakei bezoek kwam aankondigen. Onwillekeurig keek hij op zijn horloge, maar dat nodigde hem juist op dat moment uit om voor zijn concentratie een minuut lang rustig adem te halen. 10:34, las hij in minuscule cijfertjes rechtsboven in het beeldscherm.

'Philip?' vroeg de koning op geërgerde toon. 'Is Philip er nu al?'

'Nee, niet prins Philip,' zei de lakei. 'Het is uw schoonzus, Hoogheid. Prinses Astrid. Zij vraagt naar uw vrouw. Naar Hare Majesteit,' verbeterde hij zich snel.

Prinses Astrid is geen echte prinses, dacht de koning, maar dit zei hij niet hardop. In Nederland, en voor zover hij wist in alle Europese vorstenhuizen, waren de broers en zussen van een aangetrouwde koningin geen prinsen en prinsessen, mochten ze zich in elk geval niet zo noemen. Het was Astrid zelf die zich als 'prinses Astrid' bleef voorstellen, en omdat ze er zo zichtbaar van leek te genieten, noemden Margarita en Hendrik haar ook maar zo.

'Hendrik,' zei zijn schoonzus, die kennelijk al achter de lakei aan was gelopen en nu in de deuropening stond. *Tijd om te gaan staan!* Hij kwam moeizaam overeind, ze kusten elkaar drie keer. Daarna zette hij een stap naar achteren. Hij moest denken aan wat zijn grootvader jaren geleden over vrouwen uit Zeeuws-Vlaanderen had gezegd. Margarita en Astrid waren in Zeeuws-Vlaanderen geboren, in een klein dorpje niet ver van Hulst. Tijdens vakanties in Spanje werd Margarita altijd voor een Spaanse aangezien; bij Astrid vroeg hij zich zelfs af of er überhaupt een druppel Nederlands bloed door haar aderen stroomde.

'Margarita is er niet,' zei hij. Astrid kwam zelden speciaal voor hem naar het paleis, vrijwel altijd was het om haar zus te zien.

'Maar we hebben gisteren nog geappt!' riep Astrid uit. 'We hadden voor vanochtend afgesproken.'

'Ze is naar Amsterdam,' zei hij. Voor de tweede keer in zeer korte tijd, had hij er bijna aan toegevoegd. 'Hadden jullie echt vandaag, ik bedoel, weet je zeker...'

'Hoe kan ze dat nou doen? Ze wist dat het belangrijk was. O, wat erg!'

‘Kan ik misschien… Ik bedoel, als ik je ergens mee kan helpen…’

Astrid bracht haar hand naar haar gezicht en wreef met haar vingers in haar ogen, die zich nu met tranen vulden, zag de koning tot zijn ontzetting.

‘Astrid…’

‘O, Hendrik, het is zo erg!’ zei zijn schoonzus, terwijl ze zachtjes begon te snikken. ‘Het is echt verschrikkelijk!’

De koningin had haar chauffeur gevraagd om haar voor het Rijksmuseum af te zetten. Ze verdween in de fietstunnel onder het Rijks en kwam er op het Museumplein weer uit.

De afgelopen dagen had ze haar telefoon overal mee naartoe genomen, naar de badkamer en zelfs naar het toilet, en ze had het geluid uitgezet, net als de trilfunctie. In de galerie hadden Joseph Bosman en zij op de valreep telefoonnummers uitgewisseld. Ze had een ogenblik geaarzeld, maar toen had hij haar het zijne gedicteerd.

‘Dus als je me nu even belt, heb ik jouw nummer ook,’ had hij gezegd.

Opnieuw twijfelde ze. Ze dacht aan een moment in de toekomst, wanneer haar telefoon zou gaan en ze zou opnemen. Zo achteloos mogelijk zou ze naar een andere kamer lopen, nee, dat was geen goed idee, de koning zou het meteen merken.

‘Wie was dat?’ zou hij vragen.

En zij zou iets moeten antwoorden.

‘Een vriendin’ was geen optie. Ze had geen naamloze vriendinnen, ze zou er een naam bij moeten leveren, en dan zou het liegen zijn begonnen. Ze zou in angst leven, bang dat haar bedrog uit zou komen. Die vriendin zou diezelfde dag langs kunnen komen. Er zou iets worden gezegd of gevraagd waaruit meteen zou blijken dat het ene verhaal niet klopte met het andere.

Ze zou de vriendin moeten bellen. *Ik heb daarnet tegen Hendrik gezegd dat ik door jou ben gebeld. Zou jij dat ook willen bevestigen wanneer hij daarnaar vraagt? Ik leg het je later nog wel een keer uit.*

Nu had ze niet alleen gelogen, ze had ook nog een medeplichtige. Maar medeplichtig waaraan? vroeg ze zich af, terwijl de schilder haar vriendelijk aankeek.

Hij had niet aangedrongen. Hij had niet gezegd: 'Wanneer ga je me nu eindelijk je nummer geven?' In alles, in zijn glimlach en in zijn hele lichaamshouding, straalde hij uit dat hij er vrede mee zou hebben als ze geen nummers zouden uitwisselen. Als Margarita alleen het zijne had.

Ze zou hem kunnen bellen, maar ze zou hem ook niet kunnen bellen.

En waar had ze het eigenlijk over? dacht ze nu, terwijl de schilder haar nog altijd glimlachend aankeek en haar duim boven zijn nummer zweefde. Liegen over wat? Medeplichtig aan wat? Er was immers nog niets gebeurd.

Direct begreep ze dat precies daarin het stiekeme van het uitwisselen van de telefoonnummers lag. In dat ze de gedachte toeliet dat er nog niets was gebeurd. Misschien zelfs wel alleen in het woordje 'nog'.

Ze liet haar duim op het scherm neerkomen. Het volgende ogenblik klonk er ergens een zacht mechanisch geluid van een kwakende eend en viste Joseph Bosman zijn telefoon uit zijn broekzak.

'Ja,' zei hij, toen hij haar gezicht zag. 'Ik ben een beetje doof voor hoge tonen. Ik heb alle ringtones geprobeerd, en deze hoor ik het best.'

Kort daarop hadden ze afscheid genomen.

In de dagen daarna had Margarita zich zelden ver van haar telefoon verwijderd. Ze had het nummer opgeslagen onder een meisjesnaam: Anita. Het was de naam van een van de prinsessen aan het Noorse hof, ze wist niet eens precies welke. De leden van de Europese koningshuizen kwamen elkaar overal tegen, op huwelijken en begrafenissen. Hendrik zou het niet vreemd vinden als ze door een prinses Anita uit Noorwegen zou worden gebeld.

Toch was ze in de afgelopen dagen geschrokken van elk telefoontje, elk binnenkomend tekstbericht. Dit kan zo niet blijven duren, had ze gedacht, het zou Hendrik ook op gaan vallen. Heel kort overwoog ze om de schilder dan maar zelf te bellen of een bericht te sturen, maar dat verwierp ze meteen als een slecht idee.

Hij moest háár bellen, zoals vroeger op school de jongens de meisjes ten dans vroegen, en niet andersom. Meisjes die jongens ten dans vroegen wilden te graag. Het was daarna nog maar een kleine stap naar voortaan als slet door het leven gaan.

Onder het douchen legde ze haar telefoon op de rand van de wasbak, binnen twee stappen zou ze kunnen opnemen als dat nodig was. Er was alleen de akoestiek in de badkamer, het holle galmen, ze zou zo snel mogelijk een handdoek om moeten doen en zich naar de aangrenzende slaapkamer moeten haasten.

Een gesprek voeren in de badkamer was geen optie. En een openingszin als 'Ik sta in de badkamer' al helemaal niet. Ze moest glimlachen bij deze gedachte. *Ik sta in de badkamer. Ik heb net gedoucht, wacht, ik doe even een handdoek om.*

Nee, er was nog niets gebeurd. Maar ook als er niets gebeurde, gebeurde er iets – het viel niet te ontkennen. Er gebeurde de hele tijd iets, al vanaf de middag dat ze de galerie had verlaten.

De waarheid was misschien nog wel het beste. *Een man. We kennen elkaar van de basisschool.* Het zou daarna nog maar een kleine stap zijn naar: *Hij is kunstschilder, een heel beroemde, misschien ken je hem. Hij wil me zijn werk in het Stedelijk Museum laten zien.*

Toen zijn appje na een paar dagen binnenkwam, zat ze in haar eentje voor haar make-uptafel in de slaapkamer. Hendrik was die ochtend vroeg vertrokken om te gaan jagen in Zeeuws-Vlaanderen. Ze had dus alle tijd om te antwoorden, hoefde geen stiekeme handelingen te verrichten. Ja, zo makkelijk kan het dus ook gaan, had ze gedacht. Waar heb ik me toch druk om gemaakt?

Morgen? Uur of twee, Stedelijk? Bij De violist. Laat maar weten.

De koningin had een paar minuten gewacht met antwoorden. Ze had in de spiegel naar haar eigen gezicht gekeken. In eerste instantie zag ze niets bijzonders, maar toen dacht ze onwillekeurig aan eerdere afspraakjes, uit de tijd dat ze nog helemaal vrij was. De briefjes op de middelbare school. *Ik moet je zien. Ik denk alleen nog maar aan jou.* De jongens die naar haar ouderlijk huis belden, naar de vaste telefoon, die ook nog eens op een vaste plek in de woonkamer stond, op het tafeltje met de ingelijste familiefoto's. Haar vader die had opgenomen en haar veelbetekenend aankeek. 'Het is voor jou, Margarita. Een jongen. Ene Hans?'

Daarna had ze naar de profielfoto van Joseph Bosman gekeken en erop geklikt om hem beeldvullend te maken. Alleen zijn hoofd, ongeschoren, gebruind, een blauw stuk zee op de achtergrond.

Haar blik viel op de naam bij de profielfoto. ANITA. Nee, dat kon echt niet. Snel ging ze naar haar contacten en wiste de naam. Ze tikte JOSEPH in en sloeg de wijziging op.

Ja, dit was het beste. Waarom zou ze geen Joseph mogen kennen? Een wereldberoemde kunstschilder. Ze had hem een keer ontmoet op een tentoonstelling. Waarom zou ze niet met hem mogen afspreken?

Ze keek weer in de spiegel en zag nu iets anders dan daarnet. Iets in haar ogen. En om haar mond speelde de aanzet van een alleen voor haarzelf zichtbare glimlach.

Is goed, tikte ze terug. *Zie je daar.*

Het Museumplein was nu alweer jaren geleden, ze wist niet meer precies hoeveel, van een verkeersplein met auto's, bussen en vrachtwagens in een voetgangersplein met een grasveld veranderd. Er was een vijver en er was een voornamelijk uit glas opgetrokken café. Verder stonden er her en der wat hotdog- en ijscokarretjes, en een paar stalletjes met souvenirs. Hele generaties wisten inmiddels niet beter of het plein had er altijd zo bij gelegen: als een speelweide, een autovrije speelweide die ertoe uitnodigde om voornamelijk niets te doen. Om op het gras te liggen of een frisbee naar elkaar te gooien, om op het schuin oplopende, ook al met gras bedekte dak van de parkeergarage te gaan zitten.

Maar Margarita herinnerde zich het plein nog zoals het vroeger was. Een uitgestrekte, lege ruimte, in het midden doorsneden door een brede autoweg. Een straat kon je het niet noemen, daar was hij te breed voor. De weg was nooit geasfalteerd. Terwijl Margarita nu rechts van de vijver, tussen de hotdog- en ijscokarretjes door, naar het Stedelijk Museum liep, herinnerde ze zich plotseling het geluid dat de autobanden maakten op de klinkers. Haar vader gaf altijd even extra gas wanneer ze, komend uit Zuid (ze waren toen Margarita een jaar of tien was van Zeeuws-Vlaanderen naar Amsterdam verhuisd), via de Beethovenstraat, het Roelof Hartplein en de Van Baerlestraat, het plein op draaiden. Zo'n ruimte was het Museumplein destijds, een vrijplaats midden in de stad, zij het dan voor auto's, en niet voor rondhangende voetgangers en zich vervelende toeristen zoals nu.

Het was als met andere straten in Amsterdam die in de loop der jaren voor alle autoverkeer waren afgesloten. Het waren niet haar favoriete straten. Door de Leidsestraat reed nu alleen nog een tram, maar het was net alsof de straat veel benauwder was geworden sinds de voetgangers er vrij baan hadden gekregen. Het waren er ook zoveel, ze zwermden uit, namen de hele straat in beslag.

Niet zoals in de Utrechtsestraat, een van haar lievelingswinkelstraten, waar de stoepen smal waren, zodat je er amper met zijn tweeën naast elkaar kon lopen, en waar de auto's en de trams een onevenredig groot stuk van de beschikbare ruimte in beslag namen. Toch was het in die straat niet benauwd zoals in de Leidsestraat, alsof de verdeling van de ruimte natuurlijker was.

Ze naderde het Stedelijk Museum van de voorzijde. Het museum was jarenlang gesloten geweest vanwege een ingrijpende verbouwing. Aan deze kant, vroeger de zijkant, was nu een reusachtige badkuip geplaatst. Nog altijd had de koningin er moeite mee zich een mening over deze badkuip te vormen. Hij was weliswaar vernieuwend en gedurfd, maar ook een beetje te lollig. Het ontwerp gewoon lelijk vinden behoorde niet tot de mogelijkheden, in elk geval kon je je daar beter niet publiekelijk over uitspreken – en al helemaal niet als vorstin van alle Nederlanders. Nog moeilijker werd het wanneer je de badkuip niet lelijk vond. Soms was ze dankbaar voor haar positie: geen mening hebben beviel haar in dit soort gevallen vaak nog het best.

Hetzelfde gold in feite voor het hele Museumplein. Het was een onmogelijke opgave voor wie dan ook – om van de vorstin van alle Nederlanders nog maar te zwijgen – om het gehavende en verdorde grasveld in zijn geheel te laten oprollen en in de bakken voor groenafval te laten storten, om vervolgens voor het herstel van de drukke verkeersader te pleiten. Iets vergelijkbaars was haar een keer overkomen toen ze in het Rijksmuseum een tentoonstelling over de Amsterdamse grachten had geopend. Op bijna alle schilderijen uit voorbije eeuwen waren de grachten zonder bomen geschilderd en de koningin had zich laten ontvallen dat ze de grachten zonder bomen eigenlijk veel mooier vond. Na haar opmerking was er een wat pijnlijke stilte gevallen.

Hier begon de verwarring. Mensen die zichzelf progressief noemden ketenden zich aan bomen vast om tot elke prijs te verhinderen dat ze zouden worden gekapt – ook al stonden die bomen in de weg of belemmerden ze het uitzicht.

Bij de balie kocht ze een kaartje. Het meisje achter de kassa keek haar iets langer aan dan als normaal kon worden opgevat. Of verbeeldde de koningin zich dat alleen maar? Vandaag had ze in plaats van een zonnebril een bril met een breed zwart montuur en ongeslepen glazen opgezet. Haar haar had ze opgestoken en grotendeels onder een zwart baseballpetje zonder logo verborgen. Ze deed haar best om niet naar het meisje te glimlachen: ze was zich ervan bewust dat haar glimlach, samen met haar lange, golvende haar, haar het makkelijkst kon verraden.

Het duurde even voordat ze *De violist* had gevonden. Ze liep door de donkere zalen met video-installaties tot ze bij de brede marmeren trap kwam die vroeger vanaf de hoofdingang naar de eerste verdieping leidde. Daar, in een van de eerste zalen, had *De violist* destijds gehangen, wist ze.

Nadat ze opnieuw een rondje door de zalen met video-installaties had gelopen en weer bij de trap uitkwam, klampte ze een vrouwelijke suppoost aan.

'Als u nog goed ter been bent, kunt u daar verderop de trap naar beneden nemen,' zei de suppoost. 'Er is ook een lift.'

Als u nog goed ter been bent... Zag ze er zo oud uit? Of was het een poging tot humor? De koningin bedankte de suppoost en vervolgde haar weg. Na de trap naar beneden, een trap die ze zich niet kon herinneren en die dus waarschijnlijk pas tijdens de verbouwing was geplaatst, kwam ze bij een helder verlichte roltrap die nog dieper het museum in voerde.

Zo gaat het dus, dacht de koningin. Alles wat oud is en al te vaak gezien, wordt naar de kelder verbannen.

Er was helemaal niemand op de roltrap, de laatste tien minuten was ze überhaupt geen andere museumbezoekers meer tegengekomen. De roltrap deed haar aan de roltrappen van de nieuwe metrolijn denken: dieper en dieper ging het, ze vroeg zich af of ze zich nog altijd op het niveau van de begane grond bevond of dat ze in een nieuw aangelegd onderaards gewelf afdaalde.

Meteen rechts na de roltrap, vlak bij de ingang van de zaal, hing *De violist*.

Voor het schilderij stond Joseph Bosman. Hij draaide zich naar haar toe, zijn gezicht was net zo bruin en ongeschoren als op de profielfoto, hij glimlachte.

'Daar ben je,' zei hij.

'Ja,' zei ze. 'Daar ben ik.'

AFLEVERING 4

Gesteund door zijn rijke ervaring met zijn eigen en met vele andere vrouwen neemt prins Arthur de taak op zich om ook zijn achterkleindochter Vera haar eerste levenslessen over de liefde te geven. Koningin Margarita mijmert ondertussen over de ietwat saaie voorspelbaarheid van het leven aan haar mans zijde. Maar is Joseph Bosman wel de aangewezen persoon om die voorspelbaarheid te doorbreken?

Soms wist prins Arthur het onderscheid niet meer te maken tussen iets wat hij had gedroomd of iets wat ergens, in een ver of nabijgelegen verleden, werkelijk zo had plaatsgevonden. Wanneer hij aan zijn vrouw dacht, zag hij haar altijd in de weer met emmers, dweilen en schoonmaakmiddelen. In één helder beeld stond ze hoog op een trap en lapte de bovenramen in de woonkamer. In een andere herinnering zette ze de stofzuiger aan, dan wist hij dat het met zijn rust gedaan was. 'Ik zet de ramen open,' zei ze. 'Het stinkt hier door al dat domme gerook van je.'

Het volgende moment dacht hij aan de avond waarop ze was heengegaan. Ze zaten samen voor de open haard. Johanna met een boek – ze las uitsluitend dikke omnibussen en streekromans – en hij met een brief van een voormalige geliefde. Hij wist het nog goed: hij had op het punt gestaan alles op te biechten. Alles. Ze waren er nu beiden oud genoeg voor, vond hij, ze zouden er samen om kunnen lachen. Hij stelde het zich zo voor: Hij zou zijn hoofd schudden en vast met lachen beginnen. 'Moet je nou horen wat die oude heks me schrijft,' zou hij zeggen. 'Ze is bijna tachtig, maar ze denkt nog steeds dat de mannen aan haar voeten liggen. Destijds – wanneer was het, in 1959? – was ze een schoonheid. De prins van Monaco zat achter haar aan. En Humphrey Bogart. Maar ze koos voor mij. Begrijp jij het, begrijp ik het?' Maar hij had zijn mond gehouden.

Ze had hem er nooit letterlijk naar gevraagd, maar ze wist het natuurlijk wel. Niet alles, maar ze wist het. Ze had hem nooit kunnen betrappen met lippenstift op de kraag van zijn overhemd, de geur van een onbekend parfum. De concrete aanwijzingen had hij altijd bijtijds weten weg te moffelen. Wanneer hij terugkeerde van een van zijn 'officiële bezoeken' of 'jachtpartijtjes' stond hij eerst een halfuur onder een hete douche voordat hij haar ging begroeten. Zijn ondergoed stopte hij eigenhandig helemaal onder in de wasmand.

Op de avond van haar dood had hij dus op het punt gestaan haar alles te vertellen. En toen had hij net bijtijds aan háár gedacht, aan háár mogelijke escapades of affaires. Lange tijd had hij zich voorgehouden dat zij daar niet aan deed. Dat ze daar gewoonweg een te goed mens voor was. Maar wat was er eigenlijk goed aan iemand die weigerde te leven? Ze was altijd zo 'normaal' gebleven, zo zou ze ook worden herinnerd. Een koningin van het volk. Buitenlandse tijdschriften publiceerden bij voorkeur foto's van haar op de fiets. Dat was in elke andere monarchie ondenkbaar. Zo leuk was deze Nederlandse koningin. Zo gewoon, zo normaal. Hij wilde niet zo ver gaan de gedachte toe te laten dat zijn vrouw het instituut in haar eentje omlaaghaalde. Dat zij de monarchie beschadigde met haar uitstapjes op de fiets. Maar er ging wel degelijk iets verloren. Misschien niet de monarchie zelf, maar iets raakte hoe dan ook beschadigd. In een auto met een kras kun je nog wel rijden, maar er blijft een kras op zitten.

'Zal ik nog iets voor je inschenken?' had hij haar vijf minuten voor haar dood gevraagd. Hij had getwijfeld of hij nog een blok hout op het vuur zou gooien. Hoelang zouden ze hier nog blijven zitten? Nog een uur? Een halfuur? Hij kon altijd een lakei vragen het vuur te doven wanneer ze binnen een halfuur naar bed zouden gaan. Maar daar ging het hem eigenlijk niet om. Door nog een blok hout te pakken, het in de haard te gooien, zou hij het signaal afgeven dat de avond nog niet voorbij was. Beter kon hij het vuur geleidelijk laten uitdoven. Daarna zou hij zich volstrekt natuurlijk en geloofwaardig kunnen uitrekken en op kunnen staan. *Ik ben eigenlijk wel een beetje moe. Ik denk dat ik maar eens ga liggen.*

Hij had naar haar gekeken, haar ogen dicht bij de pagina's van de streekroman. Ze hield het boek vlak voor haar gezicht, hij zag alleen haar wenkbrauwen, haar voorhoofd en haar haar. En het omslag van het boek, iets met paarden en uniformen uit een voorbije tijd.

Uit ijdelheid weigerde Johanna nog altijd een leesbril op te zetten. Elk jaar, elke maand, hield ze de boeken en kranten dichter bij haar ogen. Hij had zich vaak afgevraagd waarom. Voor wie was deze ijdelheid bestemd? Voor hem? Voor de lakei die haar rond deze tijd een schaaltje met gemengde nootjes kwam brengen? En waarom was iemand met het uiterlijk van zijn vrouw überhaupt nog ijdel?

Hij twijfelde of er andere mannen in haar leven waren geweest. Hij pakte een niet te dik houtblok van de stapel naast de haard en legde het voorzichtig in het vuur. Hij keek naar het halflege glas gin op het lage tafeltje naast haar stoel. Daar stond ook het schaaltje met de nootjes. Af en toe waren haar vingers er achteloos naartoe gedwaald, en zonder haar blik van het boek los te maken, grabbelde ze er even doorheen en bracht haar hand naar haar mond.

Hij kon het haar niet direct vragen. Nee, hij moest over zichzelf beginnen. *Zoals je waarschijnlijk wel weet ben ik je niet altijd even trouw geweest.* Zou hij in staat zijn om zo'n zin hardop uit te spreken? Zou hij het tijdens het uitspreken van de zin voor elkaar krijgen om haar aan te blijven kijken? Daarna was de beurt aan haar. *Ik denk dat ik er als man niet altijd voor je ben geweest*, zou hij haar misschien nog verder moeten aanmoedigen. *Ik zou het je onmogelijk kwalijk kunnen nemen wanneer jij ook op zijn tijd...*

Maar wilde hij het wel weten? Zou het iets opleveren als zijn vrouw hem iets zou vertellen over een minister of een ambassadeur, of, God verhoede, over een lakei of chauffeur? Een bekentenis van haar kant zou hem niet raken, zo hield hij zichzelf voor, maar zou hooguit zijn geweten iets ontlasten. *Zij heeft ondertussen ook niet stilgezeten...*

Maar zijn angst om het onderwerp aan te kaarten betrof eigenlijk iets anders. Wat hij het meest vreesde was niet een bekentenis over een geheime minnaar, maar de totale afwezigheid van welke minnaar of aanbidder dan ook.

Er zou een kast worden geopend waar niemand ooit de sleutel van had weten te vinden – tot vandaag. Piepend en krakend – de scharnieren waren verroest – zou de kast worden geopend, maar op de lege planken zou uitsluitend stof liggen. Zijn vrouw had geen dubbelleven geleid zoals hij. Zij was inderdaad de aardige, gewone koningin voor wie iedereen haar hield. Een koningin die veel las, zij het voornamelijk pulpromans, die eigenhandig haar rozentuin verzorgde en op de fiets de duinen in trok.

Helemaal niks dus, geen enkele affaire of flirterige glimlach die haar bestaan nog enige glans had kunnen verlenen. Een lege kast. Planken en laden die zelfs met de deuren dicht nog stof hadden weten te verzamelen.

Haar einde was abrupt geweest, een vrijwel naadloze overgang van er zijn en er niet meer zijn. Muziek die niet langzaam zachter werd gezet, maar juist met één simpele beweging van een knop werd uitgedraaid, waarna het stil werd, helemaal stil. Andere geluiden, die tot dat moment niet hoorbaar waren, drongen zich nu op de voorgrond, alsof ze op deze kans hadden gewacht.

Hij hoorde eerst een plof. Toen hij zich omdraaide lag de streekroman opengevouwen en met de rug naar boven aan haar voeten.

Ter voorbereiding op het gesprek dat ze misschien zouden voeren, was de prins naar de drankkast gelopen en had voor zijn vrouw een verse gin-tonic en voor zichzelf een whisky zonder ijs ingeschonken.

'Wil je nog wat meer nootjes?' had hij gevraagd. 'Zal ik voor nootjes bellen?

Hij had met heel zijn hart gehoopt dat ze geen nootjes meer zou willen. De binnenkomst van een lakei zou alles kunnen verstoren. Zwijgend zouden ze in hun glas staren tot de lakei weer weg was. Maar hij wist ook dat hij het haar wel móést vragen. Hij kende haar zo goed. Al vaak genoeg had hij de proef op de som genomen. Wanneer hij in een bepaald restaurant wilde gaan eten, stelde hij haar eerst een ander restaurant voor, zo wist hij zeker dat ze uiteindelijk in het restaurant van zijn keuze terecht zouden komen. 'Zal ik voor vrijdag een tafel in De l'Europe reserveren?' vroeg hij bijvoorbeeld. 'Hè nee,' zei ze dan. 'Wat is er mis met La Rive?' En zo proostte hij die vrijdag met zijn eerste glas van het wijnarrangement in La Rive.

Daarom moest hij haar vragen of ze nog nootjes wilde, om te verhinderen dat ze om nootjes zou vragen. Maar deze keer bleef het stil nadat hij zijn vraag had gesteld, angstvallig stil. Niet eens het kraken van haar stoel, terwijl ze ging verzitten, geen zucht, ook uit de open haard kwam geen geluid. Het nieuwe houtblok had nog geen vlam gevat, het vuur was zo goed als uitgedoofd.

Meteen daarop hoorde hij de plof. Toen hij opkeek lag de streekroman naast haar stoel. Daarna zag hij zijn vrouw, haar hoofd was voorovergezakt, haar kin rustte op haar borst.

'Johanna?' zei hij zacht – maar hij had het alleen voor de vorm gezegd, hij had het meteen geweten. Dit was geen knikkebollen, de prinses was niet in slaap gevallen. Zo stil zaten alleen de doden. Hij had er genoeg gezien in zijn lange leven om te weten of iemand niet bewoog omdat hij sliep of dat hij helemaal nooit meer in beweging zou komen. Tijdens de Slag om Arnhem, de soldaten in de greppels, met hun gezicht naar beneden in de voren van een akker.

Hij had zich over zijn vrouw heen gebogen, haar ogen waren dicht, misschien was ze inderdaad wel eerst ingedommeld, en had de dood op dat moment zijn kans schoon gezien.

Met zijn glas whisky in de hand was hij naar het raam gelopen. Het was een avond met een bijna volle maan. Er waren geen wolken. Straks zou hij om een lakei moeten bellen. Niet voor nootjes, dacht hij plotseling. Nooit meer voor nootjes.

Hij moest natuurlijk iets doen. Handelend optreden, een dokter bellen. Maar er was geen haast. Hij kon dit ogenblik zo lang rekken als hij wilde.

Zo stil is het hier nog nooit geweest, had hij gedacht. Zo stil is het hier straks de hele tijd, de komende dagen, jaren…

Hij had vaak medelijden met haar gehad. Een verschrikkelijk gevoel dat hij zo snel als het kwam opzetten probeerde te verdringen. Terwijl hij zich over haar levenloze lichaam heen had gebogen, had hij eerst medelijden gevoeld. Maar hij wist ook, en dit was nieuw, dat dit medelijden na vanavond voorgoed zou verdwijnen. Later deze week zou ze met alle koninklijke eer worden begraven, nog een laatste keer het middelpunt zijn. Met een dode kon je geen medelijden hebben, dat diende in elk geval nergens meer toe, medelijden was alleen vernederend voor de levenden.

En hij zou het middelpunt zijn. Meer dan naar zijn dochter, de koningin, zouden de mensen naar hém kijken. Hij zou zijn uniform dragen, tijdens het lossen van de saluutschoten zou hij zijn hand naar zijn pet brengen en salueren.

De mensen zouden hem zien zoals hij was. Een weduwnaar die alle vrouwen had gehad die hij had kunnen krijgen, maar die toch altijd bij deze vrouw was gebleven. Een knappe man, nog steeds. Tijdens de borrel na afloop zou hij alweer voorzichtig beginnen te lachen. Hij zou zich zo voorkomend mogelijk gedragen, alle rouwbetuigingen zou hij zo snel mogelijk wegwuiven. *Ja, ze heeft een mooi leven gehad. Maar hoe is het met u?*

'Opa?'

Prins Arthur had prinses Vera niet horen binnenkomen. Ze stond zomaar opeens naast zijn bed.

'Ik dacht…' zei ze, terwijl ze hem haar mooiste glimlach schonk. 'Ik dacht even dat u sliep. Ik wilde u niet wakker maken.'

De prins keek haar aan en hij zag… alles. Hij zag vooral alles tegelijk: zijn vrouw, haar moeder, zijn dochter en zijn zoon, zijn beide kleinzonen, en ten slotte, als laatste, Vera, zijn achterkleindochter. Niemand in deze vijf generaties van koninklijke familieleden blonk uit door een opvallende schoonheid of een bovengemiddelde intelligentie. De lelijke en middelmatige genen waren van generatie op generatie doorgegeven. Het was als onkruid in een tuin dat elke keer weer opnieuw tussen de terrastegels tevoorschijn kwam. Hoe vaak hij eigen aantrekkelijke kop ook in de spiegel had bewonderd, het was hem niet gelukt om iets van zijn eigen genen aan zijn kinderen door te geven. Zwak zaad, het was niet anders, je kon het maar beter toegeven en er je schouders over ophalen. Ook zijn schoonzoon, dan wel een slapjanus maar toch best een knappe vent om te zien, had het met zijn zaad moeten afleggen tegen de sterkere genen van het koninklijk geslacht.

Maar nu was er zijn achterkleindochter. Vera. Een fotomodel kon je haar met de beste wil van de wereld niet noemen, maar in haar gezicht gebéúrde wel iets wanneer ze je aankeek. Na de nietszeggende of ronduit lelijke gezichten van haar voorouders was het hare niet minder dan een opluchting, alsof na meer dan een eeuw van duisternis eindelijk de zon doorbrak. Vera's gezicht leefde, beter kon hij het niet zeggen. Tegelijkertijd hield het niets verborgen, je zag alles: wat ze dacht, wat ze voelde, al haar emoties en gevoelens waren aan de oppervlakte zichtbaar. Je las ze in de blik in haar ogen, in de stand van haar mond, hoe ze soms op haar onderlip beet en vervolgens probeerde te glimlachen, in het tegelijkertijd lome en zwierige gebaar waarmee ze haar lange blonde haar naar achteren wierp.

Prins Arthur hield zielsveel van prinses Vera. Deze liefde was zo sterk dat hij, net als zijn kleinzoon Hendrik, vaak tranen in zijn ogen kreeg als hij te lang naar haar keek.

Zijn liefde voor zijn achterkleindochter was onvoorwaardelijk, ze diende geen hoger belang, er lag geen enkele egocentrische gedachte aan ten grondslag. Paradoxaal genoeg was ze het grootst wanneer ze hem weer verliet. Enerzijds wilde hij dat ze zo lang mogelijk zou blijven wanneer ze hem met een bezoek vereerde, anderzijds was het hoogtepunt van het bezoek het moment waarop ze hem bij de deur van zijn kamer een kushandje toewierp en nog even naar hem zwaaide. Daarna zag hij nog een fractie van een seconde haar rug en het tot ver over haar schouders vallende blonde haar.

Als ze bij hem in zijn slaapkamer was, op de rand van zijn bed zat of op de stoel ernaast, beleefde hij de gelukkigste momenten van de dag. De oude prins at al niet meer samen met de koning en de koningin aan tafel; van het ontbijt tot aan de avondmaaltijd werd alles door een lakei naar zijn kamer gebracht. Zijn kleinzoon wipte elke ochtend wel even binnen, en op sommige dagen ook tegen het einde van de middag. Koningin Margarita bezocht hem eens in de drie dagen, meestal rond lunchtijd. Ze bleef nooit lang, ze ging ook zelden zitten maar bleef op gepaste afstand van zijn bed staan en vroeg hoe het met hem ging en of hij nog iets nodig had. Meer dan bij zijn andere familieleden had hij bij haar het gevoel dat ze zijn aanwezigheid, zijn bestaan, als een last ervoer. Hij las het in haar blik, net als haar dochter was ze niet in staat om haar gevoelens te verbergen.

Waarom hoepel je niet een keer op? las hij in haar mooie ogen. *Wanneer ga je nou eindelijk eens een keer dood?*

Hij begreep haar volkomen. Hij sympathiseerde met haar. Zelf had hij het lange leven van zijn schoonmoeder, koningin (en later prinses) Josephina, ook voornamelijk als een last ervaren. Een hinderlijke aanwezigheid, als een oude, zware commode die in de weg staat maar die je onmogelijk van haar plaats kunt krijgen, een erfstuk dat je niet bij het grofvuil mag zetten. Haar eindeloze kauwen aan tafel: niet alleen op taaie stukken vlees maar op alles. Ook bij puddinkjes en vanillevla deed de koningin-moeder alsof het haar de grootste moeite kostte om het eten weg te krijgen. Dan zuchtte ze diep, schoof het bord of schaaltje van zich af en zei: 'Ik kan dit echt niet eten. Bovendien heb ik geen trek meer.'

Nu luisterde hij naar prinses Vera. Ze kwam hem om advies vragen, zoals ze wel vaker deed. Meer dan enig ander lid van de koninklijke familie was hij, prins Arthur, degene die door de jonge prinses in vertrouwen werd genomen.

Het ging om een jongen, begreep hij, een jongen op school die ze leuk vond.

'Wat je moet doen...' zei hij toen ze was uitgesproken en hem vragend aankeek, en zonder dat hij dit bewust deed begon hij zachter te praten, alsof hij op het punt stond haar een geheim toe te vertrouwen – wat in feite ook zo was. 'Wat je moet doen is hem, die jongen, zo lang mogelijk aankijken zonder je blik af te wenden. Ondertussen denk je aan hoeveel je van hem houdt, aan wat een verschrikkelijke vergissing hij zou begaan wanneer hij dit meisje, wanneer hij jou zou afwijzen.'

Hij strekte zijn arm over het dekbed en pakte Vera's hand.

'Het zijn je ogen, Vera,' vervolgde hij. 'Met je ogen kun je de mannen laten smelten. Als ze maar lang genoeg in je ogen kijken, zullen ze verslaafd raken aan je blik. Je bent nog geen zestien. Niet te jong om te genieten, maar doe dat wel goed en zo veel mogelijk. Laat het niet bij één jongen, probeer ze allemaal uit. Kijk ze diep in hun ogen en vraag of ze met je naar een feest willen. Je hoeft niet bang te zijn dat je jezelf verlaagt door de eerste zet te doen. Meisjes die wachten tot ze gevraagd worden, eindigen altijd met de verkeerde. Nee, je overrompelt ze. Probeer het anders eerst maar eens uit met de knapste jongen van de hele school. Is die jongen die je nu zo leuk vindt de knapste jongen van de hele school? Waarschijnlijk niet.'

Er verscheen een blos op Vera's wangen. Ze wreef even over haar neus, schoof met beide handen haar haar naar achteren.

'Nee,' zei ze zacht, zonder hem aan te kijken. 'Hij lijkt een beetje op...' Ze noemde de naam van een Franse acteur van wie Arthur nog nooit had gehoord.

'Luister, Vera. Dit is wat je gaat doen. Morgen stap je op de knapste jongen van de school af en vraag je hem iets. Het geeft niet wat. Of hij je met wiskunde kan helpen. Dat er een probleem is dat je niet begrijpt. Heb je wiskunde?'

'Nee.'

'Dan met iets anders. Een aardrijkskundewerkstuk. Iets van geschiedenis, het maakt niet uit. Je stapt op hem af en je vraagt hem iets. Ondertussen kijk je hem aan. Je blijft hem aankijken. Je belooft hem iets, in gedachten. Ik hoef je niet uit te leggen wat je hem belooft, wij begrijpen elkaar. Hij gaat je met huiswerk of met een werkstuk helpen, maar hij krijgt er wel iets voor terug. Zo gezegd, zo gedaan. Ik geef je op een briefje dat de knapste jongen van de school als eerste zijn blik zal afwenden. Hij zal letterlijk in je ogen verdrinken. Hij zal naar adem happen, en als hij je eindelijk antwoordt, zal hij beginnen te stotteren.' De prins moest lachen, een hese, schorre lach die overging in een hoestbui. 'Ja, hij zal stotteren!' riep hij uit toen hij zijn stem had hervonden. 'Stotteren zal hij. Stotteren!'

'Maar opa, ik vind de knapste jongen van de school helemaal niet leuk.'

'Ha! Des te beter! Dat zal alleen maar in je voordeel werken. Je hoeft niet eens te doen alsof. Je vindt hem eigenlijk een beetje een zielig geval. Je moet eerlijk zijn wanneer je hem aankijkt.

Hij zal het lezen in je blik. Dat je hem hooguit een gunst verleent maar dat je hem in het diepst van je hart een zielig geval vindt.'

De prins wierp een blik op het nachtkastje naast zijn bed. Tussen de strips met pillen, de tot een prop verfrommelde papieren zakdoekjes en de restanten van zijn ontbijt (een half opgegeten croissant en een kop koud geworden koffie), die kennelijk nog niet door de dienstdoende lakei waren weggehaald, stond een leeg waterglas, enigszins smoezelig van de vingerafdrukken.

'Kijk eens hier, Vera,' zei de prins, en hij tikte met zijn vingers op het deurtje van het nachtkastje. 'Daar moet iets staan... Een fles. Helemaal achterin. Jij kunt er beter bij dan ik.'

Prinses Vera boog zich voorover, maakte het deurtje open en pakte een fles uit het kastje – CHIVAS REGAL, stond er op het etiket te lezen.

'Dat is 'm,' zei de prins. 'Hier...' Hij hield haar het waterglas voor. 'Schenk je grootvader maar eens in.'

Goedbeschouwd was hij natuurlijk haar overgrootvader, maar omdat er nooit een geschikt verkleinwoord voor deze familieband was bedacht, hadden ze het van het begin af aan op 'grootvader' gehouden. Bovendien was haar grootvader van moederskant al jaren dood en zat haar grootvader van vaderskant in een krankzinnigengesticht.

Vera schroefde de dop van de fles.

'Meer,' zei de prins, terwijl hij naar de goudkleurige straal keek. 'Doe maar gewoon bijna vol. Proef maar. Dit is met kop en schouders de beste whisky die er is.'

De prins nam eerst zelf een grote slok, daarna overhandigde hij het glas aan de prinses.

'Waar waren we gebleven? O ja, je spreekt de knapste jongen van de school aan. Je wacht net zo lang tot hij als eerste zijn blik afwendt. Daarna neem je hem mee naar huis. Je leidt hem rond door het paleis, door de paleistuin, je neemt hem mee naar je kamer...'

'Maar opa, dat is nou juist waar ik zo bang voor ben. Dat de jongens onder de indruk raken, niet van wíé ik ben, maar van wát ik ben. Wat ik zal worden. Hoe zal ik ooit weten of een jongen echt om mij geeft en niet alleen maar aan de status denkt? Omdat hij dan aan al zijn vrienden kan vertellen dat hij iets met een prinses heeft. Met een toekomstige koningin.'

'Ja, dat is iets waar we allemaal mee te maken hebben. Het is zowel een vloek als een zegen. Laat ik het zo zeggen: het is zoals het is. Dat je een prinses bent, en straks een koningin, daar kun je zelf niets aan veranderen. Het heeft zowel voor- als nadelen. En omdat de nadelen niet te vermijden zijn, kun je beter maar zo veel mogelijk gebruikmaken van de voordelen, die brengen de zaak weer een beetje in evenwicht. Van geen enkele jongen of man zul je straks met honderd procent zekerheid kunnen zeggen dat hij op jou valt en niet op je positie en je status. Je kunt daarom maar het beste de knapste, of anders in elk geval de leukste uitkiezen. Als wij in een restaurant reserveren krijgen we altijd het mooiste tafeltje, bij het raam met uitzicht op de tuin. Zolang je je in het openbaar, in het zicht van je onderdanen, wel gedraagt, anders gaat het straks als een lopend vuurtje rond dat prins Arthur weer tot ver na sluitingstijd Spaanse liederen zat te zingen. Of dat prinses Vera zat te zoenen met een onbekende jongeman.'

Vera rook aan het glas, proefde toen voorzichtig. Prins Arthur zag dat de tranen haar in de ogen sprongen maar ze probeerde zich flink te houden. Na een paar tellen wreef ze met haar vingers in haar ogen en nam toen nog een slokje.

'Je neemt de knapste jongen van de school dus mee naar huis,' vervolgde de prins. 'Je doet een beetje verveeld, alsof je hem een gunst verleent. Je kunt bepaalde dingen toelaten, dat moet je helemaal zelf bepalen, hoever je wilt gaan. Misschien mag hij even je hand vasthouden als jullie door de paleistuin wandelen. Misschien mag hij je kussen. Nee, nee, luister!' zei de prins snel toen hij het gezicht van prinses Vera zag. 'Ik zeg: je moet het zelf bepalen. Kussen hoeft niet als je daar geen zin in hebt. Het gaat er alleen maar om dat hij denkt dat je in hem geïnteresseerd bent. Dat de hele school ziet dat je in hem geïnteresseerd bent. Maar belangrijker is dat de hele school ziet dat hij in jou geïnteresseerd is. Misschien is hij wel verliefd. Hij begint in elk geval te blozen in jouw gezelschap, dus er zal wel heel wat aan de hand zijn, denkt iedereen.'

'Maar wat moet ik dan doen?' vroeg Vera. 'Ik wil helemaal niets met die jongen.'

'Natuurlijk niet. Dat hoeft ook helemaal niet. Het hoeft niet lang te duren. Je houdt hem een paar weken aan het lijntje. Een maand hooguit. Daarna laat je hem vallen. Als een baksteen. Hij zal niet begrijpen waar hij het aan te danken heeft. Alsof hij van achteren wordt aangereden, zo moet het voor hem voelen. Vanaf die dag doe je alsof hij lucht voor je is. In gezelschap van anderen doe je alsof hij niet bestaat. Wat kan er gebeurd zijn? vragen je medescholieren zich af. Heeft hij iets gedaan? Heeft hij' – en hier kon de prins zijn lachen niet meer inhouden – 'misschien een gebrék?' hikte hij, terwijl hij naar een van de verfrommelde papieren zakdoekjes greep en het naar zijn ogen bracht. 'Sorry, Vera. Ik zag het opeens helemaal voor me. Het is natuurlijk erg voor die jongen, maar daar hoef jij je geen kopzorgen over te maken. Je kunt het hem altijd later nog een keer uitleggen, dat je gewoon op een ander type jongen valt. Dat dat van jullie op een vergissing berustte. Je hoeft echt geen medelijden met knappe jongens te hebben, ze kunnen iedereen krijgen die ze willen hebben. Al zullen het niet altijd de slimste meisjes zijn die voor hun charmes vallen, haha!'

'Maar is dat dan niet... Ik bedoel, ik wil niets met die jongen, maar ik hoef hem ook niet onnodig verdriet te doen. Dat vind ik zielig.'

'Toe nou, Vera. Hij komt er echt wel overheen. Het gaat erom dat je jezelf het etiket "moeilijk te krijgen" opplakt. Dat de hele school er zo over denkt. Het meisje dat even aan de knapste jongen van de school ruikt maar hem daarna weer net zo snel laat vallen. Je hoeft niet zo nodig. Je hoeft helemaal geen jongens voorlopig. Je bent anders dan al die slettenbakken die van hand tot hand gaan. Die heb je toch ook, bij jou op school, sletten?'

Vera keek hem alleen maar aan.

'Weet je een boterham met pindakaas?' vervolgde de prins. 'Je laat hem per ongeluk uit je handen vallen en de boterham komt omgekeerd, dus met de pindakaas naar beneden, op het tapijt terecht. Raap je hem op en ga je door met eten of gooi je hem weg? Jongens voelen heel goed aan dat ze die gewillige meisjes weg moeten gooien, maar ze vinden het zonde, ze vinden de pindakaas te lekker. Ze eten de boterham met tapijtharen en al op.'

Ze lagen in bed en keken naar seizoen drie van *The Crown*. Het was laat, de koning wist niet precies hoe laat, maar hij voelde het aan zijn hoofd, aan zijn oogleden, aan zijn linkerarm, die hij achter zijn hoofd had gevouwen en die gevoelloos was geworden.

'Wat denk je?' zei hij, toen de aftiteling van aflevering vier of vijf – hij was de draad kwijt – door het beeld begon te rollen. 'Zou er over tien of twintig jaar ook een serie over ons worden gemaakt? Of gebeurt er daarvoor te weinig in ons leven?'

In het leven van de Engelse koninklijke familie leek van alles te gebeuren, in elk geval genoeg om een heel seizoen aan elk decennium te wijden. Toch kon hij zich niet aan de indruk onttrekken dat de makers soms te weinig materiaal hadden en de gesprekken tussen koningin Elizabeth en prins Philip onnodig oprekten. Of dat ze bijna niet konden wachten tot de jaren met Lady Diana aanbraken.

'Zou je willen dat er meer gebeurde in ons leven?' vroeg de koningin.

'Nee, van mij hoeft het niet zo,' zei hij. 'Maar ik vraag me soms af hoe het voor jou is. Of je er misschien meer van had verwacht, van het koningin spelen.'

Een nieuwe aflevering was ondertussen begonnen. De koningin pakte de afstandsbediening en drukte op de pauzeknop.

Er gebeurt genoeg, dacht ze, terwijl ze aan Joseph Bosman dacht. Maar misschien was de schilder juist wel het bewijs dat er te weinig gebeurde. Tijdens hun laatste bezoek aan Engeland had ze koningin Elizabeth zelf gevraagd wat ze van de serie vond. Ze had geen directe vraag gesteld, niet de vraag die haar het meest had beziggehouden tijdens het kijken naar *The Crown*.

Waarom is het toch dat de buitenechtelijke affaires van uw man uitgebreid aan bod komen terwijl er over uw eigen affaires wordt gezwegen? Of waren die er helemaal niet?

Maar terwijl ze door de tuinen van Buckingham Palace wandelden of naast elkaar aan het diner zaten, was er nooit een geschikt moment geweest. Er waren altijd anderen bij, mensen binnen gehoorsafstand die hun gesprek hadden kunnen opvangen.

En dan nog. Had ze de vraag wel durven stellen wanneer ze een kwartier met de Engelse koningin alleen was geweest? Ze had zo'n moment met Michelle Obama gehad. De vrouw van de oud-president had haar een rondleiding gegeven door het Witte Huis. Voor het portret van John F. Kennedy had Michelle haar toevertrouwd dat ook in haar lange huwelijk met Barack Obama niet altijd alles rozengeur en maneschijn was geweest.

'Hij was weliswaar geen Kennedy wat de vrouwen betreft,' zei ze, 'maar er waren andere dingen. Zijn afwezigheid. Nou ja, ik zal je er niet mee lastigvallen. Ik ben bezig er een boek over te schrijven. Volgend jaar komt er een einde aan zijn presidentschap. Dan kunnen we eindelijk weg uit dit rare huis.'

Een paar jaar later was dat boek van Michelle Obama er inderdaad gekomen. Koningin Margarita had *Becoming* in één lange middag en avond uitgelezen. Ze had zich afgevraagd of ze het als een teken aan de wand moest opvatten dat hun eigen bezoek aan het Witte Huis er niet in voorkwam. Kennelijk niet interessant genoeg. Maar ze had er niet te lang bij stilgestaan. Zoveel bezoeken van zoveel staatshoofden, die hadden nooit allemaal in het boek gepast. Ze troostte zich met de constatering dat de bezoeken van de Nederlandse minister-president ook niet in *Becoming* werden genoemd.

Wel was er tijdens het lezen een ander besef bij Margarita komen bovendrijven. Michelle Obama had een boek kunnen schrijven. Ze had van begin af aan geweten dat haar verblijf in het Witte Huis maximaal acht jaar zou duren. Daarna was het klaar. Dan kreeg ze haar eigen leven terug, kon ze in alle vrijheid een boek schrijven en daar vijftig miljoen dollar voorschot voor incasseren.

Voor een koningin was dit niet weggelegd. Een koningin had levenslang. Er waren geen door koningen of koninginnen geschreven memoires. Ze konden niet terugblikken op hun leven als staatshoofd, omdat ze tegen wil en dank staatshoofd bleven – soms tot in het graf. Ja, ze konden troonsafstand doen, maar alleen van de troon, niet van hun koninklijke zwijgplicht over wat er binnen de muren van de paleizen voorviel.

Er konden boeken óver je worden geschreven, series óver je worden gemaakt. Bij het afscheid van koningin Elizabeth, op het bordes van Buckingham Palace, hadden ze met zijn drieën voor de camera's geposeerd. Ze stonden daar wat onhandig, leken niet goed te weten wat ze moesten doen. De koning had zich diep moeten bukken. Zelf had ze ervoor gekozen om even kort door haar knieën te gaan, maar ook in die ongemakkelijke houding was het nog steeds onmogelijk geweest om haar eigen hoofd op enigszins gelijke hoogte met dat van de Engelse koningin te brengen. Het Nederlands koninklijk paar had daar naast een legende op het bordes gestaan. Onbedoeld leken ze haar te willen kleineren met hun lengte en hun jeugd. Toen ze later de beelden terugzag viel het nog meer op wat een figuur ze daar hadden geslagen met hun veel te lange Nederlandse lichamen naast het oude, gebogen vrouwtje met haar handtas. Toch was het koningin Elizabeth geweest die als enige haar waardigheid had weten te behouden.

'Ik ben moe,' zei ze nu tegen de koning. 'Zullen we morgen verder kijken?'

'Wat jij wilt, lieve,' zei Hendrik. 'Het is ook al best laat, geloof ik.'

Tijdens het kijken naar *The Crown* had ze af en toe kunnen wegdromen, maar ze werd te zeer door de verwikkelingen in de serie in beslag genomen om geconcentreerd aan andere dingen te kunnen denken. Ze verlangde naar stilte. Naar duisternis. Naar de wereld die zich achter haar gesloten oogleden afspeelde.

Nadat ze een paar minuten voor *De violist* waren blijven staan en nog eens lachend hadden vastgesteld wat een lelijk schilderij het was, had Joseph haar naar een zaal op een hogere verdieping meegenomen. Daar hing het schilderij dat hij haar had willen laten zien. Het heette *De museumles*. Een groepje kinderen zat op de grond voor een schilderij, terwijl een oudere dame iets op het kunstwerk aanwees. De oude dame was precies zo geschilderd als de vrouw van wie ook Margarita honderd jaar geleden museumles had gehad. Inclusief het knotje. De kinderen zaten voor *De violist* van Marc Chagall, al zag de koningin toen ze haar gezicht dichter bij het doek bracht dat Joseph Bosman de viool had vervangen door een saxofoon.

Maar het opvallendste aan het hele schilderij waren de kinderen. Niemand keek naar de saxofoon spelende violist, laat staan naar de vrouw met het knotje. De meesten waren met hun telefoon bezig, een paar rolden stoeiend over de grond, een van de kinderen was een papieren vliegtuigje aan het vouwen, terwijl een donkere jongen met een ver over zijn hoofd getrokken hoody een katapult op de museumlerares richtte.

'Het is...' begon de koningin. 'Het is echt geweldig. Zoals die kinderen allemaal niet opletten. Dat deden wij ook niet. Alleen hadden wij toen geen telefoon om de verveling te verdrijven.'

'Precies,' zei hij. 'We verveelden ons. Kinderen vervelen zich nog steeds wanneer ze naar iets moeten luisteren wat ze niet interesseert. Maar nu is er gelukkig de telefoon.'

'Nou ja, gelukkig, niet altijd, ik bedoel...' Ze had iets over Vera willen zeggen, over haar dochter en haar telefoon die onafscheidelijk waren. Ze hadden afspraken gemaakt: niet aan tafel bijvoorbeeld, maar eigenlijk hielden ze zich daar allang niet meer aan. 'Vera, we zitten aan tafel,' had ze een paar avonden geleden nog maar weer eens tegen haar dochter gezegd, nadat Vera voor de zoveelste keer op haar telefoon had gekeken en onder het tafelblad driftig een bericht had getikt. 'Wacht even, mama, dit moet echt nu.'

'Ik merk het bij mijn eigen kinderen,' zei Joseph Bosman. 'We hadden het er laatst over, wat belangrijker is, de gesprekken die live worden gevoerd of de gesprekken op je telefoon. "Er komt een tijd, pap," zei mijn jongste zoon, hij wordt binnenkort twaalf, "dat niemand meer zal zeggen dat het ene gesprek belangrijker is dan het andere. Dat we gewoon kunnen zeggen: hou even je mond, ik zit in een belangrijk WhatsApp-gesprek."'

'O ja? En wat zei jij toen?'

'Ik was het eigenlijk wel met hem eens. Ik vond het een slimme opmerking. Als je al dat geklets van mensen hoort, in restaurants, in treinen, op het werk. Waarom zou je dat geklets hoger aan moeten slaan dan de gesprekken op je telefoon? Waarom zou je' – en hij wees naar zijn schilderij – 'naar oeverloos geouwehoer over Marc Chagall moeten luisteren, terwijl alle kennis van de wereld binnen handbereik is op je telefoon? En niet alleen kennis. Alles. Muziek, film, literatuur, nieuws, al je vrienden. Het is een wonder. Maar we neigen er nog steeds naar het als een soort noodzakelijk kwaad te beschouwen in plaats van als het wonder dat het is.'

'Ja,' zei de koningin, aangestoken door het enthousiasme van de schilder. 'Mijn dochter zegt vaak...'

Daar stopte ze. Het was misschien niet echt een verspreking, maar ze besefte meteen dat ze haar eigen dochter beter niet in dit gesprek kon betrekken. Maar voor hoelang nog? Waar waren ze eigenlijk mee bezig? Wie hield wie voor de gek?

De schilder keek haar aan; even leek hij te wachten of ze nog meer zou gaan zeggen, toen spreidde hij zijn armen in een verontschuldigend gebaar.

'Ik weet dat je een dochter hebt,' zei hij. 'Ik hoop dat je het me niet kwalijk neemt. Ik had er al eerder over willen beginnen. Toen al, in de galerie. Maar ik wilde alles gewoon nog even laten zoals het was. Voor zolang het zou duren. Voor ons allebei.'

Ze voelde haar gezicht warm worden. Niet nu gaan blozen,

sprak ze zichzelf vermanend toe. What the fuck! dacht ze het volgende moment. Bloos als je het niet laten kunt.

'Er was gewoon geen geschikte gelegenheid,' vervolgde de schilder. 'Maar ik vond het ook wel spannend, ik geef het eerlijk toe. Ik had je in elk geval vandaag... Ik had geen afscheid van je genomen zonder het je te zeggen.'

Hij spreidde opnieuw zijn armen.

'Vertel me eerst wat je dochter zei,' zei hij. 'Wat Vera zei. Ze heet Vera, toch?'

AFLEVERING 5

Prinses Astrid heeft zich wederom in de nesten gewerkt. Aan koning Hendrik de ondankbare taak om haar een helpende hand te bieden. Margarita bedenkt ondertussen een plannetje om Joseph Bosman vaker te kunnen zien, zonder dat het meteen verdacht is. De schilder zelf heeft steeds meer moeite om zijn bijzondere band met de koningin geheim te houden. Prinses Vera ten slotte neemt de raadgevingen van prins Arthur ter harte en nodigt een jongen uit op het paleis.

Nog uren nadat ze hun leeslampjes hadden uitgedaan kon de koning de slaap niet vatten. Hij dacht in de eerste plaats aan de namiddag, nu bijna een week geleden, waarop Margarita uit Amsterdam was teruggekomen en hij haar over het bezoek van prinses Astrid had verteld.

Hij had er niet bij gezegd dat de koningin een afspraak met haar zus had gehad, maar dat ze deze kennelijk was vergeten.

'We hebben een serieus probleem,' had de koning tegen zijn vrouw gezegd. 'Als dit bekend wordt, schaadt het ons allemaal.'

In tranen had Astrid hem opgebiecht wat er was gebeurd. Een paar weken eerder was ze tijdens een bezoek aan de Bijenkorf in Amsterdam een potje antirimpelcrème vergeten af te rekenen. Ze was niet eens tot de uitgang gekomen, waar ongetwijfeld het alarm zou zijn afgegaan. Nee, al op de roltrap tussen de tweede en de eerste verdieping was ze aangesproken door een beveiliger van het warenhuis, die haar op dwingende toon had verzocht hem te vergezellen naar een ruimte naast de pashokjes op de begane grond. Daar had ze de inhoud van haar tas op een tafel moeten uitstallen, en zo was ook het niet-afgerekende potje crème tevoorschijn gekomen.

'Ik heb die man op het hart gedrukt dat ik het nog had willen afrekenen,' had Astrid tegen Hendrik gezegd. 'Dat ik gewoon wat verstrooid ben soms, maar dat ik absoluut geen kwaad in de zin had. Maar die man geloofde me domweg niet. Hij zei dat ze me eerder hadden gezien op die afdeling. Hij zei er niet bij of hij me zelf had lopen volgen of dat ze me op een bewakingscamera hadden gespot. Hoe dan ook was duidelijk, zei hij, dat ik een beetje verdacht had lopen rondhangen bij de potjes crème. Dat ik een paar keer om me heen had gekeken en het potje daarna in mijn tas had laten verdwijnen.'

'En?' wilde de koning vragen. 'Heb je je verdacht gedragen? Was je van het begin af aan van plan om dat potje te stelen?' Maar dat vroeg hij allemaal niet, hij liet haar vooralsnog haar verhaal afmaken.

De beveiliger had Astrid om haar legitimatie gevraagd. Die ze niet bij zich had. Ze had onthuld wie ze was, misschien had hij haar niet herkend? Maar de beveiliger leek niet erg onder de indruk, hij liet zelfs niet merken of hij haar wel geloofde. Hij zei dat het warenhuis in dergelijke gevallen vrijwel altijd aangifte deed en had haar een formulier overhandigd dat ze had moeten invullen. Geen schuldbekentenis – naast haar naam en adresgegevens had ze haar eigen versie van het gebeurde mogen geven. Bij '1B, reden voor de diefstal' had ze alleen 'Vergeten af te rekenen' ingevuld.

Het warenhuis zou alles in overweging nemen en daarna besluiten of er verdere stappen tegen haar zouden worden genomen. Binnen een week zou de prinses uitsluitsel krijgen. Daarna had ze mogen vertrekken. Zonder medeneming van de antirimpelcrème, die bleef achter als 'bewijslast'. Niemand zou haar tegenhouden als ze een nieuw potje wilde kopen, had de beveiliger haar ten overvloede verzekerd.

De koning had aandachtig naar zijn schoonzus geluisterd. Al met al klonk haar verhaal redelijk geloofwaardig. Althans, voor buitenstaanders. Niet voor mensen die haar door en door kenden, zoals de koning en de koningin.

Hendrik en Margarita hadden het er al vaker over gehad of ze Astrid er misschien een keer op moesten aanspreken. Soms misten ze opeens dingen. Een paar gouden oorbellen van de koningin, een biljet van vijftig euro dat Vera op haar verjaardag van prins Philip cadeau had gekregen, en zelfs een keer een zilveren broodmand, die de koningin bij Harrods in Londen had gekocht. 'Het is een ziekte,' had Margarita gezegd. 'Misschien is het voor haar zelfs een opluchting als we haar duidelijk laten merken dat we haar in de gaten hebben.'

Daar was het echter bij gebleven. Het waren maar kleine diefstallen, grote schade hadden ze er nooit door geleden. En wie wist hoe prinses Astrid op zo'n beschuldiging zou reageren? Misschien zou ze wel door het lint gaan en alles ontkennen.

Dit keer echter had Astrid de reputatie van het Koninklijk Huis op het spel gezet. Nog even had de koning gehoopt dat het allemaal met een sisser zou aflopen. Wellicht had de Bijenkorf er geen belang bij om een lid van het Koninklijk Huis – een goede klant tenslotte – in verlegenheid te brengen en zouden ze van aangifte afzien.

Maar toen had Astrid hem het filmpje laten zien. Ze had het de avond tevoren binnengekregen op haar telefoon, verstuurd vanaf een afgeschermd nummer. Met de mededeling dat het filmpje binnenkort aan de media zou worden doorgespeeld, tenzij ze een bedrag van 50.000 euro zou overmaken naar een rekening in Luxemburg.

'Van wie denk je dat het komt?' had de koning gevraagd nadat hij het filmpje had gezien. 'Wie heeft er de beschikking over die beelden? De Bijenkorf?'

'Ik weet het niet,' had Astrid gezegd, terwijl een eerste traan zich uit een ooghoek losmaakte en halverwege haar wang tot stilstand kwam. 'Ik kan het natuurlijk nooit bewijzen, maar als het nou eens die beveiliger zelf is? Dat ligt toch het meest voor de hand?'

Op het filmpje waren de beelden van een bewakingscamera te zien. Een camera die ergens schuin in de hoek van het vertrek was opgehangen waar Astrid de inhoud van haar tas op een tafel had moeten uitstallen. Het waren zwart-witbeelden van niet al te goede kwaliteit, maar de vrouw die haar tas uitpakte, af en toe haar hoofd schudde en tot twee keer toe haar handen in de lucht wierp, was duidelijk te herkennen als de zus van de koningin. De beveiliger, een man van begin dertig met zwart, kortgeknipt haar en een atletisch voorkomen, stond rustig naast haar. Hij kwam niet te dichtbij, hij raakte haar niet één keer aan – hij gedroeg zich zonder meer correct, moest de koning vaststellen, terwijl hij met een stijgend gevoel van afgrijzen naar de camerabeelden keek.

'Gelukkig is het alleen dit,' zei hij ten slotte. Hij wist niet wie hij gerust probeerde te stellen, zijn schoonzus of zichzelf. 'Iedereen kan per ongeluk een potje crème in zijn tas stoppen.'

'Dat is het juist,' zei Astrid. 'Vanochtend kwam er nog een bericht. Er is meer, werd er gesuggereerd.'

'Meer? Wat kan er dan nog meer zijn?'

'Ik weet het niet,' zei ze, en ze barstte nu pas echt in tranen uit. 'Maar stel je nou voor dat ze nog meer beelden hebben. Van een andere camera. Op die verdieping zelf. Beelden waarop duidelijk te zien is dat ik eerst om me heen kijk en daarna dat potje in mijn tas laat glijden?'

Vooralsnog gebeurde er echter niets. Na een week was het filmpje nog altijd niet online gezet. De koning had zijn schoonzus op het hart gedrukt niet te zwichten voor chantage. Het was beter om de chanteur uit zijn tent te lokken. 'Laat hem eerst maar eens met die andere beelden komen,' had Hendrik gezegd. 'Als die er al zijn.'

De koningin had het op zich genomen om haar zus te instrueren over hoe ze moest reageren wanneer de beelden van de bewakingscamera toch opeens online zouden worden gezet en, zoals te verwachten viel, binnen de kortste keren viral zouden gaan.

Ze zaten onder een rode parasol in de rozentuin, allebei in spijkerbroek en T-shirt. Een hommel zoemde traag van bloem naar bloem, vloog toen op en botste met een harde tik tegen het canvas van de parasol. Vanuit de verte, vanachter de heg om de tennisbaan, klonken de lome, slaperig makende klappen van tennisrackets tegen tennisballen, af en toe onderbroken door gelach. Waarschijnlijk speelde prinses Vera een potje tennis met de jongen die ze van school had meegenomen. Een niet onknappe jongen, had de koningin tot haar tevredenheid vastgesteld toen hij haar een hand was komen geven. En in de verste verte niet verlegen, bijna een beetje brutaal. 'Aardig optrekje heeft u hier, mevrouw,' had hij tegen haar gezegd. 'Nee, lang niet slecht.' En daarna had hij naar Vera geknipoogd, maar de prinses had zijn knipoog niet beantwoord en haar ogen neergeslagen. De koningin had zich onmiddellijk afgevraagd of dit wel een geschikte jongen was voor haar dochter. Maar ach, laat toch, had ze vervolgens gedacht. Het is tenminste een jongen, Vera was slim genoeg om wanneer de tijd daar echt rijp voor was de juiste uit te kiezen.

Ze sloeg het laatste bodempje van haar glas thee achterover. Omdat de hommel, die nog altijd tegen de onderzijde van de parasol aan botste, haar op de zenuwen begon te werken, vouwde ze de ochtendkrant dubbel en stond op.

'Ik heb eigenlijk wel trek in iets sterkers,' zei ze, terwijl ze de hommel met de krant naar de rand van de parasol veegde. 'Ik vind het echt gin-tonicweer.'

Er klonk een piepje. Prinses Astrid graaide in haar tas, het duurde even voordat ze haar telefoon had gevonden.

'Sorry, dit moet echt nu,' zei ze, en ze begon aan een bericht. Als enige van haar generatie koninklijke familieleden wist Astrid net zo snel te tikken als prinses Vera, met gebruikmaking van haar beide duimen. 'Sorry,' zei ze nogmaals. 'Je had het over gin-tonic.'

'Nee, ik vind het helemaal niet erg,' zei de koningin, terwijl ze de bel van de witte, ijzeren tuintafel pakte en er kort mee klingelde. 'Ik probeer het onderscheid tussen gewone gesprekken en gesprekken op onze telefoon niet meer te maken. Er bestaat nog steeds een soort waardeoordeel over WhatsApp, dat je je telefoon uit beleefdheid zou moeten wegleggen wanneer je met iemand zit te praten. Maar wie zegt dat het ene gesprek interessanter is dan het andere?'

Ze keek naar haar zus, maar ze had niet de indruk dat Astrid naar haar luisterde. 'Ja, precies,' zei haar zus alleen maar, terwijl ze driftig door bleef tikken.

Onwillekeurig dacht Margarita voor de vijftigste keer die week aan het rendez-vous met Joseph Bosman in het Stedelijk Museum. Ze waren apart, kort na elkaar, het museum uit gelopen. Vlak bij de uitgang was de koningin aangeklampt door een meisje dat Margarita pas na een paar tellen herkende als de baliemedewerkster die haar een klein uur eerder haar toegangsbewijs had verkocht.

'Ik zal het tegen niemand zeggen,' – het meisje sprak zo zacht, fluisterde bijna – 'maar mag ik u om een handtekening vragen?'

Nou, ik heb eigenlijk een beetje haast, wist de koningin nog net bijtijds in te slikken. Een weigering zou meer aandacht trekken dan het verzoek van het meisje gewoon inwilligen. Ze vroeg tenminste niet om een selfie... Hoe had ze daarop moeten reageren? vroeg ze zich later af, toen ze met Joseph Bosman bij een hotdogkarretje stond. Een fotootje dat nog voor haar terugkeer in het paleis tienduizend keer zou zijn gedeeld op Instagram, Facebook en Twitter. Bij thuiskomst gevolgd door de onvermijdelijke vraag van Hendrik: *Wat deed je in het Stedelijk?*

Ze spraken nauwelijks terwijl ze hun hotdog aten. De koningin kon er niets aan doen, maar het kostte haar de grootste moeite haar teleurstelling te verbergen. Hij had het dus al die tijd geweten. Waarschijnlijk al vanaf het allereerste moment waarop hij haar staande had gehouden buiten de galerie. Dit gaf aan alles een andere draai. Had hij haar leuk gevonden? Aantrekkelijk? Of was het het feit dat ze de koningin was dat deze schilder ertoe had verleid haar aan te spreken en haar een glas witte wijn aan te bieden? Verschilde hij wezenlijk van al die anderen die voor haar bogen, het autoportier voor haar openhielden, haar in alles gelijk gaven, haar om een handtekening of een selfie vroegen?

Ze dacht aan de middag waarop ze voor het eerst aan prins

Hendrik was voorgesteld. Ook daar waren beide motieven onmiddellijk door elkaar gaan lopen. Een leuke man, geen stuk, maar wel charmant, een man die aandachtig naar haar luisterde – vooral dat laatste was iets wat de meeste mannen gewoon niet op konden brengen en wat haar onmiddellijk voor hem had ingenomen. Negen van de tien mannen hadden het bij een eerste date met een vrouw vooral over zichzelf, was haar ervaring. Over hun carrière, hun ambities, hun kijk op de wereld, die vooral zijzelf buitengewoon interessant vonden. Ze hadden zogezegd geen zesde zintuig voor verveling. Ze pikten de signalen niet op. Ook met openlijk gapen en regelmatig op je horloge kijken waren ze niet te stoppen.

Het was de herhaling die het allemaal zo vermoeiend maakte; al die versiergesprekken en verkooppraatjes leken als twee druppels water op elkaar. Aan het begin van deze eeuw was daar nog een nieuwe categorie mannen bij gekomen: mannen die zichzelf 'kwetsbaar' opstelden, zoals ze het zelf graag noemden, die met volle overtuiging verkondigden dat ze zich prettiger voelden in het gezelschap van vrouwen dan in dat van mannen. 'Ik begrijp vrouwen beter dan mannen,' had een jonge, ambitieuze politicus tijdens een van die dates tegen haar gezegd. 'Ik begrijp hoe jullie denken. Dat intuïtieve, dat heb ik zelf ook.' Jaren later las Margarita in de krant dat de politicus een straatverbod had gekregen wegens het stalken van zijn ex.

Nee, intuïtief kon je Hendrik onmogelijk noemen. Hij was eerder als een brood uit een tijd waarin je bij de bakker nog uitsluitend kon kiezen tussen wit of bruin. Geen spelt, meergranen of zuurdesem. Je vroeg om een halfje bruin, en dat was wat je kreeg.

Andere keren vergeleek ze hem in gedachten met een meubelstuk. Een tafel zonder franje, getimmerd van eerlijke materialen, geen namaak van een meubelboulevard. Zo stond hij in de kamer, in haar leven – ze zou alleen af en toe willen dat ze hem eens ergens anders neer kon zetten.

Hij had het nauwelijks over zichzelf gehad bij die eerste ontmoeting. Dat was ook helemaal niet nodig, had ze later vaak gedacht. Hij was een prins. Een prins die binnen afzienbare tijd koning zou worden.

Het was haar zus geweest die Margarita op die receptie in New York aan de prins had voorgesteld.

'Waarom nodig je hem niet uit?' had Astrid de volgende dag gezegd. 'Gaan we ergens met hem eten?'

'We?'

En Astrid had geknipoogd. 'Ik vind hem leuk,' zei ze. 'Maar meteen al een dáte, dat gaat misschien wat ver. Nee, twee meisjes willen met een prins uit eten. Wat steekt daar nou voor kwaads in?'

Margarita had haar zus alleen maar aangekeken.

'Stel je voor, koningin van Nederland,' zei Astrid, terwijl er een dromerige glimlach op haar gezicht verscheen. 'Koningin Astrid. Dat klinkt meteen helemaal goed, vind je niet?'

Hoe zou dat zijn geweest? vroeg Margarita zich af, terwijl ze naar haar zus keek. Geen koningin Margarita maar koningin Astrid, een koningin die potjes antirimpelcrème stal in de Bijenkorf.

Nu was Astrid gewoon de zus van de koningin, officieel mocht ze zich niet eens 'prinses' noemen, maar daar tilden Hendrik en Margarita niet al te zwaar aan. Astrid genoot in elk geval zichtbaar van haar aanspreektitel.

Andere aspecten van dit 'koninklijke' leven gingen haar minder makkelijk af. Rigoureus was ze uit de anonimiteit getild, met alle voor- en nadelen van een bestaan in de schijnwerpers.

'Ik word er helemaal gek van!' riep Astrid soms uit. 'Ik heb geen privacy meer! Door jullie,' voegde ze er dan na een veelbetekenende stilte aan toe.

Toch had zowel de koning als de koningin niet de indruk dat Astrid echt leed onder dat gebrek aan privacy. Haar liefdesleven kende nauwelijks geheimen, en het was ook net of het helemaal niet in haar bedoeling lag om het geheim houden. Al dan niet toevallig verschenen er kort na elke kersverse verovering foto's in de roddelbladen waarop zij met haar nieuwe liefde een hippe club in Amsterdam of Londen verliet. Soms met telelens gemaakt, maar vaker ook niet. Op enkele foto's – ze was toen net een week met die bekende voetballer (Margarita was even zijn naam kwijt) – leek ze naar de fotograaf te zwaaien.

'Ik denk dat ze die fotografen zelf belt,' zei de koningin tegen haar man. 'Ze is haar eigen anonieme tipgever.'

Er waren ook andere foto's. Foto's van een coke snuivende Astrid. Van Astrid topless op een sm-feestje. Van haar tegen de vangrail total loss gereden rood met witte Mini. Toch overheerste de sympathie voor de jongere zus van de koningin. Astrid leefde het leven dat Margarita niet kon leven. Op mannengebied pakte ze alles wat los en vast zat. In Saint-Tropez was ze samen met Mick Jagger gezien. In Miami met Kanye West. Het was het snelle leven van de jetset, niet de starre, in een keurslijf geperste glamour van haar en Hendrik. Nee, zelfs dat lag genuanceerder, daar was Margarita zich maar al te zeer van bewust. Wat was er glamoureus aan koekhappen en zaklopen? Aan een burgemeester die steeds zo discreet mogelijk een arm op haar onderrug – en soms zelfs nog lager! – had gelegd tijdens een van die niet vooruit te branden Koningsdagen? De beelden van de handtastelijke burgemeester waren later door een of ander tv-programma achter elkaar gemonteerd. En zij, koningin Margarita, had het zich allemaal laten welgevallen, dat was wat haar achteraf nog het meest stak. Om de arme man tegen zichzelf in bescherming te nemen misschien? Ze wist het niet meer. Wat ze wel wist was dat ze geen moment had overwogen om de hand van de burgemeester van haar onderrug te verwijderen, in het openbaar, terwijl heel Nederland het zou kunnen zien. Toch kon ze de gedachte niet van zich afzetten dat er ooit een tijd was geweest waarin zo'n man nog diezelfde dag zou zijn gevierendeeld. Een tijd waarin de koningen en koninginnen nog de absolute macht personifieerden. Niet de tandeloze monarchie waartoe het Koninklijk Huis in de eenentwintigste eeuw was veroordeeld. De burgemeester had niet eens een berisping gekregen en zat nog altijd op zijn post.

Toen ze hun hotdog ophadden, had Joseph om zich heen gekeken. 'Wat vind jij nou van dit plein?' vroeg hij.

De koningin had even overwogen om haar mening te geven.

'Een van de prettige kanten van koningin zijn is dat je je nergens over uit hoeft te spreken,' zei ze toen. 'Dus eigenlijk vind ik niks. Als mijn onderdanen het mooi vinden, is het mooi. Zo simpel is het.'

'Ik ben ook een van die onderdanen,' zei Joseph, waarna hij zijn mond afveegde, zijn servetje verfrommelde, daarna ook haar servetje van haar aanpakte en een paar passen naar een prullenbak deed. 'En ik vind het een speeltuin. Een kinderachtige speeltuin. Ongeschikt voor een grote stad. Ik herinner me nog hoe het hier vroeger was. Met auto's. Toen had het nog iets statigs. Hetzelfde geldt voor die badkuip daar. Misschien komt er een dag dat ik eraan gewend zal raken. Dan heeft de lolligheid ook bezit van mijn ziel genomen.'

Ze had het niet nodig gevonden om meteen iets terug te zeggen, ze schikte zich in de rol van de koningin die boven alle meningen stond.

'Het is als met de grachten,' vervolgde de schilder. 'Al die bomen. Ik weet niet of je het weet, maar vroeger waren die grachten kaal. Daar zijn schilderijen van. Veel en veel mooier. Ik bedoel, die bomen zijn op zich best mooi natuurlijk, maar dan in een bos. Niet langs een gracht.'

Ze wist niet precies wat ze voelde. Het liefst zou ze een stap naar hem toe hebben gezet, maar ze bleef staan waar ze stond. Ze keek om zich heen. Wat nu? Een tafeltje in een café of restaurant? Ze zou haar bril en pet moeten ophouden, en dan nog was er een kans dat iemand haar zou herkennen, net als dat meisje in het Stedelijk Museum. Iemand die met zijn of haar telefoon heimelijk een filmpje van Joseph Bosman en haar zou maken. Er waren tv-programma's die een fortuin zouden bieden voor zo'n filmpje.

'Ik moest maar eens naar huis,' zei ze. Ze omklemde haar bovenlichaam met haar beide armen, alsof ze het koud had. Misschien had ze het ook wel koud.

'Ja,' zei de schilder. Hij spreidde opnieuw zijn armen zoals hij eerder in het museum had gedaan. Hij stelde niet voor om nog ergens in een café iets te gaan drinken.

Voelt hij de situatie heel goed aan of wil hij gewoon van me af? schoot het door haar heen.

'Misschien zou je me kunnen schilderen.'

Hij keek haar aan. Hij keek haar zo lang aan dat ze haar blik moest afwenden.

'Ja,' zei hij, een brede glimlach met witte tanden lichtte op in zijn gebruinde en ongeschoren gezicht. 'Dat zou heel goed kunnen.' Hij keek om zich heen en deed toen een stap naar haar toe. 'Ik bedoel dat ik dat heel graag zou doen,' zei hij zacht.

Hij glimlachte inmiddels niet meer, keek haar alleen maar aan, met iets samengeknepen ogen, alsof hij zich er al een voorstelling van probeerde te maken hoe hij zo'n schilderij zou aanpakken. Alsof hij door zijn oogharen naar haar keek om te controleren of hij wel de juiste verf had gebruikt, in de juiste kleuren, de juiste dikte.

'Ik zou niets liever willen,' zei hij.

'Dus ik zat te denken,' zei de koningin tegen haar zus, terwijl ze beiden door een rietje hun tweede gin-tonic dronken. 'Wat zou een grotere verrassing voor Hendrik zijn dan dat ik hem een schilderij van mezelf cadeau geef? Op zijn verjaardag, die is al over twee maanden. Een schilderij geschilderd door de grote Joseph Bosman.'

Astrid luisterde zonder iets te zeggen. Haar glas was alweer voor de helft leeg, zag Margarita.

'Maar dat moet dan wel in het geheim gebeuren,' vervolgde de koningin. 'Ik kan hem niet hier naar het paleis laten komen, dat lijkt me duidelijk. En ik kan ook niet elke keer naar zijn atelier in Amsterdam, dat zou te veel opvallen. Dus ik zat te denken aan het huis in Zeeland.'

Margarita had haar zus kort ingelicht over haar toevallige ontmoeting met de schilder bij de galerie, maar niet over hun gemeenschappelijke jeugdherinnering aan de sneeuwballengevechten tussen de twee lagere scholen aan de Apollolaan. Ook haar recente bezoek aan het Stedelijk Museum had ze weggelaten.

Het huis in Zeeuws-Vlaanderen was een van de best bewaarde geheimen binnen het Koninklijk Huis. Het lag op een kilometer of acht van Hulst, midden tussen de akkers, en was het huis waarin Margarita en Astrid de eerste tien jaar van hun leven hadden gewoond. Na hun verhuizing naar Amsterdam hadden hun ouders het aangehouden als vakantiehuis. Toen Vera nog klein was hadden ook Hendrik en Margarita er menige vakantie doorgebracht. Nu vond Vera het er saai. Astrid verbleef er af en toe. Hendrik bleef er weleens overnachten wanneer hij een paar dagen ging jagen op de velden buiten Lamswaarde, een paar kilometer verderop. Het fijne van het huis was dat niemand ervan wist, althans niet officieel. De Nederlandse pers was niet op de hoogte van dit geheime buitenhuis of deed in elk geval alsof.

Astrid zette haar bijna lege glas op het ijzeren tafeltje. 'Is dat echt... Ik bedoel, heeft hij je gevraagd of hij je mocht schilderen of ben jij met dat idee gekomen?'

Margarita hoefde niet lang na te denken. 'Ik,' zei ze naar waarheid. 'Het leek me ineens zo'n bijzonder cadeau voor Hendrik,' zei ze er meteen achteraan zonder met haar ogen te knipperen. 'Dit is echt iets wat hij nooit zou verwachten.'

Dat laatste was in elk geval niet gelogen, het lag althans zo dicht bij de waarheid dat Margarita haar zus recht kon blijven aankijken.

'We kunnen met zijn tweeën gaan,' zei ze snel, toen ze de twijfel in Astrids ogen zag. 'Dat is voor jou onder deze omstandigheden misschien ook wel goed. Zo vertel ik het ook aan Hendrik. Twee zussen gaan er een weekje tussenuit, om bij te praten en gewoon weer eens een tijdje samen te zijn. Na een paar dagen vraag ik Joseph Bosman om langs te komen. Dan kan hij in elk geval een begin maken met zijn schilderij.'

'En daarna mag ik weg?' vroeg Astrid.

'Wat?' zei Margarita, maar ze merkte dat haar wangen onmiddellijk warmer werden.

'Lieve zus,' zei Astrid, 'je zou je gezicht moeten zien als je over die Joseph Bosman praat. Jezelf hou je misschien nog voor de gek, mij niet. Maar je hoeft echt niet bang te zijn. Ik hou mijn mond. Als ik heel eerlijk ben, vind ik het zelfs wel leuk. Voor jou, maar ook voor mezelf. Eigenlijk verbaast het me dat je niet veel eerder met zoiets bent begonnen.'

Het bezoek aan De Kastanjehof was een maandelijks terugkerende verplichting die de koning zo lang mogelijk voor zich uit schoof. Echt contact met zijn vader was onmogelijk. Soms had prins Karl heldere momenten. 'Vertel me, jongen, wat heeft Ajax gespeeld?' vroeg hij dan, om eraan toe te voegen: 'Even voor de duidelijkheid, jij bent mijn kleinzoon, toch?'

Vanmiddag was het weer zover. Koning Hendrik had zijn vrouw en schoonzus in de paleistuin achtergelaten en had Igor gevraagd om hem naar het diep in de bossen van de Gelderse Veluwe gelegen krankzinnigengesticht te chaufferen. Hoewel Igor strikt genomen ter beschikking stond van zijn dochter, vroeg de koning hem wel vaker voor dit soort diensten. Zo kon hij hem in alle privacy en zo discreet mogelijk naar het wel en wee van zijn dochter vragen. Maar er was nog een andere kwestie die de koning met Igor wilde bespreken. Ook zo discreet mogelijk. Igor en hij voelden feilloos aan dat hoe minder woorden er aan de betreffende kwestie werden vuilgemaakt, des te beter dit was voor hen beiden.

'Heb je nog iets uit kunnen vinden, Igor?' vroeg hij toen ze al anderhalf uur onderweg waren. 'Over waar we het eerder over hadden?'

Een week geleden had de koning Igor in het kort over het filmpje van de bewakingscamera in de Bijenkorf verteld. En daarna over de beveiliger van het warenhuis die prinses Astrid haar hele tas had laten uitpakken.

Igor had zwijgend naar de koning geluisterd. 'Ik zal er eens naar kijken,' had hij ten slotte gezegd. De koning had alleen geknikt. Daarna waren ze van onderwerp veranderd.

Intussen had prinses Astrid al een week geen nieuwe berichten meer van het afgeschermde nummer ontvangen.

'Ik denk dat u zich geen zorgen meer hoeft te maken,' zei Igor nu, terwijl hij de zwarte BMW de oprijlaan van De Kastanjehof op stuurde. 'Als het tot nu toe stil is gebleven, blijft het verder ook stil.'

Igor had zijn vingers losjes om het stuur geklemd – in feite alleen de vingers van één hand, de andere rustte uitsluitend voor de vorm op het zwarte leer waarmee het stuur was omkleed. Met één hand sturen hield hem scherp, hij wilde alleen niet dat de koning dit zag. Ook zou hij nooit in aanwezigheid van de koning zijn vingers knakken, terwijl hij daar nu juist behoefte aan had.

Het was inmiddels vijf dagen geleden, maar hij voelde het nog steeds: in zijn bovenarmen, zijn benen en zijn nek. Een prettig zeurende spierpijn en een rozig gevoel, alsof hij na een sessie in de sportschool urenlang in de sauna had gezeten.

Nadat hij uit Amsterdam was teruggekeerd had hij ook inderdaad een paar uur in de sauna van de sportschool doorgebracht. De apparaten, het krachthonk en de gewichten sloeg hij deze keer over.

De beveiliger van de Bijenkorf had een getraind en atletisch lichaam. Het was anders geweest dan bij eerdere soortgelijke gevallen. Anders dan bij… gewóne burgers, dacht hij, en hij moest oppassen dat hij niet zichtbaar zou gaan zitten lachen. Hij had gewacht tot de beveiliger om vijf uur uit zijn werk kwam en daarna was hij hem naar zijn huis gevolgd. Dat was nog het lastigste onderdeel van de hele operatie geweest. Igor had de grootste moeite gehad om het zwarte scootertje waarmee de beveiliger zich zigzaggend om tramhaltes en over fietspaden voortbewoog niet uit het oog te verliezen.

In een stille straat ergens in Oost was de man een woning op de begane grond binnengegaan. De gordijnen waren open gebleven. Zo had Igor gezien dat de man met een blikje bier op de bank was gaan zitten en de afstandsbediening van de tv had gepakt. Geen gezin, zo op het eerste gezicht, geen vrouw of vriendin, althans niet zichtbaar in de woning aanwezig.

Hij had nog een minuut of twintig gewacht, terwijl hij de beveiliger vanaf de overkant van de straat in de gaten hield.

Daarna had hij aangebeld.

'Wat zit je te lachen, Igor?' vroeg de koning, terwijl de BMW voor de hoofdingang van De Kastanjehof tot stilstand kwam.

Onmiddellijk trok Igor zijn gezicht weer in de plooi, onwillekeurig liet hij nu toch zijn vingers knakken. 'Neem me niet kwalijk, Hoogheid,' zei hij.

'Dat geeft toch helemaal niets. Als we niet meer zouden mogen lachen... Nee, ik zag je gezicht. Ik dacht: waarschijnlijk denkt hij aan iets leuks. Maar ik hoef het niet te weten hoor, echt niet.'

De jongen kwam met slechts een handdoek om zijn middel uit de badkamer. Hij was nog steeds mooi, mooier misschien nog wel dan daarnet in korte broek en T-shirt op de tennisbaan, maar Vera durfde niet goed naar zijn blote schouders, borst en buik te kijken, en sloeg daarom haar ogen neer.

'Je hebt ook een jacuzzi, zag ik,' zei hij. 'Chic hoor.'

Vera, die nog altijd voor het raam van haar kamer stond, vanwaar ze haar moeder en haar tante beneden in de paleistuin kon zien zitten, draaide zich nu helemaal naar hem om.

'Ach...' zei ze. 'Die gebruik ik eigenlijk nooit.'

Gisteren op school had ze de jongen op de man af gevraagd of hij misschien kon tennissen. En toen hij dat beaamde, had ze hem uitgenodigd. Uitgedaagd eerder. 'Ik durf te wedden dat ik van je zou winnen,' had ze gezegd, 'maar als je bang bent om te verliezen kunnen we ook gaan pingpongen.'

De jongen had iets gezegd over vrouwen- en mannentennis. Iets schampers, over een vrouwelijke Wimbledon-kampioen die het met twee sets voorsprong tegen een mannelijke kampioen had mogen opnemen – en alsnog had verloren. Maar Vera had ook angst in zijn ogen gelezen. *Stel dat ik verlies*, las ze in zijn blik. *Van een meisje. De hele school zal het te horen krijgen.*

'En wat als we samen die jacuzzi uitproberen?' vroeg hij quasi-achteloos, terwijl hij de poster van Michelle Obama bekeek, en zich er dichter naartoe boog om de handtekening rechtsonderaan te bestuderen. 'Is die echt?' vroeg hij. 'Ach ja, je moeder natuurlijk. Die heeft Michelle Obama gewoon om een handtekening gevraagd.'

Vera gaf geen antwoord; even draaide ze haar hoofd en keek weer door het raam naar buiten. Haar moeder en prinses Astrid zaten nog altijd half verscholen onder de rode parasol. Op de witte tafel voor hun neus stonden gin-tonicglazen.

Een kort ogenblik stelde ze zich voor dat de jongen zich met geweld aan haar zou opdringen, en hoe ze dan het raam zou openen en om hulp zou roepen. Dat zou ze nu ook al kunnen doen. Haar moeder en haar tante zouden toesnellen om haar te ontzetten. Een lakei, of Igor, zou de jongen in een houdgreep nemen. Iedereen zou haar geloven wanneer ze in tranen zou vertellen dat hij haar had proberen aan te randen. Als een lopend vuurtje zou het verhaal door de school gaan. De jongen zou worden geschorst, misschien wel definitief van school worden verwijderd.

Ze dacht aan de andere jongen. De jongen om wie het haar allemaal te doen was. Timothée Chalamet. Zou hij anders naar haar kijken na zo'n incident? Werd ze er onbenaderbaarder door? 'Moeilijk te krijgen', zoals haar overgrootvader had gezegd?

Maar Igor was er niet, bedacht ze nu. Ze had hem een halfuur geleden met haar vader zien wegrijden in de zwarte BMW.

'Iedereen vindt dat een mooie vrouw,' vervolgde de jongen. 'Maar ik weet het niet. Is ze bijvoorbeeld niet te groot? Je moet er maar zin in hebben, in zo'n grote vrouw. Als je Obama naast haar zag staan, leek het soms wel of hij net op dieet was geweest en tien kilo te licht was.'

'Je bent gewoon jaloers op sterke vrouwen,' zei ze. 'Misschien ben je wel bang voor haar. Groot en mooi, en ook nog zwart. Doodeng.'

Vera had de memoires van de voormalige first lady al drie keer gelezen, in het Engels. Ze voelde een mateloze bewondering voor Michelle Obama. Soms wenste ze dat ze Michelle Obama zou worden in plaats van koningin.

De jongen had zich van de poster afgewend. 'Nee, ik ben niet bang voor sterke vrouwen,' zei hij. 'Ik ben bijvoorbeeld ook niet bang voor jou.'

Ze had hem alle hoeken van de tennisbaan laten zien. Misschien had ze zich een klein beetje moeten inhouden, bedacht ze nu.

'Ik weet niet wat ik heb vandaag,' had hij een paar keer geroepen. 'Ik heb gewoon mijn dag niet.' Dat was in het begin geweest. Daarna had hij alleen nog maar lopen vloeken.

In een paar passen was hij nu bij haar, pakte haar stevig bij haar pols.

'Wat denkt u, Hoogheid?' zei hij. 'De jacuzzi? Of wilt u liever eerst even op bed bijkomen van ons partijtje tennis?'

Voordat ze er erg in had, zag ze dat hij de handdoek op de grond had laten glijden. Te laat bedacht ze dat ze niet meer bij het raam zou kunnen komen, de jongen had inmiddels ook haar andere pols in een stevige omklemming genomen.

'Alsjeblieft...' zei ze, en ze schrok van haar eigen stem, die van heel ver leek te komen, hoog en pieperig als van een bang diertje. 'Dit is toch een grapje, hoop ik? Dit is toch niet echt wat je wilt?'

Nadat zijn vriend, de weinig succesvolle abstracte schilder Nicolaas Louwes, van tafel was opgestaan om zich voor de derde of vierde keer die middag naar het toilet te begeven, verzonk Joseph Bosman in somber gepeins.

Ze zaten op het terras van café-restaurant Polder in het Amsterdamse Science Park, waar ze wel vaker afspraken om 'het leven door te nemen', zoals Nicolaas het noemde.

'En, hoe is het?' had zijn vriend gevraagd toen ze zo'n anderhalf uur geleden aan een rustig tafeltje aan de rand van het terras hadden plaatsgenomen. 'Nog dingen? Nog roddels?'

'Niet echt,' had Joseph geantwoord.

Wat hem betrof was dit ook niet ver bezijden de waarheid. Hij probeerde zijn veroveringen en affaires altijd met zo min mogelijk vrienden en collega's te delen, er in elk geval niet over op te scheppen. Maar nu, zes biertjes de man verder, viel hem dit een stuk zwaarder.

Hij had het nog nooit eerder zo heftig meegemaakt. Zo allesoverheersend dat hij aan bijna niets anders meer kon denken. Elke keer wanneer hij zijn ogen sloot, zag hij de koningin van Nederland voor zich terwijl ze haar tanden in haar hotdog zette, inmiddels alweer een week geleden op het Museumplein. Het had iets met het exclusieve van het moment te maken, dat ze een gewoon, ontspannen gesprek hadden gevoerd en in de afgelopen week meerdere tekstberichtjes hadden uitgewisseld.

Terwijl ze de biertjes in een steeds trager tempo naar hun lippen brachten had hij Nicolaas er voor de zoveelste keer van proberen te overtuigen met abstracte schilderijen te stoppen. 'De tijd voor abstractie is definitief voorbij,' had hij gezegd. 'Ik was laatst nog in het Stedelijk. Ze hebben al die abstracte werken uit hun vaste collectie intussen in de kelder ondergebracht. Bijna niet te vinden. Dat zegt genoeg, lijkt me.'

'En dan?' had Nicolaas gezegd. 'Moet ik zoals jij gaan schilderen? Dat zou je wel willen, hè? Nou, over mijn lijk!'

Hij had het lachend gezegd, maar zoals altijd hoorde Bosman de onderliggende jaloezie. Nicolaas raakte zijn schilderijen aan de straatstenen niet kwijt, terwijl er voor het werk van Joseph Bosman makkelijk miljoenen werden neergeteld. Nicolaas vergeleek zichzelf vaak met Vincent van Gogh, ook een schilder die pas na zijn dood beroemd was geworden. Hij betitelde het werk van zijn vriend als 'commercieel'. 'Je hebt je aangepast aan de smaak van het publiek,' zei hij. 'Je maakt precies het soort schilderijen waarvan het grote publiek denkt dat het kunst is.'

'En jij troost je met de roem van Vincent van Gogh,' zei Joseph. 'Je hoopt dat er postuum een heel museum aan je zal worden gewijd. Zoals een gelovige zich vasthoudt aan een hiernamaals. Wie nu niet verkoopt is gewoon mislukt, het is helaas niet anders.'

Bosman kon zich niet herinneren dat ze zich ooit eerder zo ongeremd over elkaars werk hadden uitgesproken. Er waren hooguit wat goedmoedige plaagstootjes geweest, niet deze openlijke vijandschap. Misschien kwam het door de biertjes, maar hij had er opeens genoeg van gehad, van het eeuwige gezeur van zijn vriend en collega over het commerciële en aan de smaak van het grote publiek aangepaste karakter van zijn werk.

'Dat iets goed verkoopt wil niet zeggen dat het commercieel is,' zei hij, en om het gesprek in veiliger vaarwater te loodsen, voegde hij er snel aan toe: 'Jij zou ook goed kunnen verkopen, Nicolaas. Je hebt echt talent. Dat weet jij, dat weet ik. Maar je vergooit het aan abstract geklieder in plaats van iets te schilderen waar echt een idee of een visie achter zit.'

Met abstract schilderen is het ook makkelijker om het ontbreken van talent te verhullen, dacht hij, maar hij sprak deze gedachte niet uit. Ooit was het reactionair om op abstracte kunst af te geven, tegenwoordig was het reactionair om er met alle geweld aan vast te houden. Ook deze laatste gedachte hield hij voor zichzelf.

Daarna was Nicolaas opgestaan voor het zoveelste bezoek aan het toilet. Bij terugkomst legde hij zijn grote handen op de schouders van zijn vriend en kneep er net iets te hard in.

'Ik stond te pissen,' zei hij. 'En opeens dacht ik: hij heeft gewoon gelijk, die schooier. Ik verspil mijn talent aan flauwekul. Dacht je dat ik zelf niet doodmoe word van die abstracte onzin? Amper een uur nadat ik een schilderij af heb, walg ik er vaak al van.'

Joseph zei niets, hij wachtte tot zijn vriend weer was gaan zitten, hield ondertussen zijn bijna lege flesje omhoog naar de ober.

'Er was daar in die plee zo'n heel klein raampje,' zei Nicolaas. 'Het stond half open, en door dat raampje viel een streep zonlicht op de witte muur. Ik stond daar te pissen en ik voelde me opeens volmaakt gelukkig. Laat ik eerst eens proberen om dat te schilderen, dacht ik. Dat raampje en die streep zon op de muur.'

Joseph glimlachte naar zijn vriend; hij hoopte dat het waar was: dat Nicolaas een wc-raampje zou schilderen en dat dat zijn doorbraak zou betekenen. Eigenlijk werd hij al jaren doodmoe van hun gesprekken over wat wel of geen kunst was, wat succesvol was en wat niet. Diep in zijn hart voelde hij zich meer thuis in het gezelschap van kunstenaars die net zo succesvol waren als hijzelf. De miljonairs. Nicolaas was een van zijn oudste vrienden, hij gunde hem met heel zijn hart dat hij zijn verbittering eindelijk zou kunnen laten varen, maar de waarheid was dat hij dit vooral hoopte voor zichzelf – om eindelijk van het gezeur af te zijn.

'En verder?' vroeg Nicolaas. 'Heb je nog interessante vrouwen ontmoet de laatste tijd?'

Terwijl zijn vriend naar de wc was, had hij voornamelijk aan Margarita gedacht. Het was iets wat hij met niemand kon delen. Als het uitlekte, zou het de hele monarchie op de kop zetten. Zijn naam zou voor eeuwig aan een schandaal verbonden blijven. Een absurde gedachte, want er was nog helemaal niets, laat staan een schandaal. Toch voelde hij, en niet voor het eerst, ook de aantrekking van een mogelijk schandaal. Het was een gevoel dat de afgelopen week alleen maar sterker was geworden.

Zijn naam. Joseph Bosman. *Is dat niet die schilder die iets had met de koningin van Nederland?*

Hij boog zich over het tafeltje heen en bracht zijn verse, zojuist door de ober neergezette biertje naar zijn lippen. 'Kun je een geheim bewaren?' vroeg hij zacht.

AFLEVERING 6

Prins Karl brengt zijn zoon op de hoogte van zijn huidige toestand en duikt in zijn oorlogsverleden. Tijdens de oorlog blijkt ook prins Arthur een avontuur te hebben beleefd, om precies te zijn in september 1944, ten tijde van de Slag om Arnhem. Karl had destijds een 'ontmoeting' met een historische figuur, of verbeeldt hij zich dat alleen maar?

'Dus dat is eigenlijk het hele verhaal,' zei prins Karl, en hij glimlachte naar zijn zoon. 'Ik zou je alleen willen vragen om het onder ons te houden.'

Ze zaten naast elkaar op een bankje in het park van De Kastanjehof. Af en toe passeerden er patiënten in witte pyjama's en op pantoffels of met Crocs aan hun voeten. Een enkeling groette prins Karl en koning Hendrik met een verwilderde blik, een ander schuifelde voorbij en staarde alleen maar strak naar de grond. Ergens tussen de bomen verderop, voorbij de vijver waarin twee witte zwanen dreven, stond een patiënt te miauwen naar een tak, waarop zich kennelijk een vogelnest bevond. Op het grasveld had iemand zijn pyjamabroek uitgetrokken en lag zich te krabben als een hond.

Een paar maanden geleden was prins Karl voorzichtig begonnen. De eerste jaren van zijn verblijf in De Kastanjehof had hij zijn pillen nog onder streng toezicht moeten innemen, maar omdat hij dat altijd braaf deed, was dit toezicht na verloop van tijd verslapt. Hij behoorde niet tot de lastige gevallen, viel geen verplegers aan, besmeurde de muren van zijn kamer niet met uitwerpselen en maakte nooit amok.

Zo zag hij kans zijn pillen voortaan onder zijn tong te leggen in plaats van erop en het water zonder pil door te slikken. Al na een paar dagen begon de verandering.

'Tegenover de behandelend artsen en de psychiaters speel ik nog mijn oude zelf,' had hij tegen zijn zoon gezegd. 'Tachtig procent van de tijd praat ik normaal, en af en toe gooi ik er een opmerking tussendoor waardoor mijn algehele verwardheid nog maar eens wordt bevestigd. "De oorlog zal inmiddels wel op zijn einde lopen," zeg ik dan bijvoorbeeld. En dan zie ik aan de glimlach van de psychiater dat ik doel heb getroffen. "Over welke oorlog hebben we het hier, Karl?" vraagt die vent. En dan zeg ik: "Welke oorlog? De tweede natuurlijk. Maar ach, jij bent natuurlijk te jong om die te hebben meegemaakt!" En dan zie ik ze met een pen in hun rapportje krassen. Zo simpel is het, jongen. Een kind kan een gek spelen. En als je het jarenlang bent geweest, is het helemaal een fluitje van een cent.'

'Maar waarom, papa? Waarom zou je blijven spelen dat je nog altijd in de war bent? Je bent duidelijk genezen. Kom terug. Ga terug naar mama.'

Prins Karl had Hendrik enkele tellen aangekeken. Op zijn voorhoofd waren meerdere rimpels verschenen. 'Dat is het juist,' zei hij. 'Ik weet niet of ik dat wel wil. Het hele koningshuis en mijn rol daarin... Hoe je het ook wendt of keert is dat er de voornaamste oorzaak van geweest dat ik hier ben terechtgekomen.

Ik wil niet terug.' Hij maakte een gebaar naar het grasveld voor hun neus, de vijver, de bomen verderop en de rondslenterende figuren in witte pyjama's. 'Ik voel me hier gelukkiger dan ooit. Helemaal nu ik weer bij mijn positieven ben. Als ze erachter komen, sturen ze me naar huis. Maar wat is mijn thuis? Je moeder? Ik weet het niet, jongen, maar ik zeg het je eerlijk: ik moet er niet aan denken. En ik weet ook niet of prinses Mildred daar wel op zit te wachten. En dan alle publiciteit die ongetwijfeld zal losbarsten. "De prins is genezen!" Ik zal weer helemaal worden teruggeworpen in dezelfde gekte die me jaren geleden hier heeft doen belanden.'

Een knappe maar al wat oudere verpleegster bleef voor hun bankje staan. Het was Emma. Ze was iets eerder gekomen dan ze hadden afgesproken, maar het kon hem eigenlijk ook niks meer schelen.

'Heb je het hem verteld?' vroeg Emma, terwijl ze Karls hand vastpakte en zachtjes met haar vingertoppen zijn vingers streelde.

'Dit is Emma, jongen,' zei prins Karl. 'Ik was er bijna aan toegekomen om je over haar te vertellen. Je bent net iets te vroeg,' richtte hij zich tot haar en hij gaf haar een knipoog.

Hij zag hoe zijn zoon van hem naar de verpleegster keek en daarna weer naar hem.

'Ik hoop dat je het begrijpt,' zei hij tegen Hendrik. 'Ik had je ook niks kunnen vertellen, maar dat vond ik niet eerlijk. Jij weet het nu. Laat dat zo blijven. Een geheim tussen vader en zoon.'

De koning knipperde even met zijn ogen. 'Dit is allemaal...' begon hij. 'Ik... ik... het is wel wat veel ineens...' Hij richtte zijn blik nu weer op de verpleegster, maar omdat de zon zich achter haar hoofd bevond, moest hij zijn ogen samenknijpen en kon hij haar gezicht niet goed zien.

‘Ik vraag je niet om het goed of af te keuren, lieve jongen,’ zei prins Karl. ‘Maar mijn thuis is niet langer het Koninklijk Huis. Nooit geweest ook. Mijn thuis is hier.’

‘Ja,’ zei de koning.

‘Je weet hoe het was tussen je moeder en mij. Hoe ze reageerde als ik jullie iets over mezelf probeerde te vertellen. Over mijn jeugd bijvoorbeeld. Dat weet je toch nog wel?’

‘Ja.’

‘Nu is alles anders. Nu kun je hier altijd langskomen en kan ik je eindelijk alles vertellen. Is dat geen mooi vooruitzicht? We bestellen een lekkere maaltijd. Het eten is hier lang niet slecht. Jij brengt een fles wijn mee van huis en dan nemen we een rustig tafeltje hier ergens in het park. Ik verlang er ook al jaren naar om eens schoon schip te maken.’

‘Ja,’ zei de koning opnieuw, hij legde zijn hand op het bovenbeen van zijn vader en kneep er zachtjes in.

Het was in de tijd dat de jongens nog op de basisschool zaten. Ze kregen geschiedenisles over de Tweede Wereldoorlog. Dus het was min of meer logisch dat ze hun vader vroegen wat hij precies had gedaan in de oorlog. Hij was immers een Duitser. Bij de geschiedenisles hadden ze te horen gekregen dat de Duitsers slecht waren. Alle Duitsers. Nou ja, die paar die niet hadden meegedaan aan de oorlogsmisdaden zeiden na afloop van de oorlog dat ze er niets van hadden geweten. ‘*Wir haben es nicht gewußt*,’ zeiden ze.

Prins Karl had diep ademgehaald, daarna had hij zijn ellebogen op tafel gezet en zijn handen met de vingertoppen tegen elkaar geplaatst.

‘Je moet dit natuurlijk wel in het juiste verband zien,’ was hij van wal gestoken, zonder ook maar één keer zijn vrouw aan te kijken. 'Er was grote werkloosheid in Duitsland. Het geld werd elke dag minder waard. Op het laatst kostte een brood miljarden marken. Mensen leden honger. In die omstandigheden was het niet zo verwonderlijk dat de mensen naar een sterke leider verlangden. Iemand die ze weer een beetje hoop op een betere toekomst kon geven. Heeft jullie meester al over Adolf Hitler verteld?'

De beide jongens knikten van ja.

'Hij was een slecht mens,' zei prins Philip. 'En toen hij gevangengenomen dreigde te worden, schoot hij zich een kogel door het hoofd.'

'In Berlijn,' zei prins Hendrik. 'En zijn vriendin schoot hij ook dood. Anne Braun.'

Prins Karl slaakte een diepe zucht. 'Eva Braun,' zei hij. 'Ze heette Eva. En op de dag van hun dood was ze niet meer zijn vriendin maar zijn vrouw.'

'Karl...' zei prinses Mildred.

Er verscheen een lichte frons van ergernis op zijn voorhoofd en prins Karl keek zijn vrouw nog altijd niet aan, maar wendde zich opnieuw tot zijn beide zonen. 'Het zijn dingen die men nu snel wil vergeten en waarover men liever niet praat, maar Hitler heeft in een paar jaar tijd de werkloosheid opgelost. Door omvangrijke projecten als de aanleg van de autobanen. Ook de auto-industrie kreeg een nieuwe impuls. De eerste Volkswagen Kever rolde tijdens zijn bewind uit de fabriek, en van de snelwegen maken wij vandaag de dag nog altijd dankbaar gebruik.'

'Onze meester heeft ons over de concentratiekampen verteld,' zei prins Philip. 'Dat Hitler daar allemaal onschuldige mensen liet opsluiten.'

Prins Karl haalde diep adem. 'Er zijn fouten gemaakt tijdens zijn bewind,' zei hij. 'Ik zal de eerste zijn om dat toe te geven.

Maar je kunt de fouten alleen begrijpen als je het geheel van zijn regeerperiode onder de loep neemt. In Nederland wordt dat vaak vergeten, omdat de Nederlanders nu willen geloven dat ze allemaal aan de goede kant hebben gestaan.'

'Karl,' zei prinses Mildred. 'De jongens zitten in Nederland op school. Een land dat uitsluitend heeft geleden onder de Duitse bezetting, ik hoop dat je dat niet uit het oog verliest wanneer je ze een lesje Duitse geschiedenis geeft.'

'Natuurlijk niet, natuurlijk niet,' zei de prins, terwijl hij zijn beide handen in een sussend gebaar naar zijn vrouw opstak. 'Daar kom ik zo vanzelf op. Ik probeer Philip en Hendrik alleen maar de bredere context te laten zien. Het Duitse volk had voor het eerst sinds jaren iets om trots op te zijn,' richtte hij zich weer tot zijn zonen. 'Dat gevoel hadden ze niet meer gehad sinds de nederlaag in de Eerste Wereldoorlog. Er heerste chaos in de straten van Berlijn en München. De inflatie steeg naar recordhoogte. Op zeker moment – ik zei het al – kostte een brood miljarden. Kinderen kregen geen melk. Oorlogsveteranen leden honger. In die concentratiekampen zaten niet alleen onschuldigen. Ook communisten. Als de communisten de macht hadden gegrepen in Duitsland, was het net zo gegaan als in Rusland onder Stalin. Dan waren er miljoenen Duitsers in kampen beland. Ik hoop dat jullie onderwijzer jullie ook heeft geleerd dat er in de kampen in de Sovjet-Unie meer mensen zijn omgekomen dan in Duitsland. Hoe dan ook kregen de Duitsers met Hitler een nieuwe kans om de vernedering van de nederlaag van zich af te schudden. Toen de Duitse legers Rusland binnentrokken, werden ze overal als bevrijders verwelkomd, dat wordt in de Nederlandse versie van de geschiedenis vaak vergeten.'

Prins Karl voelde zich plotseling moe. Het had allemaal geen zin, wist hij diep in zijn hart. Aan de Duitse vernedering was na de Tweede Wereldoorlog een nieuw hoofdstuk toegevoegd. Ook hij had het hoofd diep moeten buigen. Elke Duitser moest eerst en vooral zijn excuses aanbieden voor niet door hemzelf begane wandaden. En dat was vaak nog niet genoeg. In Amsterdam werden Duitse toeristen die de weg vroegen regelmatig de verkeerde kant op gestuurd. '*Immer geradeaus*,' zeiden de Nederlanders, en dan knipoogden ze samenzweerderig naar elkaar, alsof ze zojuist een grote verzetsdaad hadden verricht. Tijdens de oorlog hadden ze dat nooit gedurfd. Elke Duitser in uniform werd door de Nederlanders beleefd tegemoet getreden. Voor Duitsers was Nederland het paradijs waar ze na de verschrikkingen van het Oostfront naartoe mochten om er op krachten te komen en vakantie te vieren aan de schitterende zandstranden. En dan waren er ook nog de Nederlandse meisjes... Nergens waren de meisjes en vrouwen zo gewillig geweest als in Nederland, wist prins Karl uit eigen ervaring. Er was maar weinig voor nodig om ze tot een afspraakje te verleiden. In Polen, Griekenland of Joegoslavië werden die afspraakjes van hogerhand met klem afgeraden. Niet zelden keerden de jonge rekruten niet meer terug van zo'n rendez-vous, werden ze na wat rollebollen in een hooiberg opgewacht door de broers van het meisje. Wat er dan gebeurde viel met geen pen te beschrijven. Soms keerde een soldaat bebloed terug bij zijn eenheid, als hij het al overleefde wanneer de broers hem stevig vasthielden en het betreffende meisje het mes ter hand nam. In vijf jaar bezetting was in Nederland niet één zo'n incident gemeld, op de Balkan waren ze eerder regel dan uitzondering.

Hij dacht aan zijn huwelijk, aan zijn huwelijksdag om precies te zijn. Er waren demonstraties geweest, rookbommen waren afgestoken, de politie had charges uitgevoerd, er waren ruiten ingegooid en eigendommen vernield, en dat alles uitsluitend en alleen omdat hij een Duitser was. De Nederlanders, die zich altijd lieten voorstaan op hun ruimdenkendheid en tolerantie, hadden zijn huwelijk met prinses Mildred afgekeurd vanwege zijn afkomst. Als hij zwart was geweest en ergens in een of ander godvergeten Afrikaans ontwikkelingsland zijn dorpsgenoten, die ongelukkigerwijs tot een andere stam dan de zijne behoorden, met een machete had afgeslacht, hadden diezelfde Nederlanders hem toegejuicht, dacht hij soms grimmig. Als het Amsterdamse geteisem een Afrikaanse prins met rookbommen had bestookt, zou het van racisme zijn beschuldigd. Een Duitser was echter vogelvrij.

Want wat had hij nou helemaal gedaan in de anderhalf jaar dat hij als tiener bij de Duitse Wehrmacht had gediend? Het was in dat laatste oorlogsjaar niet ongebruikelijk dat jongens van zestien, zeventien onder de wapenen werden geroepen. Ook oude mannen, bejaarden soms, kregen een karabijn en twee uur schietonderricht en werden vervolgens naar het front gestuurd. Het hele volk moest helpen om de Russen, Amerikanen, Canadezen en Engelsen in elk geval buiten de Duitse landsgrenzen te houden. Er zou een waardig vredesverdrag kunnen worden getekend, geen nieuwe vernedering zoals in 1919 in Versailles. Een wapenstilstand en een vredesverdrag waarbij de door vrije verkiezingen aan de macht gekomen NSDAP en de rijkskanselier de regering van Duitsland zouden kunnen blijven vormen. '*Wollt Ihr den totalen Krieg?*' had Joseph Goebbels, minister van Propaganda, aan het volk gevraagd. Een totale oorlog waarin een heel volk zou vechten voor zijn overleving. En het volk had met een volmondig '*Ja!*' geantwoord.

Karl was niet bang geweest toen hij werd opgeroepen. Zijn moeder had gehuild. Zijn vader had hem in zijn wang geknepen en daarna zijn blik afgewend. Zelf was hij blij, gelukkig zelfs.

Eerder dan hij ooit had durven dromen kon hij weg uit zijn ouderlijk huis. Hij zou de oorlog zien. Misschien werd het hem gegund een heldendaad te verrichten.

'Wat heb jij in de oorlog gedaan, pap?' Die vraag hadden zijn beide zonen hem al eerder gesteld. Meer dan eens, voor het slapengaan of tijdens een strandwandeling, had hij hun over zijn rol in de oorlog verteld. Er werd nu vaak lacherig gedaan over de bewering van al die Duitsers dat ze 'het' niet hadden geweten. Ja, ja, dat zal wel, was de ondertoon. Maar het was echt waar! Het had in elk geval voor hem gegolden. Hij had van niets geweten. Niets. Niets van al die zaken waar de Duitsers nog generaties lang hun hoofd voor zouden moeten buigen. Niet alleen als verliezers van een oorlog, maar als direct betrokkenen bij het plegen van oorlogsmisdaden. Hoewel je die evenmin buiten hun context kon zien, had de prins vaak gedacht, de misdaden hadden een lange voorgeschiedenis die in elk historisch overzicht gemakshalve werd weggelaten. Het was een gedachte die hij nooit hardop had uitgesproken en die hij ook nu niet zou uitspreken. Misschien op zijn sterfbed, met één been in de kist. Ja, zo zag hij het soms voor zich: hoe hij zich eindelijk zou uitspreken, de waarheid zou zeggen, en daarna zo snel mogelijk in de kist zou gaan liggen en het deksel dicht zou trekken.

Zelf had hij het zijn jongens precies zo verteld als het was gegaan. Er was geen woord van gelogen. Hij vertelde hun over de bossen bij Arnhem, het fluiten van de kogels, de granaatinslagen die de lucht uit je borstkas wegzogen zodat het een paar seconden leek of je nooit meer zou kunnen ademhalen. De doden: midden op straat en langs de kant van de weg, in greppels en in de voortuintjes van huizen. Voor het eerst in zijn jonge leven had hij de betekenis van 'doodstil' begrepen. Als de doden er al langer lagen, zag je het aan de boven en op hun lichaam zoemende en rondkruipende vliegen. Waar de vliegen waren, hoefde je iemand niet meer op zijn rug te draaien of zijn pols te voelen.

Ja, toen was hij bang geweest. Er waren momenten waarop de angst als een ijskoude naald zijn lichaam binnendrong, ergens bij zijn nek, en dan in één keer doorstootte naar zijn hart. Dan bleef hij als verlamd liggen, in zijn snel gegraven schuttersputje of achter een paar melkbussen op het erf van een boerderij. Nu ga ik dood, was de gedachte die op die momenten bezit van hem nam. Met de dood zou ook de angst verdwijnen, en met die gedachte daalde zijn hartslag weer naar een min of meer normaal ritme. Hij hoopte dat ze hem zouden vinden voordat de vliegen kwamen.

Maar meer dan de vrijwel elke dag terugkerende angst waren het de ogenblikken van puur geluk die zijn leven beheersten vanaf de dag dat hij had geleerd hoe hij met zijn pistool en zijn geweer moest omgaan. Het gevoel deel uit te maken van iets wat groter was dan hijzelf. Een gevoel vergelijkbaar met toen hij op zijn twaalfde voor het eerst de Beierse Alpen had gezien. Zijn vader had hem over de eeuwige sneeuw verteld, over de bergtoppen waar de sneeuw nooit smolt. Het waren die twee woorden die hem in de jaren daarna waren bijgebleven: 'eeuwige sneeuw'. Het was een heldere dag geweest, spierwit hadden de toppen afgestoken tegen de strakblauwe lucht, die daar van een dieper en helderder blauw leek dan thuis. Beneden krioelden de mensen, zo had hij later vaak gedacht, op de bergtoppen bleef de sneeuw jaar in, jaar uit liggen. Onverstoorbaar. Eeuwig.

Tijdens de Slag om Arnhem had hij voor het eerst de liefde leren kennen. Daar zou hij zijn zonen bij een andere gelegenheid nog weleens over vertellen, wanneer ze wat ouder waren. Ze mochten best weten dat er vóór hun moeder andere vrouwen in zijn leven waren geweest. Ze moesten zelf ook zo opgroeien, daar had hij zijn zinnen op gezet, het zou later nog erg genoeg worden wanneer ze eenmaal in het keurslijf van een koninklijk huwelijk waren geperst. Hoe meer meisjes voor die tijd, hoe beter. En na die tijd eventueel ook, dat mochten ze zelf weten.

Het had met de algehele opwinding van de oorlog te maken gehad, zoveel wist hij zeker. Met de doden en gewonden, het gevoel zelf gewond te kunnen raken of te sterven. Granaten waren al op enkele meters van hem vandaan ingeslagen, hij had het fluiten van de kogels gehoord. Een kogel had zijn helm geschampt, een helder metalen geluid, alsof er iemand met een lepel op sloeg.

Ze waren met een man of zes, allemaal jongens zoals hij – geen van hen was ouder dan achttien – van de boven Arnhem gelegen bossen naar de eerste buitenwijken van de stad afgedaald. Vlak voor een brug over het spoor had een boerenkar gestaan, het paard lag dood op de kasseien. Ook hier waren de vliegen al in groten getale gearriveerd. In de kar lagen bebloede kledingstukken, op straat een paar losse schoenen en een gescheurde bloemetjesjurk.

De jongemannen hadden elkaar dekking gegeven terwijl ze een voor een de brug overstaken. Na de brug was er een straat met lage huizen die schuin naar beneden liep. Daar, helemaal onderaan in de diepte, glinsterde het water van de Rijn. Ze waren van portiek naar portiek gerend. Van de vijand al die tijd geen spoor. Halverwege de naar beneden aflopende straat kwamen ze bij een zijstraat. In het midden daarvan stond een ronde, ongeveer vier meter hoge reclamezuil – er waren althans een paar affiches op geplakt. Op een van de affiches werd een merk zeep aangeprezen, op het andere werden Nederlandse jongemannen opgeroepen zich bij de Waffen-ss te melden om naar het Oostfront te worden uitgezonden.

Karls kameraden waren al een tiental meter verder de straat afgelopen, toen er plotseling geweervuur had geklonken. Niet meer dan een enkel salvo was het en het leek van beneden te komen, vanaf de straat die dicht langs de Rijnoever liep. Alleen omdat hij wat langer naar de affiches was blijven kijken, kon Karl dekking zoeken achter de reclamezuil. Hij zag nog net hoe drie van zijn kameraden op de straatstenen neervielen. Waar de andere twee waren gebleven, kon hij vanaf die plek niet zien.

Toen begon het kermen. Het klonk niet luid, eerder als een jong hondje dat ligt te huilen in zijn mand. Karl stak zijn hoofd om de zuil en keek naar de plek waar zijn drie kameraden lagen. Twee lagen er voorover, in een ongemakkelijke houding – nee, zo ongemakkelijk zou je uit jezelf nooit gaan liggen, wist Karl meteen, zo lag je alleen wanneer je over hoe je precies lag geen enkele zeggenschap meer had.

Het was de derde jongen, die wat verder naar achteren lag, bijna tegen de stoeprand aan de overkant van de straat, die het kermende geluid voortbracht. Hij tilde zijn hoofd iets op, een beweging die het uiterste van zijn krachten leek te vergen, en keek Karl toen recht in de ogen. 'Karl...' bracht hij met grote moeite uit.

Karl zag dat er tranen over de wangen van de jongen stroomden. Maar hij zag ook iets anders. Vanaf een plek in zijn onderrug, ergens tussen zijn broek en zijn uniformjas, stroomde bloed. Langzaam zocht het zich een weg in de naden tussen de straatstenen, om ongeveer een meter van zijn lichaam samen te komen in een donkerrode plas.

'Helge!' zei Karl zo zacht mogelijk, hij was verbaasd dat hij zich de naam van de jongen herinnerde: ze waren pas diezelfde ochtend door een luitenant met zijn zessen tot een groepje gevormd en eropuit gestuurd om de troepenbewegingen van de vijand aan de Rijnoever te verkennen. 'Helge,' zei hij nogmaals, en hij zwaaide naar de gewonde en huilende jongen.

Karl wist niet goed wat hem te doen stond. Hij kon vanuit zijn schuilplaats achter de reclamezuil de straat op stormen en een poging doen zijn gewonde kameraad in veiligheid te brengen. Maar hoe moest hij dat doen? Misschien zou hij het gewicht van de jongen nog wel kunnen tillen, was hij sterk genoeg om hem onder zijn oksels te pakken en hem zo, over de straatstenen, tot achter de reclamezuil te slepen. Maar hij had ook geleerd dat het bij al te ernstige verwondingen onverstandig was om te proberen iemand te verplaatsen.

Hoe ernstig waren Helges verwondingen? Hij probeerde uit te maken of de plas bloed naast Helges lichaam alweer groter was geworden, maar hij zou het niet met zekerheid durven zeggen.

Er klonken nu stemmen van ergens lager in de schuin aflopende straat. Engelse stemmen, hoorde Karl meteen. Helge had zich half op één elleboog overeind gehesen. 'Karl,' hoorde Karl zwak zijn stem, het leek of iets Helge belemmerde in het praten, een rochel achter in zijn keel, en het volgende ogenblik kwam er een golf bloed over zijn lippen, die eerst over zijn kin en daarna over zijn uniformjas stroomde. 'Karl,' hoestte Helge opnieuw, waarbij er nog meer bloed uit zijn mond kwam – blaasjes bloed waren het, kon Karl zelfs van deze afstand zien, vuurrode blaasjes die zichzelf heel even opbliezen, als felrode zeepbellen, om daarna uiteen te spatten. 'Mijn moeder... Zeg tegen mijn moeder...'

Het volgende moment kwamen er drie mannen de straat op gelopen. Ze droegen een Engels uniform, maar waren alle drie blootshoofds. Karl zag het zwarte, sluike haar van de voorste van de drie, een jonge man, amper een jaar of vijf ouder dan hijzelf. Een zwarte lok viel over zijn voorhoofd toen hij zich over Helge heen boog.

Karl wist dat hij zijn hoofd moest terugtrekken, de mannen hoefden hun blik maar even zijn kant op te richten en dan zouden ze hem zien staan, half verscholen achter die reclamezuil.

Maar hij bleef kijken. En zo zag hij dat wat hij zijn leven lang niet meer zou vergeten.

'Deze leeft nog,' zei de man met het sluike haar. Daarop haalde hij zijn pistool uit zijn holster en schoot Helge van een afstand van hooguit tien centimeter door zijn hoofd. 'Lééfde nog.'

Snel deed Karl een stap naar achteren. Hij voelde iets in zijn keel, en ook iets in zijn neus. Het was een soort snik, maar dan zonder geluid. Hij mocht geen geluid maken, als de drie Engelsen hem vonden zouden ze hem als een hond afmaken, net zoals ze zojuist met Helge hadden gedaan.

Al die tijd vergat hij dat hij zelf ook gewapend was. Hij klemde zijn machinepistool in zijn handen, met de loop naar beneden gericht. Later zou hij zich nog vaak afvragen waarom hij zijn wapen niet had gebruikt. Het verrassingselement lag geheel bij hem. Hij hoefde alleen maar achter de zuil vandaan te stappen, de drie Engelsen zouden geen schijn van kans hebben gehad, voordat ze op hem hadden kunnen vuren zou hij ze al alle drie hebben neergemaaid.

Het was geen lafheid wat hem nu een stap terug deed doen, waardoor hij opnieuw achter de zuil kwam te staan, buiten het zicht van de vijand. Hij was duizelig. Misselijk ook, hij moest oppassen dat hij niet zou overgeven en daarmee zijn positie zou verraden. In zijn gedachten speelde hij de scène af, als een vooruitgespoelde film: hoe hij vanachter de zuil vandaan zou springen en 'Moordenaars!' zou roepen. Het zou het laatste woord zijn dat de drie Engelsen zouden horen.

Maar er was iets wat hem tegenhield. En hij wist ook wat het was. Het beeld van het pistool op slechts enkele centimeters van Helges hoofd. En daarna het schot. Het beeld zou hem altijd blijven vergezellen, zijn leven lang, zo wist hij daar al, op dat moment.

Er knapte iets in mijn hoofd, zeiden mensen soms, maar dit was iets anders. Het was eerder of er binnen in hem iets knapte, ergens op een plek diep in hem waar hij niet bij kon, waar hij nooit meer bij zou kunnen.

Jaren later, toen hij gek dreigde te worden, wist hij dat het dit 'iets' was, wat nu naar buiten kwam. Iets donkers en dreigends wat ontwaakte uit een lange winterslaap. Ergens in een hol lag je met je hoofd tegen iets warms en zachts aan, maar toen was het lente en werd de beer plotseling wakker.

'Ik ben bezig gek te worden,' zei hij bij zichzelf. De eerste weken was hij zich er ook echt van bewust, het ene moment was hij nog helder, geheel bij zinnen, het volgende moment voerde de krankzinnigheid hem mee. Voerde hem letterlijk mee, zoals een van papier gevouwen bootje wordt meegevoerd op een kolkende stroom, het was of iemand hem bij zijn arm pakte en hem een dansvloer op trok. Ja, zo was het: als hij weer bij zinnen kwam, stond het zweet hem op het voorhoofd, alsof hij uren achtereen alleen maar had gedanst en nu rustig een drankje stond te bestellen aan de bar. In die beginperiode keerde hij ook altijd weer terug naar de werkelijkheid, zoals iemand die droomt dat hij door een tram dreigt te worden overreden met een schreeuw wakker wordt en tot zijn opluchting gewoon in zijn eigen bed blijkt te liggen, in zijn eigen huis. 'Ik was gek,' zei hij bij zichzelf, 'maar nu niet meer.'

Vaak verloor hij tijdens de perioden van krankzinnigheid elk besef van tijd. Dan wist hij niet meer of hij minutenlang van de wereld was geweest of misschien wel uren. Soms stond hij midden in de nacht op uit bed en begaf hij zich naar de keuken. In de vriezer zocht hij naar ijs, het liefst schepijs, en zo trof zijn vrouw hem dan de volgende ochtend aan: met een grote slakom vol gesmolten schepijs voor zijn neus.

Hij was achter de zuil blijven staan, hij had zich stilgehouden, hij was gewoon blijven doorademen, en toen hij zich omdraaide, zag hij een vrouw in een klein achtertuintje de was ophangen.

Het was een al niet meer zo jonge vrouw, misschien al bijna dertig, dacht hij, in elk geval geen meisje meer. In zijn herinnering liepen er twee dingen door elkaar. Er was het beeld van de was, witte was voornamelijk, lakens, slopen, een tafelkleed, en de vrouw die net een knijper aan de waslijn bevestigde. En er was het beeld van de vrouw die al naar het tuinhekje was gelopen om te kijken wat er daar buiten op straat gebeurde. Ze moest in elk geval het schot hebben gehoord.

Zoals het ging zou hij het ophangen van lakens en slopen aan een waslijn voor altijd aan het schot door Helges hoofd blijven verbinden. Hoe was het mogelijk? had hij daar achter de reclamezuil gedacht. Hier hangt een vrouw was aan een waslijn, terwijl amper een twintigtal meter verderop zestienjarige jongens door hun hoofd worden geschoten. En tegelijkertijd diende ook de logica van het hele tafereel zich aan.

Terwijl de wereld in brand stond, zou de was altijd en overal moeten worden opgehangen. Helge had in elk geval een moeder. En naar alle waarschijnlijkheid ook een vader. Een vader en een moeder die al afscheid van hem hadden genomen op de ochtend dat hij naar de oorlog vertrok, net zoals Karls ouders dat hadden gedaan. Niet iedereen zou levend terugkeren, dat waren de kille cijfers van de oorlog. Later, in de periode waarin hij nog in en uit zijn eigen krankzinnigheid kon stappen, zou hij zich meer dan eens afvragen of hij het zich misschien allemaal had verbeeld. Niet de aan de lijn hangende was, maar de vrouw.

Soms zag hij inderdaad alleen was aan de lijn hangen wanneer hij aan het moment terugdacht waarop Helge van dichtbij door zijn hoofd werd geschoten. Maar dan voelde hij weer zijn handen in het haar van de vrouw, haar kamer op de eerste verdieping van het huis, de verduisterde ramen, het smalle, koude bed waarin ze dicht tegen elkaar aan lagen en zij in gebrekkig Duits woordjes in zijn oor fluisterde.

Er hadden wel degelijk witte lakens, slopen en tafelkleden aan de waslijn gehangen, wist hij zeker wanneer hij weer naar de wereld terugkeerde. Die lakens waren daar door iemand opgehangen. Door een vrouw van wie hij het gezicht en de blonde krullen ook vandaag nog tot in de kleinste details zou kunnen uittekenen.

De jonge vrouw, de vrouw van misschien nog wel ouder dan dertig, zag hij nu, leunde over het tuinhekje en trok een vragend gezicht terwijl ze Karl aankeek. En toen liepen de drie Engelsen door, verder naar boven, de hellende straat op. Karl zag ze niet, hij kon ze alleen horen.

Een van de Engelsen had de vrouw, die nu over het tuinhekje leunde, kennelijk ook gezien.

'Go inside, miss!' riep hij. *'It's dangerous out here. There are still some krauts on the run and we're looking out for them.'*

Karl verstevigde zijn greep op zijn machinepistool. Hij verwachtte dat de vrouw zijn positie zou verraden.

Maar dat gebeurde niet. De vrouw gooide haar blonde krullen naar achteren en glimlachte naar de Engelsen buiten zijn gezichtsveld. *'Good luck!'* riep ze. *'Good luck to you!'* Ze bleef nog even over het hekje geleund staan, zonder in zijn richting te kijken. Daarna draaide ze haar hoofd en wenkte ze hem. *'Komm.'*

Prins Karl ontwaakte uit zijn overpeinzingen toen hij de stem van prinses Mildred hoorde, ze had haar hand op zijn onderarm gelegd.

'Ja, wat is er?' hoorde hij zijn eigen stem vragen.

'Je zoon,' zei prinses Mildred. 'Hendrik. Hij vroeg je iets.'

Hij wendde zich tot zijn zoon, probeerde een glimlach. 'Ja?' zei hij. 'Wat wilde je weten, jongen?'

Hij zag hoe Hendrik naar hem keek, met een ongeruste blik, misschien keek hij wel zo omdat hij bang was zijn vader kwijt te raken. De betrouwbare vader die met hem speelde, zijn sleetje voorttrok in de sneeuw, hem leerde zijn schaatsen en zijn ski's onder te binden.

En Hendrik had het goed gezien. Zijn vader was even weggeweest. Het zou nog vele jaren duren voordat hij helemaal niet meer zou terugkeren.

'Ik vroeg of je Adolf Hitler weleens hebt ontmoet,' zei zijn zoon. 'Of je hem ooit in het echt hebt gezien.'

'Ja,' zei prins Karl.

Wanneer prins Arthur zijn ogen sloot, zag hij soms de bossen buiten Arnhem voor zich. De eerste herfstblaadjes – het was half september –, de geur van paddenstoelen en vochtige aarde. De Engelse, Canadese en Poolse troepen op de lagergelegen weg, dichter bij de oever van de Rijn. Hoe was het mogelijk geweest? Hoe hadden ze ooit kunnen denken dat ze met zulke lichte wapens en voertuigen de slag om een brug en een hele stad konden winnen? Na de oorlog had hij er boeken over gelezen. Eerst *Een brug te ver* van Cornelius Ryan, en nog maar kortgeleden *Arnhem* van Antony Beevor. Beide auteurs waren het erover eens dat het allemaal aan een combinatie van slecht inlichtingenwerk en regelrechte roekeloosheid van het geallieerde opperbevel te danken was geweest. De geallieerden hadden geen rekening gehouden met de aanwezigheid van een volledig uitgeruste Duitse pantserdivisie. Het was een kwestie van dagen geweest voordat de Engelsen aan de noordzijde van de brug waren omsingeld, afgesneden van hun aanvoerlijnen die uit de richting van Wolfheze en Oosterbeek hadden moeten komen. Op hun beurt waren die aanvoerlijnen zelf ook ingesloten geraakt, een sterk uitgedunde eenheid hield stand bij Villa Hartenstein, die tijdens de slag als hoofdkwartier dienstdeed.

Het was oorspronkelijk niet de bedoeling geweest dat de jonge prins boven Arnhem zou springen, maar het was anders gelopen. Op een paar kilometer van de dropzone had de C-47 Dakota een voltreffer te incasseren gekregen. De doodsbange paratroepers hadden zich, nog net niet vechtend, een weg naar het open gat van de deur gebaand. Terwijl de piloten het brandende toestel zo lang mogelijk recht probeerden te houden, had prins Arthur zich een parachute omgegord. Als laatste was hij gesprongen, wadend door de plassen braaksel en urine op de metalen bodem van het vliegtuig.

Toen ze van het vliegveld in Engeland waren opgestegen, had hij nog spijt gevoeld dat hij niet zelf aan de gevechtshandelingen zou deelnemen maar, na het droppen van de parachutisten, met het lege toestel huiswaarts zou keren. Hij had zelf nog nooit gesprongen. Tijdens de overtocht over de Noordzee had hij voortdurend naar het koude open gat van de deur gekeken en was hij blij dat hij zich straks niet in de diepte zou hoeven storten.

Maar nu was alles anders. Er was geen keuze. Het was naar buiten door het gat of een wisse dood in de vlammen. Eenmaal bungelend aan zijn parachute zag de prins dat de brandende C-47 eerst één vleugel verloor en toen nog een, om vervolgens bijna loodrecht naar beneden te storten. Even verwachtte hij nog dat de piloten als laatsten uit het toestel zouden springen, maar dat gebeurde niet.

Beneden in de diepte zag hij de groene bossen rond Arnhem, hier en daar onderbroken door akkerland. Op die akkers krioelde het van de al eerder gelande parachutisten. Ook waren er veel zogenaamde gliders te zien, zweefvliegtuigen waarmee nog meer troepen en voertuigen aan de grond waren gezet. Van sommige gliders staken de staarten schuin omhoog, terwijl hun neus zich diep in de modder had geboord. In de verte zag hij de brug over de Rijn, het doelwit van de operatie. Het water van de rivier was bijna wit in het licht van de zon en het deed pijn aan zijn ogen.

Heel kort dacht prins Arthur aan zijn in Londen achtergebleven gezin: zijn vrouw, prinses Johanna, zijn dochter Mildred, en zijn zoon, Arthur jr. Vier jaar lang had hij de oorlog alleen vanaf de zijlijn mogen beleven. Het was allemaal te gevaarlijk, vond zowel zijn schoonmoeder als zijn vrouw. Ze konden het niet riskeren dat de echtgenoot van de kroonprinses het leven zou laten bij gevechtshandelingen, of nog erger: in handen van de Duitsers zou vallen. Maar toen hem ter ore was gekomen dat groothertog Jan van Luxemburg, die ongeveer even oud was als hijzelf, dienst had genomen in het Engelse leger en zo bij de invasie van Normandië was betrokken, had hij er bij zijn schoonmoeder op aangedrongen dat hijzelf ook een grotere rol in het verloop van de oorlog zou krijgen. Maar verder dan hem toestemming geven af en toe mee te vliegen op bombardementsvluchten boven Duitsland, wilde de koningin aanvankelijk niet gaan.

Tot vandaag, dacht de prins, met een glimlach op zijn gezicht. Het suizen van de wind in zijn oren klonk als het begin van een nieuw leven. Een leven waarin hij, ver van huis en haard, zou doden en, wie weet, zelf gedood zou worden.

Hij dacht aan de sofa thuis in Londen, de open haard, een tweede glas cognac, tot hij uit zijn gepeins werd opgeschrikt door een knetterend geluid dat van beneden leek te komen, uit de groene, snel naderbij komende bossen, en hij zich realiseerde dat er van daaruit op hem en de andere parachutisten werd geschoten.

Hij voelde een geluksgevoel bezit nemen van zijn hele lichaam. Hij had zin om te schreeuwen, om te brullen. En omdat niemand hem kon horen, deed hij dat het volgende moment ook.

Ooit, in de nabije of verre toekomst, zou hij misschien naar die sofa, die open haard en dat tweede glas cognac terugverlangen – zou hij zelfs niets liever wensen dan dat. Maar nu nog niet. Nee, nu nog niet.

Nadat ze aan de overkant van de brug over het spoor bij de boerenkar en het dode paard waren gekomen, wisten de prins en zijn twee kameraden even niet wat ze nu moesten doen. Verder langs het spoor, en terug naar het centrum van de stad, of juist meer naar het westen in de richting van de dropzone. Uiteindelijk kozen ze voor het laatste. Na een minuut of tien hield de bebouwing op en betraden ze een bos. Hier zochten ze een beschutte plek tussen de bomen op en braken ze hun rantsoenen aan.

'Misschien kunnen we straks toch beter teruggaan,' zei de prins. 'Ik bedoel: terug hoe we gekomen zijn, en dan verder naar de brug over de Rijn.'

Zo daalden ze opnieuw de schuin aflopende straat af, dicht tegen de portieken van de huizen aan, om niet verrast te worden door plotseling uit een zijstraat opduikende Duitsers. Verder naar beneden, iets voorbij de reclamezuil, lagen nog altijd de drie levenloze Duitsers. Prins Arthur probeerde zo min mogelijk die kant op te kijken, maar toen ze langs het huis liepen waar ze eerder de vrouw in het achtertuintje hadden zien staan, keek hij toch.

Tijdens het schieten zelf had hij niets gevoeld. Niets behalve de adrenaline die door zijn aderen joeg. Het was oorlog, en hij bevond zich er middenin. Het was doden of gedood worden. De opdracht had nergens op schrift gestaan, er was geen marsorder te vinden waarin het met zoveel woorden werd vermeld, maar ze hadden het allemaal mondeling van hun commandant te horen gekregen.

Ze waren met te weinig. Ze waren in feite te lichtbewapend voor een moeilijke operatie als het veroveren van een brug. Maar het kon wel. Als alles meezat had de operatie kans van slagen. Maar dan was elke man nodig. Elke man moest inzetbaar zijn voor gevechtshandelingen. Het maken en daarna bewaken van krijgsgevangenen was daar direct mee in strijd.

'Het spijt me om het zo te moeten zeggen,' had hun commandant, een majoor die naar de naam Bradley luisterde, tegen ze gezegd. 'Er zullen Duitsers zijn die zich willen overgeven. Maar aarzel niet. Benader iedere Duitser als gevaarlijke ballast voor het welslagen van onze missie.'

Zo had hij geen seconde geaarzeld toen hij de gewonde soldaat op straat had zien liggen. Een gewonde was dubbel zoveel ballast. Hij zou door minstens twee mannen op een brancard moeten worden afgevoerd. En gezien de hoeveelheid bloed die zich in een plas op de straatstenen had verzameld, leek de kans dat de man het zou overleven gering.

En hij had het eerder gedaan. Niet met een mens, maar met een paard. Een paard dat tijdens de jacht was gestruikeld en kreupel was geworden. Hij was toen net zestien, ongeveer even oud als de levenloos op straat liggende Duitser, schatte hij. Zijn vader had hem zijn pistool overhandigd en hem kort toegeknikt.

'Gaan jullie maar vast vooruit,' zei prins Arthur tegen zijn twee kameraden. 'Ik blijf hier nog even.'

'Maar we moeten bij elkaar blijven,' zei een van hen, een lange, slungelige jongen met dun, stroblond haar die Ian heette. 'Het is veel te gevaarlijk. We hebben uitdrukkelijk het bevel gekregen om onder alle omstandigheden bij elkaar te blijven.'

De prins wees naar het huis, naar het achtertuintje. 'Ik wil alleen even kijken of de charmante bewoonster nog thuis is,' zei hij, en hij knipoogde naar Ian en de andere soldaat, een rossige Ier die Donovan heette. 'Of ze, na vier jaar geen chocola meer te hebben geproefd, misschien trek heeft in een hele reep.' Hierbij klopte hij op zijn borstzakje. 'Of wie weet heeft ze wel meer zin in een Lucky Strike.'

Is ze bereid om alles te doen voor een stuk chocola of een sigaret, was zijn volgende gedachte, die hij niet deelde met zijn twee kameraden.

Maar het was wel waar. De bevrijde Nederlanders waren tot veel bereid. Hun blijdschap over de komst van de bevrijders was niet gespeeld. Overal werden ze met open armen ontvangen door juichende mensen. De mooiste meisjes, van wie de puistige en bleke Engelsen thuis alleen maar hadden kunnen dromen, klommen op de jeeps en kusten ze vol op de mond.

De meeste van prins Arthurs kameraden waren, net als Ian en Donovan, veteranen van Normandië. Daar was het heel anders geweest, zo wisten ze allemaal te vertellen. De Franse burgerbevolking leek eerder boos dat er zoveel verwoestingen waren aangericht dan dat ze blij waren dat er een einde kwam aan de Duitse bezetting. 'Ondankbare honden,' had Donovan gezegd. 'Ze wekten de indruk dat ze liever met al hun schilderachtige kerkjes nog intact onder een nazibewind waren blijven doorleven dan dat ze door ons werden bevrijd.'

Prins Arthur moest nog even aandringen, maar ten slotte maanden zijn beide kameraden hem om vooral voorzichtig te zijn en daalden ze, met hun geweren in de aanslag, langs de drie dode Duitsers de straat af in de richting van de Rijn.

De prins probeerde de voordeur, maar die was op slot. Er was een bel, maar hij besloot eerst achterom te lopen, via het achtertuintje.

Hij opende het tuinhekje en betrad de tuin zelf, meer een plaatsje dan een tuin: op een klein stukje in het midden na was alles betegeld. Het pad naar de achterdeur was met straatstenen geplaveid. In het midden kwamen er wat grasprietjes tussen de stenen door. Daar stond ook een boom. Een appelboom, dacht hij, maar bij een iets nadere beschouwing zag hij dat er peren aan de takken hingen. Op de stenen lag een opengebarsten peer, die van de boom was gevallen. Prins Arthur zag dat twee wespen zich aan het al geel verkleurde vruchtvlees tegoed deden.

Achter in het tuintje hing de was, aan een lijn die tussen een groene schutting en de stam van de perenboom was gespannen. Witte was. Een paar lakens, een tafelkleed, slopen, een kledingstuk – waarschijnlijk een nachthemd: dunne bandjes die over de schouders moesten worden gedragen. Een vrouwennachthemd, stelde de prins vast. En inderdaad hingen er ook nog een paar witte slipjes. Geen grote witte mannenonderbroeken of gestreepte mannenpyjama's, zag hij tot zijn tevredenheid.

Het liefst zou hij op het wasgoed afstappen om de zachtheid van de lakens tegen zijn wang te voelen, het nachthemd tussen zijn vingertoppen te nemen, een slipje tegen zijn gezicht te drukken, diep in te ademen door zijn neus... Maar toen zag hij dat de achterdeur op een kier stond. Naast de deur was een klein raam, de onderste helft afgedekt met een vitrage. Hij meende iets te zien bewegen achter het raam, en in een impuls ging zijn hand even naar zijn pistool, waarmee hij sinds de landing gisteren nog maar één kogel had afgevuurd: door het hoofd van de gewonde Duitse jongen.

Hij beklopte voor de zekerheid nog eens zijn beide borstzakjes, waarin hij de chocoladereep en het pakje Lucky Strike had opgeborgen, en was in drie stappen bij de deur.

'Niet schrikken,' zei hij in zijn beste Nederlands, zich maar al te bewust van zijn sterke Spaanse accent. 'Goed volk.'

Maar de vrouw schrok wel. Dezelfde blonde vrouw die hij eerder bij het tuinhekje had zien staan, zag prins Arthur, terwijl hij zijn beide handen in een bezwerend gebaar omhoogbracht. Ze was bezig met iets op het aanrecht: twee glazen, en een bord, dat nu op de grond in stukken viel.

Ze droeg alleen een wit nachthemd, net zo'n nachthemd als aan de waslijn hing. Nog even overwoog de prins om de chocoladereep uit zijn borstzakje te pakken, maar er was iets wat sterker was dan hijzelf.

In twee stappen was hij bij haar, greep haar eerst bij één arm vast, en daarna ook bij de andere. 'Stil!' zei hij. 'Geen woord.'

Amper een dag geleden was hij door het toeval boven deze stad afgeworpen. Hij was een van de bevrijders geworden. Ook hij had met een brede grijns naar de uitgelaten Nederlanders gezwaaid. Vrouwen en meisjes wierpen zich op de motorkap van de jeeps. Bereidwillig, was het woord. Tot alles bereid.

Hij kon nog net zijn impuls bedwingen om het nachthemd in één keer van haar lijf te scheuren. Nee, een kalme overweldiging was beter. Hij vertegenwoordigde het goede. Hij stond aan de goede kant. En er was zijn knappe uiterlijk. In zijn uniform, met zijn halflange sluike zwarte haar, dat hij soms wel drie keer per minuut naar achteren streek, maar dat toch altijd zo weerbarstig bleef dat er telkens een paar lokken over zijn voorhoofd vielen, was hij voor dit meisje – nee, voor deze jonge vrouw, verbeterde hij zichzelf: hij schatte haar op net dertig – niet minder dan de hoofdprijs. Een verhaal dat ze later aan haar vriendinnen kon vertellen. Veel later, wanneer ze hem naast de koningin van Nederland op het bordes van het Paleis op de Dam zou zien staan.

Ja, hij zou het haar vertellen. Nu meteen, of... erna? Hij hoorde het zichzelf zeggen. *Ik ben een prins.* Voor haar zou het niet minder dan een sprookje zijn. En in dat sprookje was hij de wakker gekuste kikker.

Vooralsnog leek de vrouw niet van zins zich zonder verzet aan hem te geven. Ze probeerde zich uit alle macht uit zijn ijzeren greep te bevrijden. Misschien moest hij haar met de vlakke hand in haar gezicht slaan. Alleen om haar tot zichzelf te laten komen. Hij wilde het liever zonder geweld doen, maar als geweld toch nodig was dan zou hij dat verkiezen boven een nederlaag. 'Een blauwtje lopen' kwam in het vocabulaire van de prins niet voor. Soms werd hij in eerste instantie afgewezen, maar zelden in tweede, laat staan in derde. Je had vissers die de vissen nadat ze die aan de haak hadden geslagen weer terug in het water gooiden. En je had vissers die de vissen 's avonds roosterden boven een vuur. Hij had altijd een diepe minachting gevoeld voor de zogenaamde 'sportvissers'. Het was net als bij de jacht. Een geschoten zwijn roosterde je in zijn geheel aan een draaiend spit. De rest was decadentie.

Hij zou haar nemen, of ze wilde of niet. Naderhand zou hij haar troosten. Ze zouden samen chocola eten. Hij zou zich verontschuldigen voor zijn wat al te voortvarende optreden. En zij zou hem begrijpen, daar was hij van overtuigd. Het was oorlog – voor het eerst kwam het woord 'oorlogsbuit' in hem op. Hij had kameraden gezien die flessen drank uit kelders naar boven sleepten. Anderen trokken de Nederlandse meisjes mee naar de dichtstbijzijnde schuur of hooiberg.

Nu was het zijn beurt. Hij had nog geen buitgemaakte fles drank aan zijn mond gezet. Hij had het rustig aan gedaan. De meisjes die hem tot nu toe op zijn mond hadden gekust, had hij lachend van zich af geduwd. Dit was het moment.

Hij liet een van haar polsen los en haalde uit voor een flinke klap in haar gezicht. Eén moest genoeg zijn. Maar op datzelfde ogenblik ging de deur van het keukentje met een zwaai open en knalde tegen het aanrecht.

'Handen laten zakken,' zei een stem in het Duits. 'En daarna rustig omhoog.'

De prins keek in het blozende gezicht van een jongen. Hij had alleen een broek en een onderhemd aan. En hij was op sokken, zag de prins.

Maar het pistool in de hand van de jongen herkende hij onmiddellijk als een Walther P38. De loop was ondubbelzinnig op de onderbuik van de prins gericht.

In de slaapkamer, waarvan de deur op een kier stond, had Karl eerst een mannenstem gehoord, en kort daarop het geluid van een bord, of een ander stuk servies, dat op de vloer kapotviel. Naakt had hij de lakens van zich af geduwd, had alleen zijn onderbroek, broek en onderhemd aangetrokken. En daarna, als een soort *afterthought*, ook nog zijn sokken.

Zijn machinepistool stond in een hoek van de slaapkamer schuin tegen de muur. Nee, dacht hij, geen goed idee: een te zwaar wapen om binnenshuis in te zetten. Hij had zijn pistool uit de holster getrokken en de vergrendeling eraf gehaald. Iets zei hem dat de mannenstem niet van een van zijn kameraden afkomstig was. Duitsers, het was nou eenmaal niet anders, spraken bij voorkeur luid. Aan de kracht van hun stem ontleenden de Wehrmachtsoldaten hun autoriteit. Bevelen, vooral bevelen aan andere nationaliteiten dan de Duitse, werden sneller opgevolgd wanneer ze met luide stem werden gegeven. Deze mannenstem had zacht geklonken, ingehouden, alsof hij ergens was binnengedrongen waar hij niet hoorde te zijn en nu bang was ontdekt te worden.

Voetje voor voetje, trede voor trede, was Karl de trap afgedaald. Bij het aanschieten van zijn kleren had zijn lichaam al zacht tintelend aangevoeld, als bevroren vingertoppen waar opnieuw warm bloed doorheen stroomt. En nu, terwijl hij de trap afliep, nam dit tintelende gevoel bezit van zijn hele lichaam. Een nieuw soort rozigheid, dat hij nooit eerder in zijn leven had gevoeld, alsof hij urenlang naakt in de wind en de zon had gelopen, zo voelde het. Hij wist zeker dat hij hier, staande op de trap, in een diepe, droomloze slaap zou kunnen vallen. Een gelukzalige slaap, waar je je tot het uiterste tegen verzet om maar zo lang mogelijk wakker te blijven en zeker te weten dat alles wat je zo kortgeleden hebt meegemaakt echt is en niet gedroomd.

Ze had hem geleid, zoals je een onervaren danspartner de dansvloer op trekt om hem de passen te leren. Ze had zachtjes om hem gegiecheld, om zijn haast en gretigheid toen ze eenmaal naakt onder de lakens lagen. Hij was lief, zei ze. Ze noemde hem 'mijn lieve jongen' in een haperend Duits met een sterk accent dat hem alleen nog maar meer had opgewonden.

De keukendeur stond half open. Karl zag alleen een arm en een been in de kleur van een Engels uniform. De vrouw zag hij niet, maar er was wel iets gaande. Het leek of de Engelsman de vrouw vasthad, alsof hij haar wilde slaan. In twee stappen was hij bij de deur en hij duwde die met grote kracht open.

'Handen laten zakken!' zei hij in het Duits, op net zo'n luide en krachtige toon als hij het zijn Wehrmachtkameraden had horen doen. 'En daarna rustig omhoog.'

Even zag hij de Engelsman aarzelen, terwijl zijn hand zich in de richting van zijn holster bewoog. Karl richtte de Walther P38 nu recht op zijn voorhoofd. Hij was bereid. Hij was er klaar voor. Nog maar een uur geleden was hij een man geworden. Als een jongen was hij aan de hand van de vrouw naar boven gelopen, als een man stond hij hier nu in deze keuken. Op dezelfde dag waarop hij de volwassen wereld had betreden, zou hij zijn eerste leven nemen. Misschien moest het zo zijn, dacht hij, en hij richtte het pistool iets lager, op een punt tussen de ogen van de militair.

En het was pas op dat moment dat hij de lok over het voorhoofd van de man zag vallen. Een lok zwart haar. Dezelfde lok, hetzelfde haar als dat van de Engelse soldaat die enkele uren eerder Helge van dichtbij door het hoofd had geschoten, hem had afgemaakt als een gewond dier.

Het zou het beste zijn om nu onmiddellijk de trekker over te halen. Wraak. Gerechtigheid. Een leven voor een leven. Maar Karl was in het afgelopen uur echt jaren ouder geworden dan de zestien jaar die hij telde. Hij zag hoe de hand van de Engelsman zich langs zijn holster bewoog, eroverheen zweefde, en toen toch langzaam omhoogging, samen met zijn andere hand.

Hij geeft zich over, dacht Karl, terwijl zijn hart, dat toch al in zijn keel klopte sinds hij het bed had verlaten en de trap af was gedaald, nog luider, misschien wel hoorbaar, begon te bonzen. Ik hoef alleen maar de trekker over te halen.

En daar, op dat cruciale moment, nam de volwassen Karl het over. Een dode Engelsman in de keuken van een Nederlandse vrouw die een Duitse Wehrmachtsoldaat onder haar hoede had genomen, dat zou te veel zijn om uit te leggen. Buren zouden het schot mogelijk horen. Hij zou de vrouw, en indirect ook zichzelf, onnodig in gevaar brengen.

'Ik heb chocola,' zei de Engelsman, terwijl hij met de wijsvinger van een opgestoken hand op zijn borstzakje wees. 'En sigaretten. Lucky Strike. Ik kwam hier om deze Nederlandse vrouw chocola en sigaretten aan te bieden.'

Karl had op de middelbare school maar een paar jaar Engels gehad, maar de man sprak in eenvoudige zinnen, met weinig woorden, alsof hij hem tegemoet wilde komen. En hij sprak met een accent, hoorde Karl nu ook, dat hij niet direct kon thuisbrengen.

De dag tevoren was hij met nog twintig leeftijdgenoten in een oud schoolgebouw in het centrum van Arnhem ondergebracht. Daar waren ook de wapens uitgedeeld. Een enkel machinepistool, maar merendeels oude geweren, karabijnen waarover sommigen vertelden dat ze nog uit de Eerste Wereldoorlog stamden. En ze hadden niets te eten gekregen. Geen avondeten. Niets. Terwijl ze die dag als laatste maaltijd alleen een ontbijt hadden gehad. Deze ochtend was er zelfs geen ontbijt geweest. De jongens waren in kleine groepjes opgedeeld en op verkenning uitgezonden.

Karl keek even opzij naar de vrouw. In haar nachthemd zat een langwerpige scheur van haar hals tot halverwege haar buik, zag hij nu pas.

'Jij,' zei hij tegen haar, en hij knikte in de richting van de Engelsman. 'De chocola.'

Nu hij het woord hardop uitsprak, voelde hij zijn maag samentrekken. En er gebeurde ook iets met zijn mond: die viel half open, terwijl zijn tong iets naar buiten kwam, als bij een hond die om een stukje worst bedelt.

De vrouw trok de reep uit het borstzakje van de Engelse militair. Het was geen grote reep, zag Karl tot zijn spijt. Hij bedwong de aanvechting om hem uit haar handen te rukken, de verpakking eraf te scheuren en hem in één keer naar binnen te schrokken.

Als een echte gentleman, als de man die hij nog maar zo kortgeleden was geworden, moedigde hij haar aan om als eerste een stukje te nemen.

De vrouw wikkelde de papieren verpakking en daarna het zilverpapier van de reep, brak er een stukje af en hield het voor zijn mond.

Terwijl hij met zijn ene hand het pistool nog altijd op de indringer gericht hield, nam hij het stuk chocola van haar aan en hield het de Engelsman voor.

'Of nee, dat is niet beleefd,' zei hij in het Duits tegen de vrouw. 'Geef hem een nieuw stukje. Van de reep.'

En aldus geschiedde. Een poosje stonden ze daar alle drie zwijgend op hun stukje van de chocoladereep te kauwen.

Ze namen ieder nog een stuk – toen was de reep op.

'*Go*,' zei Karl tegen de Engelsman, en hij wees met zijn pistool naar de achterdeur.

Voorbij het dode paard en de boerenkar sloeg Karl rechts af en hij volgde de spoorlijn. Dit was het gedeelte van de stad dat, in elk geval vanochtend nog, stevig in Duitse handen was geweest. Hij bleef op zijn hoede, maakte zich zo klein mogelijk, terwijl hij, dicht tegen de huizen aan, de parallel aan de spoorlijn lopende straat bleef volgen, die hem bij het station zou brengen.

Na een minuut of tien liep de straat steil omhoog, en op het hoogste punt gekomen, zag hij het station inderdaad in de diepte liggen. Langs de stoep van de straat ernaartoe stonden vrachtwagens geparkeerd die hij onmiddellijk als Duits herkende.

Nog een minuut of vijf later bereikte hij de loopbrug die over de sporen heen naar de zuidkant van het station voerde. Ook dat wist hij, omdat hij amper een paar uur eerder in omgekeerde richting over dezelfde loopbrug was gekomen, in gezelschap van Helge en de andere kameraden van hun verkenningseenheid.

Midden op de brug hield hij halt en leunde over de reling. Er heerste een drukte van belang op de perrons. Op het linkerspoor stond een trein met open goederenwagons voor het vervoer van oorlogsmaterieel. Karl zag de lopen van de tanks onder de camouflagenetten uitsteken. Op het andere spoor stond een trein die maar enkele wagons lang was, gewone groen geschilderde passagierswagons van de Deutsche Bahn.

Een heel normale trein leek het, maar Karl wist het onmiddellijk zeker. Nog maar een paar maanden geleden had hij een afbeelding van deze trein in de *Völkischer Beobachter* gezien.

Hij liet zich iets door zijn knieën zakken zodat hij nog verder langs de trein kon kijken. Zijn hart begon te bonzen toen zijn vermoedens leken te worden bevestigd. Na twee of drie wagons voor passagiers stond vlak achter de locomotief een open wagon waaruit de lopen van luchtafweerkanonnen naar buiten staken.

Ja, hij wist het zeker, dit kon alleen maar de *Führersonderzug* zijn. En dat kon maar één ding betekenen...

'Weg! Weg!' Twee ss'ers op het perron gebaarden Karl om door het lopen.

Nog een halve tel bleef hij staan, strekte zijn nek om te kijken of hij misschien een glimp van de rijkskanselier op kon vangen, daarna volgde hij het bevel op en daalde aan de overzijde van de brug de trap af, naar de hoofdingang van het station.

In de verhalen over zijn oorlogstijd zou Karl altijd blijven benadrukken dat hij niet alleen de speciale trein maar ook de

Führer zelf had gezien. Het was maar een kleine leugen, vond hij. Het had gekund, dat was het belangrijkste, hoewel er later in geen enkel geschiedenisboek over de Tweede Wereldoorlog ook maar één regel aan dit bezoek werd gewijd.

Anders verging het Karl met prins Arthur. Pas maanden na het einde van de oorlog zag hij in een tijdschrift voor het eerst een foto van de prins, die aan het stuur van een jeep, lachend en toegejuicht door een met Nederlandse vlaggetjes zwaaiende menigte, een bevrijde Nederlandse stad binnenreed.

In het lachende gezicht herkende Karl onmiddellijk de Engelse militair met het merkwaardige accent met wie hij, in gezelschap van de vrouw aan wie hij zijn maagdelijkheid had verloren, in een Arnhemse keuken chocola had staan eten.

Later diezelfde dag wandelde de Führer, slechts in het gezelschap van twee officieren, de Rijnbrug op. Het was al bijna donker, de silhouetten van de uitgebrande tanks en pantservoertuigen staken zwart af tegen de grijze avondhemel. Het rook naar verbrand rubber op de brug, naar verbrand rubber en naar nog iets anders – de Führer wist wat het was.

De oudste officier lichtte hem ondertussen in over het verloop van de nu zo goed als gewonnen slag, maar Hitler luisterde maar half. Hij was moe. Hij zou willen dat hij hier alleen kon zijn. Hij zou naar de reling van de brug lopen en in het donkere water in de diepte staren.

Drie maanden na zijn vijftigste verjaardag was hij ten strijde getrokken. Hij had een zekere haast gevoeld. Hij was een laatbloeier geweest. Het rechtmatige terugeisen van het Rijnland, de aansluiting van Oostenrijk bij het grote Duitse vaderland en de bezetting van Sudetenland waren de opmaat geweest. Met de aanval op Polen was een grens overschreden. Nog altijd was hij trots op de formulering van de oorlogsverklaring, op 1 september 1939: 'Poolse troepen hebben het gewaagd Duitsland te beschieten. Sinds hedenmorgen wordt er teruggeschoten.'

Soms dacht hij aan alle dingen die eerst nog heel waren en daarna kapot waren gegaan: bruggen, kathedralen, fabrieken, historische gebouwen. Als elfjarige had hij een keer gezien hoe, een paar straten van zijn ouderlijk huis in Leonding, een apotheek in vlammen was opgegaan. Natuurlijk was de brandweer gekomen, zij het veel te laat. Maar daarna was het ook snel afgelopen, met veel uiterlijk vertoon van brandslangen en krachtige waterstralen was het nog in de ruïne nasmeulende vuur gedoofd. De brandweerlieden werden uitgejouwd. Het publiek was weer kind geworden, zo had hij vele jaren later gedacht. Ook hij had meer van de brand dan van het blussen genoten. De hoog uit de ramen schietende vlammen – boven de apotheek waren nog twee verdiepingen met woningen, die ook door het vuur waren verwoest. Op zeker moment was er iemand uit een raam gesprongen, een vrouw met een kind in haar armen, die was opgevangen in een door omstanders gespannen zeil.

In het jaar van de brand hadden zijn ouders hem en zijn zus meegenomen op een korte excursie naar de Alpen. Het was deze vroege kennismaking met de bergen geweest die hem, toen hij eenmaal volwassen was, had doen besluiten er een buitenverblijf in te richten. Nergens kon hij rustiger nadenken over de toekomst dan daar. In het aangezicht van de witte toppen werden de verwoestingen relatief. Steden werden in de as gelegd, miljoenen mensen stierven, maar de sneeuw bleef liggen.

Ja, er was veel kapotgegaan in de afgelopen vijf jaar. Maar hij had gelijk gekregen, dacht hij nu, terwijl hij halverwege de brug rechtsomkeert maakte. Het was nog veel te vroeg om op te geven. Deze gewonnen Slag om Arnhem was het bewijs. Een keerpunt in de strijd. De Engelsen en Amerikanen zouden worden teruggedreven naar de stranden van Normandië. Daarna zou hij met de Russen in het oosten afrekenen.

Hij voelde zich moe. Moe en oud, maar ook voldaan. Hier was het allemaal om begonnen. Wie durfde er te beweren dat er niets te winnen viel in een oorlog, zelfs al zou je die uiteindelijk misschien verliezen? Glorie, zelfopoffering, heldenmoed: daar ging het om. De durf om zo'n oorlog, ongewis van hoe hij zou aflopen, te beginnen.

AFLEVERING 7

Margarita zint op manieren om de aandacht van Joseph Bosman vast te houden. Prins Karl weigert uit De Kastanjehof te vertrekken. Igor krijgt spijt van zijn beslissing om prinses Vera alleen naar huis te laten gaan met een jongen van school. En prins Arthur onderhoudt zich met zijn dochter Mildred over een serieuze bedreiging voor het voortbestaan van het Koninklijk Huis.

'Ik vind deze heel bijzonder,' zei koningin Margarita. 'Maar ook verontrustend. Misschien nog wel verontrustender dan die atoomexplosies.'

Ze stonden naast elkaar in Bosmans atelier en bekeken enkele van zijn recentste schilderijen.

Vandaag had Margarita een kleurige hoofddoek omgeslagen en opnieuw een zonnebril opgezet. Lopend vanaf het Scheepvaartmuseum, waar ze zich door haar chauffeur had laten afzetten, bedacht ze dat ze in deze vermomming nauwelijks verschilde van een vrouw in Iran, of een ander islamitisch land met strenge kledingvoorschriften voor vrouwen. Het kwam ook door de manier waarop de voorbijgangers naar haar keken: een korte blik gevolgd door een iets langere.

Ja, ik ben een gesluierde vrouw, dacht de koningin, terwijl ze de hoofddoek nu ook voor haar neus en mond sloeg om herkenning nog lastiger te maken. Ik moet gesluierd over straat, alleen binnenskamers kan ik mezelf zijn. En inmiddels ook dat niet meer. Ze was niet langer zichzelf. Door naar dit atelier in het Oostelijk Havengebied te komen was ze een ander geworden, in de eerste plaats voor haar man en dochter, ook al wisten ze dat zelf nog niet. Ze kon naar ze glimlachen zoals ze naar een menigte glimlachte, zoals ze altijd glimlachte wanneer ze zich in een openbare ruimte bevond.

Net als de vrouwen in de streng religieuze landen mocht ze haar hoofd- en gezichtsbedekking pas binnenshuis afleggen. Nooit kon ze zomaar, in een opwelling, de straat op. Meer dan ooit ervoer ze haar leven als een gevangenis. Ze mocht er wel uit, maar dan altijd in die andere vermomming, die van koningin, haar enige bij de buitenwereld bekende gezicht.

In een hoek van het atelier lag een matras met een opengeslagen dekbed en een, zo te zien, niet al te schoon onderlaken.

Hij heeft niet eens de moeite genomen om zijn bed op te maken, dacht de koningin.

Er leek iets te zijn veranderd in de houding van de schilder. Ze kon er niet precies de vinger op leggen: een zekere onverschilligheid, alsof ze hem bij iets had gestoord. Terwijl ze al een paar dagen geleden hadden afgesproken dat ze elkaar vandaag in zijn atelier zouden zien. Het verkeer op de ring van Amsterdam had weliswaar volledig vast gestaan, waardoor ze ruim een uur te laat was gearriveerd, maar dat kon het toch niet zijn… of toch wel?

Vanuit haar ruime ervaring in het verleden wist Margarita hoe het mannen soms kon ergeren wanneer ze te laat op een afspraak verscheen, als betrof het een persoonlijke vernedering. Liever kwamen ze zelf te laat, daarmee lieten ze er geen misverstand over bestaan dat de vrouw in kwestie vooral niet moest denken dat ze in pure aanbidding aan haar voeten zouden gaan liggen.

Sinds ze koningin was, was het te laat komen bijna tot het standaardrepertoire gaan behoren. Niemand durfde er iets van te zeggen wanneer ze ergens een uur na het afgesproken tijdstip verscheen. Wel altijd met haar glimlach, ook die behoorde tot het standaardrepertoire.

'Ik moet om vijf uur weg,' had Bosman kort na haar binnenkomst gezegd, en ze had dit onmiddellijk als een belediging opgevat, moest ze aan zichzelf toegeven. Hoe was het mogelijk dat hij niet de hele dag voor haar had ingeruimd? Voor de koningin, dacht ze daarna, en al het volgende moment realiseerde ze zich wat een belachelijke gedachte dit was.

Nee, dit ging niet werken, besefte ze nu. Dit was de eerste en ook meteen de laatste keer dat ze naar zijn atelier was gekomen. Voortaan zou ze hem op haar eigen terrein en op haar eigen voorwaarden ontvangen.

Ze dacht aan Astrid, aan die middag in de tuin van het paleis waarop ze over het buitenhuis was begonnen en haar zus onmiddellijk haar werkelijke bedoelingen had geraden. De dagen daarna kon ze zich wel voor haar kop slaan. Ze had iets anders voor ogen gehad. Vroeg of laat, maar liever zo laat mogelijk, zou Astrid moeten worden ingelicht. Nu had ze al in een veel te vroeg stadium een medeplichtige – de slechtste medeplichtige die ze zich kon wensen.

Ze wendde haar blik af van het schilderij: een vrouwelijk fotomodel poseerde op een strand, terwijl op de achtergrond soldaten in volle bepakking door de golven waadden. Het was een iconisch beeld van de invasie van Normandië in juni 1944, maar het fotomodel was van nu en poseerde in de laatste mode. Alles was geschilderd in een hyperrealistische stijl, met een glossy glans als betrof het een modereportage uit de *Vogue*.

Ook de andere schilderijen waren een combinatie van een modereportage en een historische gebeurtenis uit de Tweede Wereldoorlog. Twee modellen poseerden naast de vier Amerikaanse soldaten die met vereende krachten de vlaggenmast met de Amerikaanse vlag overeind zetten op Iwo Jima. Op het misschien wel schokkendste schilderij hing een in een gestreepte pyjama gehulde, uitgemergelde gevangene in het prikkeldraad van wat kennelijk de omheining van een concentratiekamp was. Het fotomodel keek ditmaal bijna geërgerd een andere kant op.

'Wat bedoelt de schilder hier precies mee?' had ze op een zo opgeruimd mogelijke toon gevraagd.

'Ik wil hier niet mee zeggen dat de kapitalistische maatschappij te ver is doorgedraaid,' had Bosman afgemeten geantwoord – een toon die ze nog niet van hem kende. 'Feit blijft dat er nog steeds overal wordt gemoord en gebombardeerd, terwijl wij gewoon door onze modetijdschriften blijven bladeren.'

Daarna had hij zijn handen op haar schouders gelegd en haar haar naar achteren geveegd, een gebaar dat Margarita voornamelijk als neerbuigend had ervaren. Hij had ook bijna meewarig naar haar geglimlacht, alsof hij wilde zeggen: *Maar dat begrijp jij toch niet.*

Nu wendde ze zich af van het schilderij met het prikkeldraad en keek ze, ondanks zichzelf, nogmaals naar het onopgemaakte bed op de vloer.

De schilder volgde haar blik. 'Ik ben eigenlijk best moe,' zei hij. 'Bovendien moet ik zo alweer weg.' Hij slaakte een diepe zucht en haalde zijn schouders op. 'Het is het verkeerde moment. 'Misschien had je gewoon op tijd moeten komen.'

'Zou ik hier mogen roken?' vroeg prinses Mildred.

Vanachter zijn bureau keek dokter Maaskant haar aan – een niet onknappe man, stelde de prinses niet voor het eerst die middag vast. Hij deed haar aan iemand denken, al had ze aanvankelijk niet geweten aan wie. Maar nu wist ze het opeens: aan Albert Einstein. Hetzelfde bijna spierwitte haar, dezelfde snor. Ze vroeg zich een ogenblik af of dokter Maaskant het zelf ook zag wanneer hij in de spiegel keek, of hij misschien zelfs zijn best deed om de gelijkenis nog extra te benadrukken.

'Op één voorwaarde,' zei de psychiater, terwijl hij een ernstig gezicht trok. 'Dat ik met u mag meeroken.'

Al na het eerste trekje voelde prinses Mildred een tweede behoefte opkomen, bijna nog sterker dan de eerste. Zo was het haar haar hele leven vergaan. Wanneer ze op haar verjaardag een pop cadeau kreeg, huilde ze net zo lang tot ze haar ook een poppenwagen gaven. En nu wist ze voor honderd procent zeker dat het genot van de zojuist aangestoken sigaret niet compleet zou zijn zonder een glas ijskoude witte wijn.

'Kent u die mop van de alcoholist die bij de dokter komt?' vroeg ze. 'De dokter vraagt de alcoholist: "Wat drinkt u?" Waarop de alcoholist antwoordt: "Dat maakt niet zoveel uit. Wat u in huis hebt."'

'Ik kan u een shotje wodka aanbieden,' zei de psychiater met een glimlach terwijl hij een la van zijn bureau opentrok en er een zwarte heupflacon uit haalde.

De prinses haalde haar schouders op. Witte wijn was haar favoriet, maar net als de alcoholist uit de mop maakte het haar verder niet zoveel uit. Wanneer ze een vermoeiende dag achter de rug had, trakteerde ze zichzelf soms op een gin-tonic. Twee of drie gin-tonics, verbeterde ze zichzelf in gedachten. In een biografie van de Engelse koningin-moeder had ze gelezen dat deze vrouw haar hoge leeftijd en onverwoestbare gezondheid aan haar dagelijkse dosis gin had toegeschreven.

'Wij hebben dus sterk de indruk dat uw man simuleert,' vatte dokter Maaskant zijn verslag over de toestand van prins Karl samen. 'Hij neemt al geruime tijd zijn medicijnen niet meer in. Hij denkt dat wij dat niet merken, maar onze verplegers zijn erop getraind op dergelijke details te letten. In eerste instantie wordt er niet ingegrepen. We zijn altijd nieuwsgierig welk effect een plotselinge medicijnafname op een patiënt heeft. En daarnaast zijn we natuurlijk ook benieuwd naar zijn motieven.'

Hij drukte zijn nog maar half opgerookte sigaret uit in een espressokopje en schoof het kopje naar de prinses toe.

'Wij zijn er vanaf het begin, sinds zijn opname in De Kastanjehof, van uitgegaan dat de prins een traumatische ervaring moet hebben gehad,' vervolgde hij. 'En u moet het me niet kwalijk nemen, ik weet dat ik het u al vaker heb gevraagd, maar is er destijds iets tussen u beiden voorgevallen wat een verklaring kan zijn voor de verslechtering van zijn geestestoestand? Iets wat u me tot dusverre niet hebt verteld? Of vergeten bent te vertellen?'

Prinses Mildred sloeg het glaasje wodka in één keer achterover en voelde de tranen in haar ogen springen.

'Mijn man heeft altijd moeite gehad met de officiële kant van het koningshuis,' zei ze. 'Of beter gezegd: met zijn plek als man naast een machtige vrouw. Sommige mannen zijn gewoon ongeschikt voor zo'n rol.'

'Prins Karl is volledig van de medicijnen af,' zei de psychiater. 'Hij is minder verward. Hij is zover genezen dat wij hem binnenkort uit onze inrichting moeten ontslaan. Maar is het misschien een idee dat we voor die tijd een sessie met u beiden beleggen? Dat we, voordat uw man terugkeert naar het paleis, nog een laatste poging doen om de oorsprong van zijn stoornis te ontrafelen?'

De prinses greep naar het wodkaglaasje, besefte toen dat het leeg was en schudde weer een sigaret uit haar pakje. Een sessie met zijn tweeën? Wat bedoelde de psychiater? Wilde hij hen alsnog aan relatietherapie onderwerpen?

Ze vroeg zich af waar zo'n sessie op uit zou draaien. Zou dokter Maaskant Karl en haar, nadat alle vuile was buiten was gehangen, vragen om elkaars handen vast te houden, elkaar een kusje te geven?

'Ik weet niet...' begon ze, en ze hield het vlammetje van haar aansteker bij haar sigaret. 'Ik weet niet of dat wel een goed idee is.'

Zonder het echt te willen, dacht de prinses nu aan de affaire die ze in haar gloriejaren als koningin met een minister van Buitenlandse Zaken had gehad. De affaire was er maar een van vele geweest, maar had een enorme impact gehad vanwege de constitutionele crisis die op een haar na in gang was gezet. Dirk-Jan van Manen was het boegbeeld van een kleine, links van het centrum opererende, liberale partij geweest. Vanwege de grote winst die hij destijds bij de verkiezingen had geboekt, werd zijn partij uitgenodigd om deel uit te maken van een coalitie met de christendemocraten en de socialisten, en kreeg zij ook enkele ministersposten toebedeeld.

De koningin genoot van de aantrekkingskracht die ze op mannen, met name op politici, uitoefende. Bij elke nieuwe kabinetsformatie ontving ze de partijleiders op het paleis. Het had meteen geklikt tussen haar en Dirk-Jan van Manen. Meer dan geklikt, kon je beter zeggen. Het was de tijd waarin je nog ongestraft kon roken zonder meteen met afkeurende blikken te worden geconfronteerd. Ze hadden er allebei een aantal gerookt en het gesprek had langer geduurd dan met de andere partijleiders. De toekomstige minister van Buitenlandse Zaken had een diepe stem, en hoewel het nog maar elf uur in de ochtend was, hadden ze samen een paar whisky's zonder ijs achterovergeslagen. De koningin had naar zijn grote handen gekeken en haar fantasie de vrije loop gelaten.

De partijleider van de grootste oppositiepartij had lucht van de affaire gekregen. Het kabinet kwam ten val, hoewel de aanleiding verborgen bleef voor het grote publiek. De minister van Buitenlandse Zaken werd onopvallend 'weggepromoveerd' naar een ambassadeurspost in Santiago de Chile.

Prinses Mildred vroeg zich vaak af hoe het Margarita verging naast haar zoon. Ook zij moest inmiddels van de verboden vrucht van de koninklijke uitstraling hebben geproefd. De erotische aantrekkingskracht die alle vrouwen op hoge posities op mannen uitoefenen. Toen Hendrik zijn aanstaande verloofde aan haar was komen voorstellen, had ze Margarita onmiddellijk van valse motieven verdacht. Het contrast tussen de stralende vrouw en haar in het gezelschap van stralende vrouwen nog bleker afstekende zoon was simpelweg te groot. Maar de laatste jaren was zij meer en meer met koningin Margarita gaan sympathiseren. Het kon haast niet anders dan dat de vrouw van haar zoon ook naar afwisseling op zoek was gegaan. Een enkele keer waren ze er, na het legen van een fles witte wijn, dichtbij geweest. De vraag had op haar lippen gelegen. *Verveel je je soms? Dat is heel begrijpelijk. Ik heb dat ook vaak gehad.* Maar uiteindelijk was ze toch teruggeschrokken voor een al te grote intimiteit met haar schoondochter.

Nu was ze door dokter Maaskant op De Kastanjehof ontboden omdat haar echtgenoot, waarschijnlijk in een laatste wanhopige poging zijn eigen krankzinnigheid aan te tonen en zo zijn aanstaande ontslag uit de inrichting te voorkomen, brand in zijn kamer had gesticht.

'Ik weet niet of een gesprek met ons samen enige zin heeft,' zei de prinses tegen de psychiater. 'Misschien moet ik eerst eens onder vier ogen met mijn man spreken.'

'Kun je me vandaag voor één keer niet komen afhalen, Igor?' had prinses Vera hem een kleine week geleden gevraagd. Ze stonden bij de ingang van het schoolplein, dat er zo goed als verlaten bij lag, de meeste leerlingen waren al naar binnen.

'Maar...' Igor maakte zijn zin niet af, omdat op dat moment de bel voor de tweede keer ging.

'Ik ga met iemand mee,' zei Vera. 'Of eigenlijk brengt iemand me naar huis. Alsjeblieft, Igor. Als jij tegen niemand iets zegt, doe ik het ook niet. Voor één keer?'

Ze had hem met een smekende blik aangekeken, al half omgedraaid om zo snel mogelijk weg te kunnen rennen in de richting van de schooldeur, die binnen een minuut na de tweede bel zou sluiten.

'Maar hoe gaat u dan...' begon hij. 'U hebt geen fiets. Gaat u met de bus? Ik bedoel –'

'Hij heeft een scooter,' onderbrak ze hem. 'We zijn in tien minuten bij het paleis. Niemand hoeft het te weten. Echt niet. Het gaat alleen maar om het eerste stukje. Verder is er niets geheims aan. Thuis stel ik hem gewoon aan mijn moeder voor. Maar ik wil niet dat we meteen al in een auto met chauffeur naar huis gaan, dat voelt niet goed.'

'Ik weet niet of –'

'Ik heb hem uitgedaagd voor een tennismatch,' zei ze en ze gaf hem een knipoog. 'Ik ga hem alle hoeken van de baan laten zien.'

En weg was ze. Igor keek haar na, hij verwachtte half dat ze zich bij de schooldeur nog één keer om zou draaien, maar dat gebeurde niet. Op de terugweg naar het paleis overwoog hij zijn opties. Naar de koning of de koningin stappen leek hem geen goed idee, daarmee zou hij misschien voor altijd het vertrouwen van de prinses beschamen. Maar als de koning of koningin erachter kwam dat hij de prinses zonder beveiliging naar huis had laten gaan, zou dat in het gunstigste geval tot zijn onmiddellijke ontslag leiden. *Achter op een scooter!* Hij hoorde het de koning al zeggen. *Wat had er wel allemaal niet kunnen gebeuren! Ze hadden een ongeluk kunnen krijgen. Waar was je met je verstand, Igor?* hoorde hij nu ook de koningin uitroepen.

Hij had ook met prinses Vera te doen. Met haar absolute gebrek aan een privéleven. Ze vertrouwde hem. In vertrouwen had ze hem de mooie jongen met het zwarte krulletjeshaar aangewezen. Zou hij extra voorzichtig zijn met zijn scooter, in de wetenschap dat hij de toekomstige koningin van Nederland achterop had?

Omdat hij wist dat hij later die dag de koning naar De Kastanjehof zou moeten rijden, zette hij de BMW niet in de garage maar parkeerde hem op de oprijlaan.

Ik zal er niet zijn vanmiddag, appte hij prinses Vera voordat hij uitstapte. *Maar wees alsjeblieft voorzichtig. Veel geluk, Igor.*

Igor vroeg zich af of hij er wel goed aan had gedaan het verzoek van de prinses in te willigen. Misschien verbeeldde hij het zich, maar in de dagen daarna leek ze zwijgzamer dan voorheen.

Hij vermeed het om haar er rechtstreeks naar te vragen, of het allemaal goed was gegaan met de jongen, dat vond hij niet gepast. Ze moest er zelf over beginnen.

'Alles goed met u?' vroeg hij haar ondanks zichzelf op de derde dag, terwijl hij haar blik probeerde te vangen in zijn achteruitkijkspiegeltje. Ze zat anders dan anders, zag hij, of beter gezegd: ze zat de afgelopen drie dagen anders dan anders, meer hangend tegen het portier, zonder naar buiten te kijken. Haar ogen stonden dof, ze leken op helemaal niets in het bijzonder te zijn gericht, behalve op haar handen in haar schoot.

'Ja,' antwoordde ze kort, zonder haar ogen op te slaan en hem aan te kijken.

Hij had met haar te doen, maar vroeg niet verder. Er was ongetwijfeld iets gebeurd, hield hij zichzelf voor. Het afspraakje met de jongen met de zwarte krullen was anders verlopen dan de prinses zich had voorgesteld. Misschien had ze hem haar liefde verklaard en had hij haar afgewezen.

De volgende dag stond hij haar buiten het schoolplein op te wachten, toen ze iets later dan gebruikelijk de deur door kwam. Ze liep in een rechte lijn naar hem toe, met gebogen hoofd, zonder op of om te kijken, haar blik strak op de tegels voor haar voeten gericht.

Dicht bij het hek stond een groepje van vijf meisjes met hun fietsen in de hand te praten en te lachen. Toen Vera het groepje passeerde leek het of de meisjes even stilvielen. Nee, Igor verbeeldde het zich niet: ze keken allemaal zwijgend naar de somber voortstappende prinses, keerden haar de rug toe, en brachten hun gezichten dicht bij elkaar. Vanaf de plek waar hij stond kon hij ze horen fluisteren, vervolgens klonk er een onderdrukt gegiechel.

Igor bedwong de aanvechting om op de meisjes af te stappen, er een paar aan hun haren te trekken en ze met de vlakke hand in het gezicht te slaan – dat zou de zaak voor de prinses alleen maar verergeren.

Tot zijn ontsteltenis voelde hij plotseling tranen opkomen. Snel trok hij een papieren zakdoekje uit zijn broekzak en hij snoot luidruchtig zijn neus terwijl hij het portier voor Vera openhield.

'Hoe was uw schooldag, Hoogheid?' vroeg hij, waarbij hij een zo luchtig mogelijke toon probeerde aan te slaan.

'Gaat wel,' antwoordde de prinses; ze had haar inmiddels gebruikelijke houding alweer aangenomen.

Het waren de giechelende meisjes die hem over de streep trokken. Eerder dan een streep was het een onzichtbare lijn die hij niet diende te overschrijden, zo wist hij. Hij kende zichzelf maar al te goed. Zolang hij redelijk bleef, afstand bewaarde, was er geen vuiltje aan de lucht. Maar soms gebeurde er iets waardoor hij tijdelijk de controle verloor. Hij had geluk gehad dat zijn ontslag uit het leger eervol was geweest. Een superieur had hem in bescherming genomen toen hij tijdens een missie in Afghanistan buiten zijn boekje was gegaan. Overgevoelig, had zijn moeder hem altijd al genoemd. Soms kreeg het sentiment de overhand, dan stond hij niet langer voor zichzelf in. Nog steeds schoot hij 's nachts zwetend wakker uit een droom waarin hij opnieuw de angstige gezichten van de neerhurkende dorpelingen voor zich zag. Het had iets met een kind te maken, een tienjarige jongen die ze eropuit hadden gestuurd om een bermbom die niet was afgegaan terug naar het dorp te brengen. Igor werd meestal huilend wakker, de droom had ook een andere afloop dan de werkelijkheid. In de droom hield hij de dorpelingen alleen maar onder schot.

'Dus in die kliniek denken ze dat Karl simuleert,' zei prinses Mildred. 'Dat hij niet meer terug wil naar ons...'

'En wat denk jij?' vroeg prins Arthur.

'Ik weet het niet. Ik heb met hem gepraat. Hij lijkt nog tamelijk verward, maar ik weet niet hoe bedreven hij erin is. In die verwardheid spelen, bedoel ik.'

Prins Arthur keek naar zijn dochter. Hij kon alleen maar hopen dat zijn afkeer van haar niet in zijn blik te lezen viel. Hij had het altijd al gehad, sinds haar geboorte, alsof je op je negende verjaardag niet de speelgoedbrandweerauto krijgt waarom je hebt gevraagd maar een paar sokken. Het was niet zo dat hij eraan twijfelde of dit in de wieg schreeuwende, rood aangelopen wezen wel van hem was. Nee, het ergste was dat hij zijn pasgeboren dochter vanaf de eerste dag had herkend als iets van hemzelf. Net zo eigen en onvervreemdbaar als de lucht die na een lang wc-bezoek uit de toiletpot opstijgt. Je kunt de lucht nog net verdragen omdat hij door het afval uit je eigen lichaam wordt voortgebracht. Maar afval bleef afval, zoveel was zeker.

Vanaf de eerste dag had prins Arthur zich getroost met de gedachte dat haar oudere broer, prins Arthur jr., na het aftreden van koningin Johanna de troon zou bestijgen. Binnen het Koninklijk Huis zou prinses Mildred hooguit een marginale rol vervullen. In later jaren schaamde hij zich voor haar aanwezigheid, bij officiële gelegenheden ging hij altijd zo ver mogelijk van haar vandaan staan. Op het bordes van het Paleis op de Dam legde hij zijn arm om de schouders van zijn zoon, terwijl Mildred zich aan de rokken van haar moeder vastklampte.

Ze had iets wijsneuzerigs wat hem tegenstond. Een door een nauwelijks meetbare intelligentie ondersteunde hooghartigheid, als van een quizkandidaat die altijd als eerste op de knop drukt maar daarna het juiste antwoord schuldig moet blijven. En dan was er natuurlijk haar uiterlijk. Het was al vrij gauw duidelijk dat Mildred uitsluitend de verkeerde mannen aan zou trekken. Gigolo's en playboys in het gunstigste geval – hij wist er alles van.

Mannen die vielen op het ambt: op de kroon en de tot op de enkels vallende hermelijnen mantel, op het vervoer in een gouden koets, het minzaam glimlachen naar een met vlaggetjes zwaaiende menigte. Deze mannen vielen op het sprookje, niet op de levende mens achter het decor van bordkarton. Zoals in vroeger tijden de acteur die in het toneelstuk de slechterik speelde na afloop van de voorstelling bij de artiestenuitgang door een woedende menigte werd opgewacht, zo verwarden deze mannen de werkelijkheid met het decor. De werkelijkheid was hard: een heel leven naast een niet al te slimme, betweterige en dood- en doodsaaie vrouw.

Prins Arthur wist hoe het werkte. Het had iets te maken met vrouwen in een bepaalde functie – in een bepaald uniform, kon je beter zeggen. Vrouwen die vanuit die functie, vanuit dat uniform, boven je waren gesteld, zij het doorgaans slechts tijdelijk. De stewardess, de politieagente, een vrouw in een witte jas: een of andere medische specialist die je vroeg om je broek te laten zakken en op de behandeltafel plaats te nemen. Alsof je straf kreeg. Ja, je moest je broek uittrekken zodat ze je daarna met haar vlakke hand op je blote billen kon geven. Net zo lang tot je alles zou bekennen: dat jij het was die tijdens de pauze uit de jassen van je medeleerlingen had gestolen.

Hij was opgegroeid in een tijd waarin het nog heel normaal was om als man te weigeren je door een vrouw te laten behandelen. Maar prins Arthur had niets liever gewild. Ademloos van opwinding had hij zijn tong uitgestoken voor de kinderarts die met een lampje achter in zijn keel had willen kijken. Hij wachtte op het moment waarop ze hem met een teleurgestelde blik zou aankijken en hem zou opdragen zijn broek en onderbroek op zijn enkels te laten zakken zodat ze hem over haar knie zou kunnen leggen.

En deze fantasie strekte zich uit tot vrijwel alle beroepsgroepen waarin vrouwen geacht werden een uniform te dragen. De stewardess in haar blauwe mantelpakje vroeg hem weliswaar gedienstig en beleefd wat hij wilde drinken, maar ze had ook de macht in handen. Vriendelijk, maar geen tegenspraak duldend, gebood ze de passagiers hun tafeltje in te klappen en hun rugleuning weer in de verticale stand te plaatsen. In een noodgeval diende je haar bevelen blindelings op te volgen. Tijdens hevige turbulentie was de glimlach op het gezicht van de door het gangpad benende stewardess het enige houvast dat je had: zolang de stewardess nog glimlachte was er niets aan de hand. *Het vliegtuig zou niet neerstorten*, zei de glimlach. *Dit is nog niks, ik heb veel erger meegemaakt, ik ben uit steviger hout gesneden dan jullie allemaal bij elkaar, stelletje watjes.*

Hoe vaak in zijn lange buitenechtelijke liefdesleven had hij niet getracht de aandacht van stewardessen te trekken? Hij vloog natuurlijk altijd businessclass, dat maakte het al een stuk makkelijker. Meestal wisten de stewardessen wie hij was. Het begon met kleine verwennerijen: een tweede glas champagne voor de Prins der Nederlanden, een paar extra bonbons. Hij liet zijn oog altijd eerst op de een-na-mooiste stewardess vallen, dan werd de mooiste jaloers. Met een knipoog hier, een lachje daar, liet hij doorschemeren dat hij ook voor andere verwennerijen dan champagne en bonbons in was. Op het laatste moment, wanneer hij de een-na-mooiste voor zich had gewonnen, verplaatste hij zijn aandacht naar de mooiste. De toiletten in de businessclass waren ruimer dan die in economy. Na afloop stak hij zijn overhemd weer in zijn broek en liet zich met een heerlijk rozig gevoel in zijn stoel zakken. Zijn jasje en zijn schoenen liet hij uit. Zijn champagneglas bleef zelden lang leeg.

Op haar negende verjaardag had hij zijn dochter een stewardessenpakje cadeau gegeven. Hij trok een oud pilotenjasje aan, zette zijn Ray-Ban-zonnebril met spiegelende glazen op, plaatste twee stoelen naast elkaar voor het raam in de woonkamer en ze speelden piloot en stewardess. 'Wat wilt u drinken, commandant?' vroeg de kleine Mildred, en dan ging ze thee of koffie voor hem zetten. 'De piloot is een beetje moe,' zei hij. 'Misschien kan de stewardess even op schoot komen zitten om mee te helpen sturen?'

Hij had nooit het gevoel dat hij te ver ging, maar het stewardessenuniform maakte de aanblik van zijn dochter op zijn zachtst gezegd draaglijker. Hij klemde haar in zijn armen en knuffelde haar, gewoon zoals een vader een dochter knuffelt, hield hij zich voor. Maar hij wist hoe het ging, hoe het er in de werkelijkheid aan toeging tussen piloten en stewardessen, daarvoor hoefde je over niet al te veel fantasie te beschikken.

Er was die ene keer geweest dat hij Johanna niet had horen binnenkomen. Zijn vrouw stond plotseling naast de twee stoelen.

'Wat doe je?' vroeg ze op ijzige toon.

'Papa is moe,' antwoordde prinses Mildred. 'De piloot kan niet meer zelf sturen.'

'Waar ben je in godsnaam mee bezig?' vroeg Johanna aan Arthur, maar toen realiseerde ze zich kennelijk dat Mildred nog altijd op haar vaders schoot zat. 'Ga naar je kamer,' richtte ze zich tot haar dochter. 'Nu meteen.'

'Ik weet niet wat jij je allemaal in je hoofd haalt,' zei de prins toen ze met zijn tweeën waren, 'maar je maakt je dochter onnodig bang. Nu is ze geschrokken. Van een spelletje! We speelden alleen maar een spelletje.'

'Arthur...' Ze leek even niet te weten hoe ze verder moest. 'Ik heb je gezien, Arthur,' vervolgde ze. Ze sprak met zachte stem, fluisterde bijna. 'Ik kwam binnen. Ik heb de deur zachtjes opengedaan om jullie niet te storen... om jullie niet te storen in jullie spélletje!'

'Johanna –' begon prins Arthur.

'Zo heb ik naar jullie gekeken,' onderbrak ze hem. 'Daarnet vanuit de deuropening. Alsof jullie een spelletje speelden. Dat dacht ik ook. Dat dacht ik echt. Zo lief. Zo onschuldig. Moet je nou zien hoe lief mijn man met ons dochtertje speelt. Dat dacht ik.'

'Ik weet niet wat je hebt gezien. Ik weet het echt niet. Misschien moet je niet zo kijken. Misschien is het wel jouw blik die iets anders maakt van iets wat in wezen onschuldig is.'

'Arthur! Hou je mond! Hou me niet nog verder voor de gek. Doe me dat niet aan. Ik weet hoe je over me denkt. Nee, laat me uitspreken! Ik weet dat je me dom vindt. Een domme vrouw die niets van het leven begrijpt. Het leven zoals jij het leeft, met je snelle auto's en je vliegtuigen. Met je...' Even dacht Arthur dat ze nu 'minnaressen' zou zeggen. 'Met je leven in de jetset. Met al die gravinnen en hertoginnen en filmsterren op hun jachten in de Middellandse Zee. Ik heb je dat leven nooit misgund. Ik ben niet naïef. Ik weet dat je het nodig hebt. Ik verveel je, ik weet het. Ik heb je altijd vrijgelaten. En dan doe je dít. Met je eigen dochter. Met onze dochter. Hoe kun je?'

Arthur keek naar zijn vrouw. Als ze nu in tranen uit zou barsten, kon hij haar in zijn armen nemen en troosten. Maar hij zag dat haar blik zich alleen maar verhardde. In een helder en tegelijkertijd ondeelbaar ogenblik van grote duisternis zag hij hoe de zaken ervoor stonden. Of nee, eerder dan duisternis was het een donker bos midden in de nacht, dat gedurende een paar seconden in het verblindende licht van één enkele bliksemstraal wordt gezet, waardoor je opeens alle afzonderlijke bomen kunt zien.

Zij had de macht. Het was haast ondenkbaar, maar het was zo. Deze vrouw die hier voor hem stond had als puntje bij paaltje kwam alle touwtjes in handen. In een vlaag van naïeve verstandsverbijstering kon ze een scheiding aanvragen. Hem zijn uniform, zijn onderscheidingen en zijn adellijke titel afnemen. Nooit meer zou hij op het bordes van een paleis staan. Nooit meer grijnzend naar een menigte zwaaien. Ze kon een omgangsregeling aanvragen waarbij hij zijn kinderen alleen nog in de weekenden mocht zien. Of helemaal niet meer mocht zien. In elk geval zijn dochter niet. Of zou ze het zover niet laten komen? Zou ze uiteindelijk toch terugschrikken voor het schandaal?

Hij kon twee dingen doen. Hij kon zich op zijn knieën laten vallen en haar smeken om hem vergiffenis te schenken. Ze had het goed gezien. Ze had althans iets gezien wat hij niet langer meer zou ontkennen. Hij had niet geweten wat hem had bezield, welke duivel er in hem was gevaren. Het zou nooit weer gebeuren. Hij hield van zijn dochter. Ze was zijn meisje. Ja, hij hield ook van haar als meisje. Misschien had hij die twee dingen – dochter en meisje – even door elkaar gehaald.

Hij kon voor zijn vrouw door het stof gaan, het was heel goed mogelijk dat ze hem zou vergeven.

De tweede optie was alles nogmaals met klem ontkennen. En niet alleen ontkennen, hij zou voluit in de aanval gaan. Wat dacht ze eigenlijk wel? Hoe haalde ze het in haar hoofd om hem te beschuldigen van onzuivere motieven? Hij had met zijn dochtertje gespeeld. Piloot en stewardess. Meer was het niet geweest. Alleen een door en door zieke geest had er iets anders dan een spelletje in kunnen zien.

En terwijl hij deze tweede mogelijkheid overwoog, voelde hij een grote woede in zich opkomen. Een onredelijke woede, dat wist hij zelf ook wel, maar het was wel precies de motor die hij nodig had om Johanna op haar plaats te zetten. Zoals een bosbrand zich sneller verspreidt met harde wind, zo zou hij zijn woede gebruiken om het vuur in hemzelf aan te wakkeren. Voor ze wist wat haar overkwam zou ze aan alle kanten door de vlammen zijn ingesloten.

'En dat zeg jij?' begon de prins, terwijl hij er zorg voor droeg zijn stem niet te luid te laten klinken. Nee, hij zou het volume langzaam laten stijgen, maar het niet zover laten komen dat hij tegen haar zou gaan staan schreeuwen. Schreeuwers hebben altijd ongelijk, schoot het door hem heen – hij wist even niet of dit een wijsheid was die hij een keer ergens had gelezen, of dat hij die helemaal op eigen kracht had bedacht. 'Jij beschuldigt mij van iets wat ik helemaal niet heb gedaan. Terwijl je onze dochter zelf probeert te vergiftigen met je slappe praatjes over ascendanten, maanstanden en tarotkaarten. Wie is er zieker?'

Een paar weken eerder was hij thuisgekomen van een 'dienstreis' naar Saint-Tropez. Op een van de in de haven van de Franse badplaats afgemeerde jachten had hij een grote order voor het Nederlandse bedrijfsleven binnengehaald. Maar zijn herinnering aan het verblijf op het jacht werd toch in de eerste plaats gekleurd door het lenige lichaam van de aartshertogin van Luxemburg, die er in een bont gezelschap van Hollywoodacteurs, Duitse en Spaanse adel, een wereldberoemde operadiva en een bekende mediatycoon en scheepsmagnaat haar achttiende verjaardag had gevierd. Het rozige gevoel had dit keer langer aangehouden dan anders, tot twee dagen na hun lange liefdesnacht in het vooronder van het jacht had hij al zijn spieren nog op een bijzonder aangename manier voelen zeuren, alsof ze door een ervaren masseur een voor een enkele millimeters waren opgerekt. Op zijn vlucht terug naar Nederland waren zijn gedachten om de vijf minuten afgedwaald naar de onverzadigbare aartshertogin, en elke keer voelde hij zijn oogleden zwaar worden en dommelde hij een paar minuten weg.

Bij thuiskomst had hij Johanna bij de open haard in de woonkamer aangetroffen, in gezelschap van Mildred en de twee jaar oudere Arthur jr. Op een laag tafeltje lagen een aantal speelkaarten, uitgespreid in geometrische patronen. Geen gewone speelkaarten, had de prins meteen gezien: een staande figuur met gespreide armen en ook een kaart waarop een geraamte met een zeis stond afgebeeld.

Het was deze laatste kaart die zijn vrouw net had omgedraaid.

'Een dooie!' riep Arthur jr.

Even snel als ze de kaart, met het plaatje naar boven, voor de neus van haar zoon had neergelegd, draaide ze hem opnieuw om.

'Wacht, mama, ik heb hem nog niet goed gezien!' riep Arthur jr. 'Hij was helemaal een skelet. En hij had een heel lang mes.'

'Het is... Dit is de verkeerde kaart,' mompelde zijn moeder.

En op datzelfde moment werd ze zich bewust van de aanwezigheid van haar man. Prins Arthur keek haar alleen maar aan.

'Het is een spelletje,' zei de koningin. 'We voorspellen de toekomst.'

'Kom, kinderen,' zei de prins. 'Het is al laat. Bedtijd. Ga naar boven.'

'Maar we zijn nog niet klaar,' sputterde Arthur jr. tegen. 'Ik heb de dooie nog niet gezien.'

'Ga maar,' zei de koningin. 'Ik kom zo bij jullie.'

En nadat beide kinderen, onder binnensmonds geuite protesten, de kamer hadden verlaten, richtte prins Arthur zich tot zijn vrouw.

'Wat is dit?' vroeg hij.

‘Dat zei ik je toch. Het is een spel. Een soort toekomstspel. Het is al eeuwenoud. Je kunt er de toekomst mee voorspellen.’

Arthur haalde diep adem. ‘Wil je dit nooit meer doen?’ zei hij. ‘Je mag je eigen toekomst voorspellen als je daar zo’n enorme behoefte aan hebt. Je mag je vriendinnen vervelen met je ascendanten en je maanstanden in het tweede huis van Venus, maar val in godsnaam mijn kinderen niet lastig met deze onzin. Onze kinderen,’ verbeterde hij zichzelf snel. ‘Ik wil niet dat ze zo worden. Ik wil niet dat ze zich in hun leven laten leiden door geesten en kwakzalverij.’

‘Maar ze vinden het leuk! Dat zag je toch?’

‘Nu vinden ze het leuk. Aan jou de taak om het ze niet meer leuk te laten vinden. Anders doe ik het. Dat wil je niet. Je wilt niet dat ze behalve die stomme spelletjes ook opeens hun moeder niet meer leuk vinden. Ik weet dat je bijna alle macht over mij hebt, maar ik hoef maar iets van twijfel te zaaien bij de juiste personen en het is gebeurd met die macht. Ik kan je onder curatele laten stellen.’

Dit laatste was pure bluf. Hij wist niet of hij die macht wel had, of ze hem onvoorwaardelijk zouden geloven. Maar er deden wel vaker geruchten de ronde over de geestesgesteldheid van de koningin. Over haar ‘spirituele’ kant, haar geloof in bosgeesten en alternatieve geneeswijzen die in het nuchtere Nederland altijd als kwakzalverij waren afgedaan.

Ja, nu zijn vrouw hem had betrapt bij een in zijn ogen onschuldig spelletje in de cockpit van een vliegtuig, zou hij de tarotkaarten tegen haar inzetten.

‘Jij maakt je eigen kinderen bang met een verzonnen kaartspel waarop geraamten staan afgebeeld, en ik zou me schuldig moeten voelen omdat ik onze dochter een paar levenslessen bijbreng? Over hoe het eraan toegaat in de cockpit van een vliegtuig? Tussen piloten en stewardessen? Daar kan ze niet vroeg genoeg mee beginnen, met daar iets over leren. Over hoe mannen en vrouwen met elkaar omgaan. Zodat ze straks niet de verkeerde kiest, alleen maar omdat die een uniform draagt en een machtspositie bekleedt. Dat wilde ik Mildred laten zien. De rest is uitsluitend toe te schrijven aan jouw eigen zieke fantasie.'

Nu keek prins Arthur naar zijn dochter en vroeg hij zich af of zij zich het piloten-en-stewardessenspel nog herinnerde. Een leuke herinnering aan de tijd waarin ze nog een kind was en spelletjes met haar vader speelde. Maar het was ook de tijd waarin Arthur nog in het geruststellende vooruitzicht leefde dat Arthur jr. de troon zou bestijgen en niet zijn van elk gevoel voor humor gespeende, fantasieloze dochter.

Twaalf jaar na het incident met de tarotkaarten raakte de door Arthur jr. bestuurde Piper Cub tijdens een vlucht van Schiphol naar Texel vermist boven de Waddenzee. De passagier was de bekende jeugdserieactrice Bernadette van Roosmalen, sinds een maand of wat zijn nieuwe verloofde. Het enige spoor dat ooit van het vliegtuigje werd teruggevonden was een kleine olievlek op de golven, een kilometer of vijftig ten westen van het eiland. Geen wrak, geen lichamen – helemaal niets.

Daar was prins Arthurs interesse in het verdere verloop van zijn leven tot stilstand gekomen. Volledig tot stilstand, als een trein die op zijn eindstation is aangekomen. Het leven werd een film waaruit iemand alle kleur had weggedraaid.

Wanneer hij in die jaren aan de troonsopvolging dacht, kreunde hij altijd zachtjes. Alleen in de badkamer vloekte hij, zo luid en met zoveel kracht dat het tandpastaschuim tegen de badkamerspiegel spatte. Koningin Mildred. Welke grappen kon het leven nog meer met hem uithalen?

En inderdaad was het leven nog niet klaar geweest met hem. Het duurde even voordat hij in de man die prinses Mildred als haar verloofde aan haar ouders voorstelde, de piepjonge Wehrmachtsoldaat herkende die hem in die septemberdagen in Arnhem onder schot had gehouden.

Koningin Johanna vond Karl ongeschikt als echtgenoot voor haar dochter. Te slap, te veel een playboy, een man die in de dossierkast normaal gesproken in de lade met 'verkeerde mannen' terecht zou zijn gekomen. Ze wisten allebei dat ze niet te kieskeurig mochten zijn bij het beoordelen van de toch al beperkte keuzes van hun dochter, maar er waren wel grenzen.

Het was Karl zelf geweest die de mogelijke twijfels van zijn toekomstige schoonouders ter sprake had gebracht. Dat was tijdens een lange wandeling in de paleistuin, alleen met prins Arthur, buiten gehoorsafstand van wie of wat dan ook.

'Ik weet hoe u en uw vrouw over mij denken,' zei Karl. 'Maar bedenk wel wat ik over u zou kunnen vertellen, mocht u in de verleiding komen mij een huwelijk met uw dochter te weigeren.'

Prins Arthur voelde een koude windvlaag langs zijn ruggengraat omhoogklimmen. Zijn eerste aanvechting was om de brutale Duitser tegen de grond te slaan. Ik had hem in Arnhem al moeten neerschieten, bedacht hij het volgende moment niet zonder spijt.

'Wie denk je dat jouw verhaal zou geloven?' vroeg hij.

'Mijn verhaal misschien niet,' antwoordde Karl. 'Maar een paar jaar na de oorlog heb ik contact gezocht met die Nederlandse vrouw. Ze woonde nog altijd op hetzelfde adres. Zij zou de zaak het liefst laten rusten, alleen onder bijzondere omstandigheden is ze bereid om tegen u te getuigen.'

Prins Arthur hoorde zijn vingerkootjes kraken toen hij zijn beide handen in zijn broekzakken tot vuisten balde.

'En ik zou u met klem willen afraden om zelf contact met haar te zoeken,' zei de aanstaande verloofde van zijn dochter, terwijl hij hem strak bleef aankijken met zijn grijze ogen, die Arthur aan de ogen van een hond deden denken – een valse hond die zich van de ene op de andere dag tegen zijn baasje keert en hem de strot doorbijt. 'Wij hebben haar hele getuigenis samen bij een notaris in Arnhem gedeponeerd. Met instructies dat deze pas openbaar mag worden gemaakt wanneer haar onverhoopt iets mocht overkomen.'

De mannen keken elkaar aan. Prins Arthur twijfelde er niet aan dat deze vlerk zijn – prins Arthurs – gedachten had geraden. Hij was inmiddels een Prins der Nederlanden. Lastige getuigen konden verdwijnen, hij hoefde maar met zijn vingers te knippen en niemand zou ooit nog iets van ze vernemen. Ja, hij had met de gedachte gespeeld, maar aan de glimlach van de Duitser zag hij dat ze allebei begrepen dat deze oplossing niet meer tot de mogelijkheden behoorde.

'Dus dat is waar hij mee dreigt,' zei prinses Mildred. 'We moeten hem in De Kastanjehof laten zitten, anders komt hij met een explosief verhaal naar buiten. Dat was letterlijk hoe hij het noemde: een explosief verhaal. Over jou. Over iets wat in jouw verleden zou zijn gebeurd en wat het Koninklijk Huis ernstig zou beschadigen.'

Vader en dochter keken elkaar aan. Prins Arthur voelde zich inmiddels te oud voor explosieve verhalen. Het kon hem eigenlijk helemaal niets meer schelen wat ze nog over hem zouden kunnen denken. De omstandigheden hadden een belangrijke rol gespeeld. Het was oorlog geweest. Hij had aan de goede kant gevochten, het was de vrouw die zich op het hoogtepunt van de Slag om Arnhem met een Duitser had ingelaten. Ze had op zijn minst moeten worden kaalgeschoren. Misschien kon dat alsnog, was de volgende gedachte van de prins, en hij schoot in de lach.

'Wat is er?' vroeg de prinses. 'Wat lach je?'

'Nee, niets. Ik moest aan iets grappigs denken. Iets van lang geleden, dat vertel ik je nog wel een keer.'

Zelf was hij in de loop der jaren onkwetsbaar geworden. Hij zag de krantenkoppen al voor zich. In zekere zin verheugde hij zich er zelfs op. Maar het Koninklijk Huis was een ander verhaal. Ongetwijfeld zou het ook zijn kleinzoon schaden. Zijn achterkleindochter. Prinses Vera. Hij diende ten koste van alles te voorkomen dat zijn eigen jeugdzonden de reputatie en het prestige van de toekomstige koningin zouden besmeuren.

'Papa?' vroeg prinses Mildred.

'Ja?'

De prinses had haar handen ineengevouwen in haar schoot en wreef met haar duimen over elkaar.

'Is het waar?' vroeg ze. 'Ik bedoel, ik weet niet wat Karl over jou weet. Wat hij wil vertellen. Maar is het waar? Dat wil ik eerst van jou horen.'

'Natuurlijk niet!' antwoordde de prins, en er ontsnapte hem een luide lach. 'Hij verzint maar wat. Wat dat betreft is hij nog altijd zo gek als een deur.'

AFLEVERING 8

In het buitenhuis in Zeeuws-Vlaanderen krijgen Margarita, Astrid en Joseph Bosman onverwacht bezoek. Margarita denkt met weemoed terug aan haar eerste huwelijk. Koning Hendrik twijfelt steeds meer aan de onvoorwaardelijke liefde van zijn vrouw – hij doet een ontdekking die zijn twijfel alleen nog maar versterkt.

Ze zaten aan de houten tafel op het terras van het buitenhuis, toen ze op de dijk aan de voorzijde een auto hoorden stoppen.

Margarita stond als eerste op, keek even naar Astrid en Joseph, liep toen snel naar het einde van het terras en stak voorzichtig, om zelf niet gezien te worden, haar hoofd om de hoek.

Ze herkende de zwarte Range Rover Sport onmiddellijk. Hoe was het mogelijk? Voordat ze samen met haar zus naar Zeeuws-Vlaanderen was afgereisd, had ze Hendriks agenda nog gecheckt. Die stond voor deze week helemaal vol met lintjes doorknippen, toespraken en officiële ontvangsten. Hij had met begrip gereageerd toen ze hem had gevraagd of hij een weekje zonder haar kon, toen ze had uitgelegd dat ze zich de laatste tijd wat moe voelde, maar dat het haar in de eerste plaats om haar zus ging. Voor prinses Astrid was het een enerverende periode geweest nadat ze in de Bijenkorf met de antirimpelcrème was betrapt. Het zou haar goeddoen om er even uit te zijn, had ze tegen de koning gezegd. En zo zouden de zussen eindelijk weer eens de tijd hebben om wat langer met zijn tweeën te zijn en echt bij te praten.

Twee dagen na hun aankomst was Joseph Bosman gearriveerd. Tot Margarita's niet geringe schrik zonder schildersezel, verf of kwasten.

'Zo werk ik niet,' had de schilder geantwoord toen hij haar gezicht zag. 'Ik maak hooguit een paar schetsen. Maar eigenlijk is dit nog beter…'

Daarop had hij een eenvoudige, bijna ouderwetse fotocamera tevoorschijn gehaald. Een Kodak, zag de koningin. Wat had hij zich in godsnaam in het hoofd gehaald? vroeg ze zich af. Hij zou haar schilderen, zo had ze het zich voorgesteld. Zij zou op een krukje of in een gemakkelijke stoel zitten, en hij zou met zijn palet en kwasten achter zijn schildersezel staan. Astrid zou zo nu en dan een paar uur wegblijven om in Hulst te gaan winkelen of om wat langs de Westerschelde te wandelen, dat mocht ze zelf weten.

'Ik maak alleen zwart-witfoto's,' had de schilder gezegd. 'Er is iets met de textuur van echte foto's, afgedrukt op fotopapier, wat me inspireert. Het is als met het verschil tussen digitaal opgeslagen muziek en een grammofoonplaat met een naald. Iedereen weet dat een grammofoonplaat beter klinkt, maar we hebben met zijn allen afgesproken dat het veel handiger is om je hele muziekbibliotheek op je telefoon te kunnen meenemen.'

Het voorportier werd geopend en Hendrik stapte uit. Even bleef hij staan en keek naar de lucht, daarna liep hij om de auto heen en opende de achterklep.

Snel trok Margarita haar hoofd terug. Nog sneller was ze bij de terrastafel.

'Het is Hendrik!' zei ze bijna fluisterend, terwijl ze eerst haar zus aankeek. 'Ik weet ook niet hoe dit kan, maar het is gewoon zo. Hij is hier.'

Nu keek ze naar Joseph Bosman. Misschien verbeeldde ze het zich, maar ze meende toch echt een nauwelijks waarneembaar lachje om zijn mond te zien spelen.

'Ach,' zei hij. 'De koning. Hoog bezoek.'

Verbijsterd staarde Margarita hem aan.

'Astrid,' richtte ze zich tot haar zus; ze had dit al van tevoren uitgedacht, maar had haar zus er niet mee willen belasten tot het noodgeval zich ook echt zou voordoen. Waarschijnlijk zou Astrid ronduit hebben geweigerd, dat was de voornaamste reden waarom ze er niet eerder over was begonnen. 'Joseph is jouw nieuwe vriend,' zei ze. 'Jullie kennen elkaar pas een paar weken, het was liefde op het eerste gezicht.'

'Nee!' riep prinses Astrid uit. 'Dat doe je me niet aan! Ik doe niet mee, echt niet, Margarita, hier heb ik echt geen zin in.'

'Niet zo hard!' zei Margarita, en ze nam snel haar plaats aan de tafel weer in. 'Hij komt er zo aan. Alsjeblieft, doe dit voor mij. Joseph is je nieuwe liefde. Vraag aan Hendrik om het voorlopig geheim te houden. Joseph en jij kunnen geen dag meer zonder elkaar, daarom is hij gisteren langsgekomen. Hij moest je zien.'

Ze hoorde voetstappen op het tuinpaadje en het volgende ogenblik kwam de koning de hoek om. Aan zijn onderarm bungelde een mand, een picknickmand. Hij was met een blauwe theedoek afgedekt en vanonder de theedoek zag Margarita de hals van een wijnfles uitsteken.

'Neem me niet kwalijk dat ik jullie rust kom verstoren,' zei hij, 'maar het was zo'n mooie dag. Ik had opeens geen zin meer in de opening van de bibliotheek in Apeldoorn. En toen dacht ik...'

De koning viel stil. Hij keek van Margarita naar Astrid, en als laatste naar Joseph Bosman.

'Jullie hebben bezoek, zie ik,' zei hij ten slotte.

Er waren momenten – en dit was er een van – waarop de koningin zich afvroeg of ze ook met Hendrik zou zijn getrouwd als hij op de middag van hun eerste ontmoeting geen kroonprins was geweest, maar bijvoorbeeld de telefonische helpdesk van de ABN AMRO had bemand. Of misschien iets dichter bij huis: de CEO van diezelfde bank zou zijn geweest. Zou ze genoeg hebben gehad aan de liefdevolle blik waarmee hij haar ook nu weer aankeek, terwijl hij de picknickmand – de aandóénlijke picknickmand, kon de vorstin niet nalaten te denken – naar de tuintafel droeg, even aarzelde of hij hem erop of ernaast zou zetten, en ten slotte koos voor de enige nog vrije stoel.

De vraag over de oprechtheid van haar liefde was een klein jaar na die eerste ontmoeting ter sprake gekomen tijdens het antecedentenonderzoek. Hun relatie was intussen serieus geworden, er moest een trouwdatum worden geprikt. Maar niet voordat het verleden van de aanstaande prinses grondig zou zijn onderzocht op zaken die de goede naam van het koningshuis in diskrediet zouden kunnen brengen.

Er was natuurlijk haar eerste huwelijk met de Amerikaanse vastgoedmagnaat Anthony Ancelotti, van wie Margarita ten tijde van haar kennismaking met de kroonprins alweer anderhalf jaar gescheiden was. Niet direct een aanbeveling, een gescheiden vrouw, maar op zich niet iets wat een huwelijk met prins Hendrik in de weg zou staan. Ze was in elk geval niet de eerste en ook zeker niet de enige gescheiden vrouw die met een lid van een Europees koninklijk huis in het huwelijk zou treden.

Toch was Margarita er niet gerust op. Naarmate het antecedentenonderzoek vorderde, kreeg ze steeds weer nieuwe vragen over haar ex-man te beantwoorden. Of hij zich behalve met vastgoed misschien ook had ingelaten met zaken die het daglicht niet konden verdragen. Het werd niet met zoveel woorden gesuggereerd, maar was er niet een familie met dezelfde achternaam als die van haar ex die tot de onderwereld behoorde? Margarita had niets anders weten te bedenken dan met verontwaardiging te reageren. Er waren vele Amerikaans-Italiaanse families met dezelfde achternaam, moesten die nu allemaal verantwoording afleggen over hun goede bedoelingen? Was het niet discriminerend om iemand uitsluitend vanwege zijn achternaam verdacht te maken?

Ze had het meteen gezien aan het gezicht van de twee inspecteurs die het antecedentenonderzoek uitvoerden. Met het woord 'discriminatie' had ze de juiste toon getroffen. Ze herhaalde het nog een paar keer. 'Ik vind het ronduit discriminerend,' zei ze. 'Hier in Nederland proberen jullie discriminatie zo veel mogelijk uit te bannen door nooit op een naam af te gaan wanneer jullie iemands geschiktheid voor een bepaalde functie beoordelen. En nu zou ík verantwoording moeten afleggen over mijn man, mijn éx-man, omdat hij een bepaalde achternaam zou hebben? Hebben jullie niet te veel maffiafilms gekeken, jongens? Alsjeblieft zeg, kunnen we dit misschien laten rusten?'

Anthony had zijn zaken en zijn privéleven altijd strikt gescheiden gehouden. Ze verplaatsten zich in een gepantserde Cadillac Escalade door de straten van New York, en overal – bij de toegangsdeur tot hun appartement, evenals bij de hekken van hun buitenhuis in The Hamptons – was de aanwezigheid van gespierde en naar alle waarschijnlijkheid gewapende beveiligers meer dan zichtbaar. Maar Anthony was niet de enige miljonair die zijn bezittingen (waartoe hij ook zijn mooie vrouw rekende, zo werd Margarita al na een paar maanden huwelijk duidelijk) zo goed mogelijk probeerde te beschermen tegen kwaadwillende buitenstaanders.

Hooguit één of twee keer werd de grens tussen wat ze wel en niet over het beroepsleven van haar man wilde weten overschreden. Op een nacht was ze wakker geworden van geluiden die uit de kelder leken te komen. Ze was de keldertrap afgedaald, en beneden had ze haar echtgenoot aangetroffen in gezelschap van twee fors uitgevallen mannen die ze nooit eerder had gezien. Op een stoel zat nog een man, zijn handen waren op zijn rug gebonden, van zijn vooroverhangende hoofd druppelde bloed op de betonnen vloer. Op een werkbank naast de stoel zag Margarita een bankschroef, een ijzerzaag en een nijptang.

'Margarita, *please*, ga weer naar boven,' had Anthony gezegd. 'Ik kom zo bij je.'

Later had hij haar uitvoerig zijn excuses aangeboden. Het zou nooit weer gebeuren, maar er was haast bij geweest, er hadden mensenlevens op het spel gestaan. Hij had even geen andere mogelijkheid gezien dan deze klus in hun eigen kelder te klaren.

Een paar maanden later werd een neef van Anthony voor de deur van een bekend Italiaans restaurant aan 56th Street doodgeschoten. 'Doorzeefd' was een beter woord, in de kranten en op televisie werd gesproken van niet minder dan tweeëndertig kogels.

Dat was de tweede keer dat de grens tussen werk en privé was vervaagd. Margarita was niet naïef. Ze had *Goodfellas*, *Scarface* en *Casino* gezien. Ook in deze films waren het vaak leuke en aantrekkelijke mannen die beroepshalve werden gedwongen tot daden die het daglicht niet altijd konden velen. Anthony Ancelotti was zo'n leuke en aantrekkelijke man. Een échte man bovendien. Hij verraste haar regelmatig met onbetaalbare sieraden, nam haar mee op tripjes naar de Bahama's en Acapulco, en ze aten in de meest fantastische Italiaanse restaurants, waar alle obers hem behandelden alsof hij de president zelf was, of een beroemde filmster.

Na amper twee jaar werd hun huwelijk in goede vrede ontbonden. Er was geen duidelijk aanwijsbare aanleiding voor de scheiding. Natuurlijk, er waren de talrijke vriendinnen die Ancelotti eropna hield, maar Margarita had daar nooit echt een punt van gemaakt. Ze wist het en ze wist het niet, dat vatte haar houding ten opzichte van de escapades van haar echtgenoot het beste samen. Ze was ervan overtuigd dat er voor een man als Anthony geen ander leven denkbaar was, dat het ondanks hemzelf gebeurde.

Zolang ze het niet zag, vond ze het geen probleem. En haar man respecteerde dat. Er waren geen pijnlijke situaties, hij deed zijn uiterste best om die te vermijden. Zo groeide hun onderlinge verstandhouding; zonder dat ze er erg in hadden werden ze geleidelijk meer vrienden dan man en vrouw.

Na de scheiding hielden ze contact. Ze belden elkaar regelmatig, later werden dat steeds vaker tekstberichten. Margarita had geen officiële uitnodiging voor haar huwelijk met prins Hendrik naar haar ex-man gestuurd, maar na het jawoord en het omschuiven van de ringen had ze hem plotseling zien staan, ergens halverwege het gangpad van de Nieuwe Kerk. Hij had een blonde pruik en een zonnebril op. Terwijl ze aan de arm van haar kersverse echtgenoot door het gangpad naar de uitgang schreed, schoof Anthony de zonnebril naar het puntje van zijn neus en knipoogde naar haar.

Je zag er goed uit! sms'te hij een paar uur later. *Ik hoop dat je gelukkig wordt. xx your Anthony (who will always love you)*

Bij de kroning zag ze hem opnieuw. Dit keer was het hem gelukt om bij de receptie in het Paleis op de Dam binnen te komen. Hij had geen pruik of zonnebril op. Kennelijk rekende hij erop dat zijn inmiddels verouderde gelaatstrekken door niemand zouden worden herkend – behalve door Margarita uiteraard.

Tijdens het bal troffen ze elkaar op het balkon, waar ze beiden naartoe waren gegaan om een sigaret te roken.

'Wie had dat gedacht?' zei hij, terwijl hij zijn gezicht dicht naar het hare bracht en de rook vanuit zijn mondhoek naar buiten blies. 'Mijn Margarita, een koningin!'

Hij was inderdaad ouder geworden, stelde Margarita met eigen ogen vast, maar niet minder aantrekkelijk. Zijn stem had die diepe, donkere klank, als van een benedendeks resonerende scheepsturbine, die je wel vaker hoort bij stevige rokers en drinkers.

'Als er iets is,' zei hij zacht, terwijl hij even om zich heen keek, en daarna eerst haar haar en vervolgens haar kroon aanraakte. 'Als er ooit iets is, weet dan dat je op me kunt rekenen. Ik doe alles voor je. Dat is altijd zo geweest en dat zal ook altijd zo blijven.'

In de jaren daarna had ze twee keer van zijn aanbod gebruikgemaakt. Er was een journalist van een roddelblad die smalend over haar schreef, met een neerbuigend toontje, alsof ze niet opgewassen was tegen de hoge eisen die de functie van koningin aan haar stelde. Ze las die bladen nooit zelf, maar ze hoorde het via via van haar vriendinnen. En ook Astrid was nooit te beroerd om negatieve artikelen over haar zus onder Margarita's aandacht te brengen.

Ze legde het probleem in een sms'je aan Anthony voor en nog geen twee weken later werd de betreffende journalist op klaarlichte dag aangereden op een zebrapad, niet ver van zijn woning in een buitenwijk van Amsterdam. Wekenlang zweefde hij tussen leven en dood, toen leek hij plotseling aan de beterende hand, maar kort daarop stierf hij alsnog.

Rare ziekenhuizen hebben jullie in Nederland, sms'te Anthony. *Nergens bewaking op de gangen. Ik heb een paar van zijn artikelen laten vertalen. Slechte schrijfstijl. Daar zal niemand rouwig om zijn, dat die geen vervolg krijgen. xx Anthony*

De tweede keer betrof het opnieuw een journalist, een redacteur van een serieus weekblad dat zogenaamde 'onderzoeksjournalistiek' bedreef. Zijn onderzoek richtte zich op het eerdere huwelijk van de koningin. Er zouden fouten zijn gemaakt tijdens het antecedentenonderzoek, of misschien waren bepaalde zaken wel met opzet verdoezeld om het koninklijk huwelijk mogelijk te maken. De journalist deed een vergeefse poging Anthony Ancelotti persoonlijk te spreken te krijgen. Daarop probeerde hij belastende feiten te verzamelen bij de familie Pochettino, een met de familie Ancelotti rivaliserende maffiaclan.

Op een avond werd hij niet ver van zijn hotel op 75th Street beroofd door een met een mes gewapende overvaller. Er waren twee getuigen die een haveloze junk hadden zien wegrennen. De hevig bloedende journalist werd door diezelfde voorbijgangers tussen twee geparkeerde auto's aangetroffen. Hij overleed vierentwintig uur later in het ziekenhuis.

New York is de laatste jaren veiliger geworden, appte Anthony aan Margarita, *maar je moet nog altijd goed om je heen kijken. Ook in de veilige buurten kan het noodlot toeslaan*. Hij ondertekende het bericht met een rood, kloppend hart en een emoticon die een hartje blies.

In de jaren daarna, tot op heden, wisselden ze steeds vaker berichtjes uit met hartjes en kussende emoticons. Margarita vond het altijd jammer dat ze die berichten moest wissen. Ongeveer twee keer per jaar kwam haar ex naar Nederland. Dan lunchten ze samen in onopvallende restaurants.

'Ben je gelukkig, mijn koningin?' had hij een halfjaar geleden tijdens zo'n lunch gevraagd, terwijl hij zijn hand op de hare legde. En toen ze niet meteen antwoord gaf, zei hij: 'Ik wil dat je weet dat mijn jaren met jou de gelukkigste van mijn leven zijn geweest. Dat besef ik nu pas. Rijkelijk laat natuurlijk, maar ik wil toch dat je het weet.'

Ten tijde van het antecedentenonderzoek had Hendrik haar een keer gevraagd of de inspecteurs mogelijk op iets zouden stuiten wat een koninklijk huwelijk in de weg zou kunnen staan.

En Margarita had naar waarheid geantwoord dat ze dat niet wist.

'Mocht het ooit zover komen,' had de prins daarop gezegd, 'weet dan dat ik altijd voor jou zal kiezen. Ook al zou ik van het koningschap moeten afzien. Mijn liefde voor jou is groter dan mijn ambitie om koning te worden.'

Margarita was oprecht geschrokken van zijn woorden. Ze hoopte dat de schrik niet van haar gezicht was af te lezen. Hij geen koning. Zij geen koningin. Dat kon nooit de bedoeling zijn. Ze stelde het zich voor: het voelde alsof ze een hotelkamer binnenging met uitzicht op een blinde muur. Straks zou ze zich bij de receptie beklagen en zouden ze haar een kamer met uitzicht op zee toewijzen.

Haar twijfel over haar huwelijk – maar vooral de nog veel beangstigender twijfel over zichzelf – duurde maar een paar dagen. Toen gaf de onderzoekscommissie het groene licht en stond niets een koninklijk huwelijk nog in de weg.

Heel af en toe dacht ze terug aan die zenuwslopende dagen, zoals nu, op het terras in Zeeuws-Vlaanderen, met Hendrik die de picknickmand op de enige nog vrije stoel neerzette, een handeling waarmee hij zichzelf verhinderde te kunnen gaan zitten.

Al direct nadat hij het buitenhuis had verlaten, werd de koning door twijfel overvallen. Wat was er precies gebeurd? vroeg hij zich af. Waarom was hij maar een uur gebleven? Waarom kon hij zich niet aan de indruk onttrekken dat hij in feite door zijn vrouw was weggestuurd? Hendrik kon er de vinger niet precies op leggen, maar hij besloot af te zien van zijn eerdere plan om na het verorberen van de inhoud van de picknickmand nog een uurtje bij Lamswaarde te gaan jagen.

Zijn jachtgeweer en jagersjas lagen in de achterbak, maar hij had geen zin meer. Hij had het gevoel dat hij weg moest. Zo ver mogelijk weg. En wat hem eigenlijk het onaangenaamst trof, was dat het zijn vrouw was geweest die hem met dit gevoel had opgezadeld.

Nog maar nauwelijks had hij de schilder een hand gegeven, of Margarita had aangekondigd dat ze zich klaar moesten maken om binnen een uur naar het restaurant in Paal te vertrekken waar ze een tafel had gereserveerd. De schilder had zich eerst met zijn achternaam en daarna met zijn voornaam voorgesteld. Er was iets in de toon waarop hij zijn voornaam uitsprak waardoor het leek of hij er extra de nadruk op legde, voor het geval de koning geen idee zou hebben wie hij voor zich had.

De voor- en achternaam was hij op het moment waarop hij ze over de lippen van de schilder had horen komen vergeten – dat overkwam hem eigenlijk altijd met namen van mensen die zich aan hem voorstelden.

'(Achternaam),' zei de schilder, terwijl hij de hand van de koning drukte – een grote, krachtige hand was het, de koning had het gevoel dat zijn eigen hand er in zijn geheel in verdween en dat hij niets zou kunnen doen, mocht de schilder besluiten om hem nooit meer los te laten. '(Voornaam),' voegde hij eraan toe, en op de een of andere manier lukte het hem om zijn voornaam zodanig te beklemtonen dat het klonk alsof hij 'dé (Voornaam)' zei.

Dé (voor- en achternaam), de wereldberoemde kunstschilder.

De achternaam had de koning vaag bekend in de oren geklonken. Hij was niet wezenlijk geïnteresseerd in kunstenaars. Eén keer per jaar nodigden ze er een heel stelletje uit voor een lunch in het Paleis op de Dam. Margarita maakte van tevoren spiekbriefjes om de verschillende acteurs, schrijvers, balletdansers en musicalsterren en hun verdiensten uit elkaar te houden. Hendrik vond het vooral vermoeiend, hij zag deze mensen voor wie ze werkelijk waren: een bijeengeraapt zootje ego's en halftalenten van wie niemand buiten Nederland, of zelfs maar buiten Amsterdam, ooit had gehoord. Meestal deed hij alleen maar alsof hij luisterde, ze hadden het niet in de gaten, ze waren veel te vol van zichzelf.

Hendrik trok het gezicht dat hij ook trok wanneer hij op Koningsdag naar een menigte zwaaide. Hij vergat niet om af en toe instemmende geluiden te produceren en met zijn hoofd te knikken, maar zijn blik was leeg, naar binnen gericht. Hij had een paar keer in de spiegel geoefend om belangstellend te kijken, maar zonder overtuigend resultaat.

Hij telde niet echt tot tien, maar hij had een zesde zintuig voor de verstreken tijd, een halve tot een hele minuut, wanneer iemand lang genoeg aan het woord was geweest. Dan wachtte hij op een pauze in een zin, een halve seconde van onachtzaamheid in de monoloog van de spreker, om zich naadloos tot een volgende genodigde te wenden. 'En u, bent u nog met iets nieuws bezig?' vroeg hij aan een man met vijf ringetjes in zijn oorschelp, of aan een vrouw met opgeschoren haar en een met spuug of gel bijeengeknede lok over haar voorhoofd. Hij wist precies hoe het werkte: ze waren allemaal naar de kapper geweest en hadden uren nagedacht over wat ze aan zouden trekken. Hij wist ook hoe enorm statusverhogend een uitnodiging voor deze koninklijke lunch was. In gedachten zag hij de kunstenaars voor zich wanneer ze er tegenover collega's over opschepten. 'Je mag het nog niet verder vertellen, maar ik ben uitgenodigd voor een lunch in het Paleis op de Dam. Met de koning en de koningin.'

Hij keek niet één keer op zijn horloge. Het was een andere tijdseenheid waarin hij zich bevond, een parallelle wereld waarin de tijd volgens andere wetten verstreek. Voorgerecht, hoofdgerecht, dessert. Het had geen enkele zin om te proberen de logische volgorde van de lunch te versnellen of je ertegen te verzetten. Het was het beste om de tijd voor je uit te schuiven, of om te doen alsof hij helemaal niet bestond.

Alcohol hielp, maar de inname mocht niet te veel in het oog springen, hij had tenslotte een voorbeeldfunctie. In het kunstenaarsmilieu rondzingende verhalen met een strekking als 'de koning dronk drie keer zo snel als wij' dienden tot elke prijs te worden vermeden. Daarom sloop hij een kwartier voor aanvang naar de keuken van het paleis en dronk daar, staand voor de ijskast, binnen drie minuten twee ijskoude blikjes Heineken helemaal leeg. De koks, lakeien en serveersters waren op de hoogte van dit ritueel. De biertjes waren een halfuur eerder door een lakei in de vriezer gelegd. De koning wist dat hij het personeel kon vertrouwen. Met een glimlach hier en een knipoog daar zette hij de blikjes kort na elkaar aan zijn mond. De biertjes waren voor hem wat de zuurstofflessen zijn voor de diepzeeduiker. Of misschien haalde hij alleen maar diep adem om zijn hoofd langer onder water te kunnen houden. Hij dacht aan de diepte die hij als vijftienjarige in de zee aan de Costa Brava had gezien. De plotseling kouder wordende zee. Dit was iets vergelijkbaars. Aan de ene kant was hij de koning, aan de andere kant was hij niets. Hij legde zijn welwillende oor te luister bij de kunstenaars, tegelijkertijd luisterde hij niet echt naar wat er werd gezegd. Hij was er en hij was er niet. Zoals hij ook op Koningsdag voornamelijk lijfelijk aanwezig was, zijn gezicht met zich meedroeg als een ambtenaar zijn aktetas. Zijn hart pompte zijn met zuurstof gevulde bloed naar zijn benen en armen, zodat hij kon blijven lopen, zijn hand kon opsteken en naar de mensen kon zwaaien. Alleen in zijn gedachten was hij vrij.

‘En bent u al met een nieuw boek bezig?’ had hij bij de recentste lunch aan een bekroonde schrijver gevraagd. Het antwoord hoorde hij aanvankelijk alleen maar, zonder dat de inhoud tot hem doordrong. Maar toen de schrijver hem vervolgens verwachtingsvol aankeek, spoelde hij het antwoord terug. ‘Ik heb een jaar pauze genomen. Met al het gedoe van de publiciteit rond het vorige boek kwam ik niet aan schrijven toe.’

Een jaar pauze! Hoe graag zou hij niet met de schrijver willen ruilen. Behalve in de periode waarin het verleden van zijn vrouw werd onderzocht, had hij nooit aan aftreden gedacht. Om met Margarita te kunnen trouwen, zou hij alles op hebben willen geven, dat had hij ook met zoveel woorden tegen haar gezegd. Maar nu was er zijn dochter. Vera. Hij zou haar de troon op een fluwelen kussentje aanreiken, zo had hij het een keer in een van de HBO- of Netflix-series gezien, hij wist niet meer welke: *The Crown*, *Victoria* of misschien zelfs wel het zich eindeloos voortslepende *Game of Thrones*. Het was een scène met een zwaard, een gouden zwaard op een roodfluwelen kussen: zo reikte de koning zijn opvolger zijn troon en de heerschappij over zijn koninkrijk aan.

Voor een pauze zou hij vandaag nog tekenen. Een pauze van een jaar – het was de enige luxe waarover hij nooit zou kunnen beschikken. Presidenten en premiers wisten dat het na vier, acht of twaalf jaar was afgelopen. Alleen de echte machtswellustelingen klampten zich wanhopig aan hun positie vast. Ze wijzigden de wet om nog één keer te kunnen worden herkozen. Het merendeel zette er toch na een jaar of tien een punt achter. Via verloren verkiezingen of door uit eigen beweging op te stappen. Nooit meer zouden ze bovenaan de trap van het regeringsvliegtuig naar de menigte hoeven te zwaaien, nooit meer een erewacht hoeven te inspecteren, een obligaat toespraakje hoeven te houden bij het door de bezochte regeringsleider aangeboden banket. Ze kregen hun leven terug, konden zich aan het schrijven van hun memoires wijden en af en toe vanuit de coulissen nog iets verstandigs roepen naar hun opvolgers.

Een eigen leven... Hendrik was zich er maar al te zeer van bewust dat hij dat nooit had gehad. Hij was op talrijke foto's en filmpjes te zien, niet als zomaar een kind, maar als een kind dat de nieuwe koning zou worden. Van de huidige minister-president bestonden die foto's ook, van Donald Trump en van Vladimir Poetin. Maar toen die foto's en filmpjes werden gemaakt, waren ze nog niet de toekomstige leiders van Nederland, Amerika en Rusland geweest. Er werd nog niet door iedereen op hen gelet, zoals op de kleine Hendrik wanneer hij tijdens het fotomoment voor aanvang van de wintersportvakantie een sneeuwbal gooide naar zijn broertje Philip.

Vaak vroeg hij zich tijdens een fotomoment, of tijdens een wandeltocht op Koningsdag door de straten van een van die vele inwisselbare Nederlandse groeigemeenten, af of zijn dochter eronder leed. Goedbeschouwd was hij de enige die haar hierin van advies kon dienen. En in mindere mate zijn moeder en zijn grootvader. Maar Vera leek nergens onder gebukt te gaan. Ze bleef spontaan en vrolijk als kind van tien, een tikje verlegen hooguit, en ze groeide daarna in haar rol. Op haar vijftiende straalde ze een al bijna koninklijke waardigheid uit. Tijdens het eerste straatinterview op de laatste Koningsdag gaf ze vlotte en soms ronduit geestige antwoorden. Iedereen had het er de volgende dag over, en nog dagen daarna. Het werd niet met zoveel woorden gezegd, maar de toekomstige koningin was waarschijnlijk een groter natuurtalent dan haar vader. En nog iets anders: ze leek er echt van te genieten, het drukte kennelijk niet als een last op haar schouders dat een deel van haar jeugd zich in de openbaarheid voltrok, onder het kritisch oog van een heel volk.

De koning zocht soms in het gezicht van zijn dochter naar een spoor van de leegte die hij 's avonds op de journaalbeelden terugzag op zijn eigen gezicht. Maar tot zijn opluchting was daarvan bij Vera geen enkele sprake. Haar spontaniteit, de naturelle lach waarmee ze op de toeschouwers achter de dranghekken afliep, leek helemaal uit haarzelf te komen.

Hoe eerder zij koningin wordt, hoe beter, dacht hij vaak. Maar hij gunde haar tegelijkertijd een zo lang mogelijk eigen leven, liefst zo ver mogelijk van Nederland en het Koninklijk Huis vandaan. Een studie in het buitenland, aan een Amerikaanse of, beter nog, Australische universiteit. Zo veel mogelijk vriendjes, jongens die niet meteen wisten wie ze was, hoewel dat laatste misschien te veel gevraagd was.

Ook Margarita had het geluk en de vrijheid van een privéleven gesmaakt. In elk geval tot haar achtentwintigste, toen ze op een receptie in New York de kroonprins van het Koninkrijk Nederland had ontmoet. Daarna was het snel gegaan. Al bij de eerste geruchten over een mogelijke nieuwe vriendin, een serieuze huwelijkskandidate dit keer, was er aan dat privéleven een einde gekomen. En niet alleen aan het hare, ook aan dat van haar knappe zus Astrid.

Met het zweren van haar eeuwige trouw aan de toekomstige koning van Nederland was voor Margarita het leven in de schijnwerpers echt begonnen. Schijnwerpers die pas zouden doven na haar dood. Alleen tijdens het antecedentenonderzoek had hij kort aan haar liefde getwijfeld. Het had hooguit anderhalve seconde geduurd. Iets in Margarita's gezicht was veranderd, niet meer dan de schaduw van een wolk die over een grasveld trekt. Ze had het niet kunnen verbergen – op hetzelfde moment dat ze haar ogen naar hem opsloeg en hem aankeek, had hij een koude tochtvlaag langs zijn rug en nek gevoeld.

'Wat lief van je dat je dat zegt,' zei ze. 'Wat mooi. Maar laten we er alsjeblieft van uitgaan dat het nooit zover zal komen.'

Dat waren haar woorden. Maar de blik in haar ogen zei iets anders. Een begin van paniek las hij daarin. Paniek en nog iets anders, alsof ze in haar hoofd een berekening uitvoerde, een moeilijke som die een frons in haar voorhoofd bracht. Toen was het voorbij en glimlachte ze weer naar hem, zoals ze altijd naar hem glimlachte.

De tweede keer dat ze zo naar hem had gekeken was daarnet op het terras van het buitenhuis geweest.

Nadat Margarita had aangekondigd dat ze binnen een uur naar het restaurant zouden vertrekken, had ze Hendrik gevraagd of hij misschien zin had om mee te gaan.

'Die picknickmand bewaren we voor een andere keer,' had ze gezegd. 'Waarom ga je niet mee? Je hebt nu toch al dit hele eind gereden. Of we nou met zijn drieën of met zijn vieren komen, dat maakt ze daar echt niets uit.'

Ze had hem recht in de ogen gekeken terwijl ze deze woorden uitsprak. Hij las het in haar blik: dat ze hoopte, nee, dat ze wíst dat hij nee zou zeggen. Hij kende het restaurant in Paal, ze waren er een keer eerder met zijn tweeën geweest. Hij herinnerde zich hoe alle overige eters krampachtig deden alsof het voor hen de normaalste zaak van de wereld was om in hetzelfde restaurant als de koning en de koningin te dineren.

Ik had beter niet kunnen komen, bedacht hij, terwijl hij nog altijd naast de stoel met de picknickmand stond. Hij had iets verstoord, al wist hij niet goed wat.

Met haar blik, ook al was ze zich daar misschien niet van bewust, had zijn vrouw hem aangespoord om te vertrekken. En hij wilde daarna ook inderdaad het liefst zo snel mogelijk weg. Om die blik in de ogen van zijn vrouw te vergeten, net zoals hij bijna twintig jaar geleden, ten tijde van het antecedentenonderzoek, met succes haar blik en haar gezicht uit zijn gedachten had gebannen.

Hendrik had van zijn vrouw naar de kunstschilder, van wie hij dus meteen al niet meer wist hoe hij heette, gekeken. Iets aanstellerigs was het, een vergezochte voornaam: Jonas? Jorrit? De achternaam had hem dan weer als heel gewoon in de oren geklonken, iets heel erg Nederlands als Jansen of De Vries. De kunstschilder had hem op zijn beurt bijna spottend aangestaard, dacht de koning nu, terwijl hij rechts afsloeg, de weg op die naar de Westerschelde voerde.

Toen hij als laatste zijn schoonzus had aangekeken, zag hij dat Astrid heel kort haar hoofd schudde.

Nee, zei ze zonder woorden, en behalve met het schudden van haar hoofd ook met haar ogen.

Wat had ze precies willen zeggen met dat 'nee'? Wat had ze hem duidelijk willen maken?

Dat hij inderdaad beter kon vertrekken? Dat hij in elk geval niet mee moest gaan naar het restaurant? Of betekende het iets anders? Wilde Astrid hem zeggen dat het hele verhaal van de restaurantreservering door zijn vrouw uit haar duim was gezogen om van hem af te komen?

Of was het nog iets heel anders? vroeg hij zich af, terwijl hij de auto onderaan de dijk parkeerde en hij zijn gezicht langzaam warmer voelde worden. Margarita had de kunstschilder als de nieuwe vriend van haar zus voorgesteld. Misschien was dat wat Astrid hem met haar hoofdschudden en haar blik had willen zeggen: dat de kunstschilder niet haar nieuwe vriend was. Maar wat was hij dan? Wat deed hij in dat geval in het buitenhuis? Wat maakte hem zo interessant en belangrijk dat hij met de koningin en haar zus mee mocht naar een restaurant?

Zwaar ademend besteeg hij de stenen trap. Zijn conditie was al nooit om over naar huis te schrijven geweest, maar nu was het alsof zijn gedachten de lichamelijke inspanning nog zwaarder maakten. Halverwege bedacht hij dat hij zijn sigaretten in de auto had laten liggen. Even overwoog hij om terug te keren, maar toen liep hij toch door. Hij was duizelig, misselijk bijna. Hij had met opzet niets meer gegeten voordat hij uit het paleis vertrok, de gedachte aan de inhoud van de picknickmand had hem het water in de mond doen lopen, maar gedurende de rit naar Zeeuws-Vlaanderen had hij zich weten te beheersen. Nu stond de mand waarschijnlijk nog altijd onaangeroerd op de stoel naast de terrastafel.

Eenmaal boven op de dijk ademde hij een paar keer zo diep mogelijk in en uit. Daarna nam hij het weidse vergezicht in zich op. In de eerste plaats het in de namiddagzon glinsterende water van de Westerschelde, die hier zo breed was dat je bijna de overkant niet kon zien. Het was eb. Over de drooggevallen stukken liep een groepje wandelaars. Verder naar achteren zag hij de kranen van de containerterminal in de haven van Antwerpen boven de horizon uitsteken. En ten slotte de koeltorens van de kerncentrale van Doel. Het was een windstille dag, de rook uit de torens kringelde bijna loodrecht omhoog, alsof iemand zijn brandende sigaret in de asbak had neergelegd.

Van links, uit de richting van de Noordzee, naderde een containerschip. Het was nu nog klein, maar de koning besloot in ieder geval te wachten tot het hem voorbij zou varen. Hij had hier vaker gestaan. Het uitzicht vanaf deze plek werkte als een soort graadmeter voor zijn algehele gemoedstoestand. Hier boven op de dijk had hij zich altijd gelukkig gevoeld, hij had er geen sluitende verklaring voor, het was hetzelfde soort geluksgevoel dat hij in de bergen ervoer. Misschien had het iets met zijn eigen nietigheid te maken, dat zou heel goed kunnen. Het was anders dan de diepte van de zee aan de Costa Brava, op de middag waarop hij was gaan snorkelen en, op amper honderd meter van zijn ouders en zijn broer op het strand, had gezien dat de veiligheid van de kabbelende golfjes, de zeilen van de windsurfers verderop en de met hun emmertjes en schepjes spelende kinderen op een misverstand berustte.

Hij was een koning, een kroonprins toen nog, maar het zich plotseling verdiepende water had hem doen beseffen dat de zee alleen maar zijn hand hoefde uit te steken om hem deze donkere en koude diepte in te sleuren – en er zou nooit meer iets van hem worden vernomen.

Het uitzicht over de Westerschelde was van een andere orde. Hij merkte dat er iets met hem gebeurde terwijl hij over het water tuurde en af en toe een blik op het naderende containerschip wierp. Of beter gezegd: niet gebeurde. Hij zag weliswaar de afzonderlijke elementen – het water, de drooggevallen stukken zeebodem, de kranen in de haven, de koeltorens van de kerncentrale – maar al die elementen tezamen kwamen zogezegd niet bij hem binnen; het was net of hij naar een foto van het uitzicht keek, zonder het bijbehorende gevoel. Een foto die toch al nooit een vergezicht in al zijn weidsheid kon vatten. Foto's van bergketens, van de zee, van de Grand Canyon, waren tot mislukken gedoemd. Ze legden vooral de nadruk op wat er niet op stond, op wat ze in al hun onmacht achterwege hadden moeten laten.

Hij had het zelf ook geprobeerd. Met zijn telefoon had hij op deze plek een foto van een voorbijvarend containerschip gemaakt. Maar de foto was niets meer dan een herinnering, een geheugensteuntje voor hoe hij zich hier altijd voelde.

Vandaag zag hij niets. Hij wist dat dit het uitzicht was waarbij hij zich goed moest voelen, maar het goed voelen was, net als de mislukte foto, uitsluitend nog herinnering.

Hij had het de laatste tijd vaker, de ervaring dat de afzonderlijke dingen hun glans leken te hebben verloren. Hij wist niet meer precies wanneer het was begonnen, misschien wel toen zijn vrouw na een dagje winkelen uit Amsterdam was teruggekeerd. Er was iets veranderd in haar blik op de schaarse momenten waarop ze hem recht aankeek. Dat was eigenlijk het opvallendst geweest: dat het de hele tijd leek alsof ze zo veel mogelijk vermeed hem in de ogen te kijken.

Die nacht had ze in haar slaap een naam gefluisterd. De volgende ochtend had hij haar naar haar droom gevraagd. De naam uit de droom herinnerde hij zich niet, maar hij twijfelde er eigenlijk al niet meer aan dat het dezelfde naam was die hij een uur geleden op het terras van het buitenhuis had gehoord.

Joseph Bosman opende zijn mond in een lange, geluidloze geeuw, rekte zich uit en ontsloot daarna zachtjes de buitendeur. In alleen zijn boxershort liep hij het terras op. De ruwe, ongepolijste siersteen van de terrastegels prikte in zijn voetzolen, een niet geheel onaangename sensatie. Al het lichamelijke ervoer de schilder als het wezenlijkste van zijn bestaan. Dat zijn lichaam ademde, dat er bloed doorheen stroomde, dat zijn voeten de ruwe steen aftastten benadrukte dat hij leefde, dat hij naar alle waarschijnlijkheid nog lang niet dood was.

Hij liep naar de rand van het terras en keek uit over de donkerbruine aarde van de akker. Er waren geen gewassen ingezaaid, of ze waren net geoogst, van dit soort zaken had hij geen verstand, net zomin als hij de namen van planten en bomen uit elkaar wist te houden.

Op dat moment kwam van links achter het huis de ochtendzon boven de dijk tevoorschijn en zette alles in een rode gloed. Straks zou de zon ook het terras bereiken en zijn lichaam verwarmen. Nu stond hij hier en keek hij alleen maar. Alles wat hij zag was een mogelijk schilderij. Hij dacht aan het portret dat hij van de koningin zou maken. Tot nu toe had hij enkel een paar foto's van haar genomen, en hij had een stuk of drie schetsen gemaakt die hij nog aan niemand had laten zien.

Er was iets wat hem tegenstond aan het hele toneelstukje dat ze hier met zijn drieën opvoerden. Hij had gezien hoe zenuwachtig de koningin en haar zus gisteren hadden gereageerd op de onverwachte komst van de koning. Zelf had hij totaal geen last van zenuwen gehad. Hij had de koning onbevangen, misschien zelfs wel brutaal aangekeken en hem krachtig de hand gedrukt. Hij wist zichzelf goed in te schatten, zijn aanwezigheid, zijn uitstraling, zijn lichamelijke aantrekkingskracht. Op al deze punten viel de koning bij hem in het niet.

Het zogenaamde portret dat hij van de koningin zou schilderen was de dekmantel, en hij, Joseph Bosman, was waarschijnlijk de enige van de hier aanwezigen die wist dat dat schilderij er nooit zou komen. De koning, dacht hij, had zelfs geen idee dat zijn vrouw hem op zijn verjaardag een portret cadeau wilde doen.

Ik ben hier niet vanwege uw schoonzus, maar vanwege uw vrouw. Zij heeft mij jaren geleden met sneeuw ingepoeierd. Maar u hoeft nergens bang voor te zijn. Ik ben geen serieuze concurrent. Het is alleen maar een bevlieging. Ik laat haar binnenkort weer vallen.

Het was deze laatste zin die hem uiteindelijk had doen besluiten zijn mond te houden. Ja, hij zou haar laten vallen, maar nu nog niet, het was allemaal nog maar net begonnen, het was nog te vroeg.

Jaren geleden – hij wist zeker dat noch de koning, noch de koningin hier enige herinnering aan had – was hij samen met een twintigtal andere kunstenaars, schrijvers, choreografen en cabaretiers voor een lunch op het Paleis op de Dam uitgenodigd. Ook toen al werd hij door nieuwsgierigheid gedreven. Hoe waren deze mensen in het echt? Hij kende ze, net als iedereen, uitsluitend van het zwaaien en het handjes geven op Koningsdag. Tussen de gangen door stond de koningin af en toe op om met deze of gene op wat persoonlijker voet van gedachten te wisselen. Hij zag dat ze een spiekbriefje bij zich had, dat ze zo onopvallend mogelijk in haar mouw probeerde weg te moffelen, maar hij had zich niet vergist: deze mensen hadden geen idee met wie ze hier aan tafel zaten.

Zo was de koningin na wat gekeuvel hier en wat gesprekjes daar uiteindelijk ook bij hem aanbeland. Hij wist niet goed wat hij moest doen, of hij geacht werd te gaan staan of dat hij gewoon moest blijven zitten. Wat hadden de anderen vóór hem gedaan? Hij kon het zich met geen mogelijkheid meer te binnen brengen.

De koningin loste het op door naast zijn stoel neer te hurken.

‘Ik hoor dat u net een grote tentoonstelling in New York hebt gehad,’ zei ze.

New York. Wat zou er nog meer op het spiekbriefje staan? Dat hij gelukkig getrouwd was en twee opgroeiende kinderen had?

‘New York is een heerlijke stad. Vindt u ook niet, majesteit?’

Ze leek even van haar stuk gebracht omdat hij geen direct antwoord op haar vraag had gegeven, maar ze herstelde zich razendsnel. ‘Het is de stad waar ik het liefste ben,’ zei ze. ‘De mensen. De gebouwen. Er hangt een bepaalde energie die je hier in Nederland niet voelt.’

‘Het moet heel erg voor u zijn,’ zei hij.

Ze had al geglimlacht toen ze bij hem neer was gehurkt, en die glimlach bevroor nu niet maar werd alleen nog maar groter, terwijl ze hem vragend aan bleef kijken.

‘Al die mensen hier,’ vervolgde de schilder. ‘Wat hebben ze nou helemaal gedaan om u hier een middag te mogen komen vervelen? Moet u ze nou eens zien zitten. Hoe blij ze zijn dat ze door u zijn uitgenodigd. Ik denk dat u opgelucht zult zijn als ze straks weer allemaal zijn opgehoepeld. Dat u nog een glaasje met uw man kunt drinken en kunt zeggen: “Zo, dat hebben we ook weer gehad!”’

Nu lachte de koningin echt, ze lachte zelfs zo hard dat een paar gasten zich half omdraaiden om te kijken wat er zo grappig was.

‘Ik mag dit natuurlijk niet zeggen,’ zei ze bijna op fluistertoon. ‘Maar zo gaat het inderdaad.’ Ze nam hem even wat nauwkeuriger op met haar blik, liet haar ogen van ergens bij zijn voorhoofd omlaagzakken, totdat ze op zijn mond bleven rusten. ‘Maar met u heb ik dat niet. Ik zou nog wel wat langer met u willen blijven praten, maar ook dat is niet aan te raden. Mijn drie minuten per genodigde zijn helaas om.’

Hij hoorde de buitendeur opengaan en hij besloot zijn hoofd niet om te draaien om te kijken of het Margarita of haar zus was.

Na een paar tellen voelde hij twee handen op zijn schouders.

'Heb je het niet koud?'

Er liep een rilling over zijn rug, maar hij hoopte dat ze het niet zou merken.

'Weet je nog dat ik een paar jaar geleden bij een van die lunches met jullie was?' vroeg hij. 'Op het Paleis op de Dam?'

'Nee.' Haar mond bevond zich vlak achter zijn oor, hij voelde de warmte van haar adem tegen zijn oorschelp. 'Ik kan me dat niet herinneren.'

'We hadden best een leuk gesprek,' zei hij. 'Weet je dat echt niet meer?'

Heel even bleef het stil achter zijn oor, haar vingers kneedden zachtjes zijn schouders.

'Die gesprekjes zijn allemaal hetzelfde,' zei ze. 'Ik kan me er niet één meer herinneren, ook dat met jou niet. Het spijt me. Wat wil je vandaag gaan doen?' voegde ze er na opnieuw een korte stilte aan toe. 'Waar heb je zin in?'

'Ik weet het niet. Ik ben eigenlijk een beetje onrustig. Ik doe hier al een paar dagen niets. Dat hou ik nooit lang vol. Ik mis mijn atelier.'

De koning twijfelde. Nadat zijn dochter naar school was vertrokken, zat hij geruime tijd met zijn telefoon in zijn handen. Moest hij Astrid appen of kon hij haar beter bellen? Misschien was het nog te vroeg en zaten ze daar nog aan het ontbijt. Hij zou Astrid moeten vragen of ze alleen was, of ze vrijuit kon praten – de hele situatie leek op een scène uit een van de series die hij samen met zijn vrouw had gezien, hij wist niet meer welke.

Luistert er iemand mee? Antwoord anders alleen met ja of nee.

Gisteravond had hij samen met zijn dochter gedineerd.

'Waar is mama?' had Vera gevraagd, maar op een toon alsof het haar niet echt interesseerde.

'Dat weet je toch,' had hij geantwoord. 'Ze is met tante Astrid naar het huisje in Zeeland.' 'Dat was de afgelopen drie dagen ook al zo,' had hij eraan toe kunnen voegen, maar dat liet hij achterwege.

Normaal gesproken kletsten ze honderduit aan tafel, vooral als ze met zijn tweeën waren. Maar sinds enkele dagen gaf Vera uitsluitend korte antwoorden op zijn vragen. Ze keek hem nauwelijks aan als hij iets tegen haar zei, knikte alleen af en toe. Maar ze luisterde niet echt, zag hij tot zijn teleurstelling.

Een paar avonden geleden had ze tijdens het eten haar telefoon tevoorschijn gehaald. Hij had het oogluikend toegelaten. Vanochtend aan het ontbijt had ze helemaal niets meer gezegd en uitsluitend nog met een duim door allerlei plaatjes, filmpjes en berichten (Facebook? Instagram?) gescrold.

Hij maakte een mentale aantekening: Igor vragen of hem misschien ook iets is opgevallen aan het gedrag van prinses Vera.

Maar nu had de koning andere zorgen aan zijn hoofd. Gisteren had hij op de dijk bij de Westerschelde gestaan en een kort ogenblik overwogen om terug te rijden naar het huisje. Hij had zijn ogen gesloten en zich voorgesteld hoe hij met zijn jachtgeweer losjes in de aanslag het terras op zou stappen en om opheldering zou vragen. *Wat is dit voor komedie? Mag ik misschien weten wat er hier aan de hand is?* Hij liet dit soort fantasieën wel vaker toe, ze hadden een rustgevend effect. 's Avonds in bed sommeerde hij de mensen die overdag zijn ergernis hadden gewekt – een uit zijn nek kletsende burgemeester, een 'bevlogen' directeur van een alternatieve school, een wat al te slijmerige bisschop – om met hun handen achter in hun nek gevouwen rustig op hun knieën te gaan zitten, in slow motion, alsof het een scène uit zijn favoriete tv-serie *The Sopranos* was. Soms sputterden ze wat tegen, maar dan richtte hij het jachtgeweer op hun hoofd of onderbuik.

Meestal stopte hij hier, een enkele keer maakte hij de fantasie helemaal af.

In een impuls was de koning de Dorpsstraat van Paal in gereden. Hij was er al eens eerder geweest, hij hoefde nauwelijks moeite te doen om het restaurant waarover Margarita had gezegd dat ze er voor die avond een tafel had gereserveerd, te vinden. Hij had niet eens hoeven uitstappen om het bordje op de deur te kunnen lezen. GESLOTEN. Hij keek op zijn Apple Watch: 18:34. Puur theoretisch kon het restaurant op een later tijdstip opengaan, maar dan ook alleen puur theoretisch.

Hij stapte alsnog uit, keek even om zich heen en liep toen naar de deur. In kleinere letters stond er op het bordje te lezen dat het restaurant wegens vakantie al een kleine week gesloten was en dat het over tien dagen weer open zou gaan.

Op dat moment was het suizen in zijn oren begonnen.

AFLEVERING 9

De koningin staat voor een probleem dat ze helemaal in haar eentje moet oplossen. Prinses Astrid lijkt haar oude hobby weer te hebben opgepakt. De koning besluit aan alle twijfels omtrent de mogelijke ontrouw van zijn vrouw een einde te maken.

Koningin Margarita wilde net het autoportier dichtslaan, toen ze meende iets te zien bewegen achter de heg aan het einde van de tuin.

Ze deed een stap de weg op om beter te kunnen kijken. Eerst zag ze niets, alleen de heg, die onlangs moest zijn gesnoeid: de bovenzijde was kaarsrecht en glad afgesneden als een crewcut. Maar toen bewoog er opnieuw iets, het was alsof er een rilling door de blaadjes trok – het had de wind kunnen zijn, maar het waaide niet, de witte rookslierten boven de koeltorens van de kerncentrale bij Doel stegen bijna loodrecht omhoog naar de strakblauwe hemel.

'Hallo?' riep ze, terwijl ze nu zachtjes het autoportier sloot. 'Hallo, is daar iemand?'

Er kwam geen antwoord. Ze deed een paar passen in de richting van de plek waar ze de blaadjes had zien bewegen. Even vroeg ze zich af of ze niet naar binnen moest gaan om Joseph erbij te halen – Astrid was naar Hulst om boodschappen te doen – maar ze bedacht zich snel. Ze had een vaag voorgevoel, het was beter als ze dit in haar eentje oploste.

Het eerste wat ze zag was de scooter. Het was een rode Vespa en hij was grotendeels in het bladerdek van een struik geparkeerd. Amper een seconde later krabbelde er een man vanachter de heg overeind. Een kleine, wat gezette man was het, in een korte legergroene broek en een camouflagejack met een heleboel zakken, waaruit pennen en een zonnebril staken. Op zijn hoofd droeg hij een kakikleurig jagershoedje.

'*Your Majesty...*' zei de man met een sterk mediterraans accent – Spaans of Italiaans, dacht ze, nee, waarschijnlijk Italiaans.

Eerder dan naar zijn wat bolle, ongeschoren gezicht keek ze naar de camera in zijn handen. Die was van meer dan gemiddelde omvang, met een telelens van minstens een halve meter lang, schatte ze.

De koningin voelde een warme gloed naar haar wangen stijgen. Nu niet! sprak ze zichzelf in gedachten toe.

'Mag ik u vragen wat u hier komt doen?' vroeg ze in vloeiend Italiaans, en tot haar tevredenheid zag ze dat de man even van zijn stuk gebracht leek omdat zijn accent hem kennelijk zo snel had verraden. Maar hij herstelde zich razendsnel.

'Ik heb gehoord...' begon hij, nu ook in het Italiaans, terwijl hij even op het schermpje van zijn camera keek. 'Mijn krant heeft informatie dat dit het vakantieverblijf van uw zus is.'

Margarita haalde diep adem, om zichzelf de tijd te gunnen om te bedenken wat haar tegenzet kon zijn, maar toch ook wel van opluchting: de fotograaf zat achter haar zus aan.

Dit was goed nieuws. Heel goed nieuws zelfs.

'Er zijn duidelijke afspraken met de pers gemaakt, de buitenverblijven van de koninklijke familie mogen niet gefotografeerd worden,' zei ze kalm. 'Ik neem aan dat u van die afspraken op de hoogte bent?'

'Met de Néderlandse pers misschien,' zei de man. 'Maar daar achten wij ons niet aan gebonden. Wij hebben echt geen toestemming van het Nederlandse Koninklijk Huis nodig om ons werk te doen.'

Margarita beet op haar onderlip. Ze had hier niet alleen met een echte paparazzo te maken, maar ook nog eens met een van het brutaalste soort. In eigen land werden de fotomomenten geregisseerd: een fotosessie aan het begin van de zomer op het strand van Scheveningen en een in de sneeuw op de eerste dag van de wintersportvakantie. Soms alleen met het koninklijk paar en Vera, vaker samen met prins Philip, prinses Adelheid en hun vier zonen. Die laatste fotosessies haatte Margarita uit de grond van haar hart. Het was het contrast tussen het kinderrijke gezin van Philip en hun eigen aanwezigheid. Op geen enkel ander ogenblik in het jaar viel dit contrast zo duidelijk op. Het was alsof de foto's Hendrik en haar in hun gezicht uitlachten om hun geringe bijdrage aan het koninklijk nageslacht. Bovendien waren de vier zonen van Philip en Adelheid buitengewoon druk en luidruchtig. Ze maakten grappen met de fotografen, trokken rare gezichten, en één keer had Margarita Radboud, de oudste, erop betrapt dat hij met zijn vingers een V-teken maakte achter het hoofd van prinses Vera. De koningin had er alles aan gedaan om publicatie van die foto te verhinderen, maar het was natuurlijk al te laat.

'Waar maak je je druk om?' had prinses Adelheid gezegd. 'Je ziet toch dat ze plezier hebben?'

Tegen Vera had Margarita op haar beurt gezegd: 'Je moet het

je niet aantrekken. Die jongens zijn allemaal behoorlijk dom. Daar steek jij mijlenver boven uit.'

Of de vier zonen inderdaad dom waren, viel moeilijk te zeggen; het stond in elk geval vast dat hun schoolprestaties ver achterbleven bij die van prinses Vera. De een-na-oudste zoon, Michael, was op heterdaad betrapt toen hij bij zijn eigen school had ingebroken om de antwoorden van een toets te stelen. Radboud, opnieuw Radboud, had een keer een ss-uniform gehuurd om naar een feestje te gaan. Al deze zaken waren zorgvuldig buiten de publiciteit gehouden – de samenwerking met de Nederlandse pers was optimaal: journalisten en hoofdredacteuren begrepen allemaal dat het Koninklijk Huis niet beschadigd diende te raken door onbenullige incidenten. De buitenlandse pers was een ander verhaal.

Het was mogelijk dat deze fotograaf lucht had gekregen van het incident met het potje antirimpelcrème bij de Bijenkorf. Dan zouden er mogelijk meer paparazzi volgen. Niet goed voor de koninklijke familie als geheel. Kleptomanie. En dan ook nog eens zulke sneue kleptomanie. Als ze nou gewoon een paar miljoen had weggesluisd naar een geheime bankrekening op Aruba, of een olympisch zwembad met sauna naast haar huis had laten aanleggen – dat begrepen de mensen nog wel van een zus van de koningin. Antirimpelcrème! Margarita dacht aan al die keren toen ze nog kleine meisjes waren. Eerst werd haar lievelingspop vermist, daarna volgde haar zakgeld dat ze even op tafel had neergelegd voordat ze het in haar spaarpot deed. Sjaals, make-up, een paar leren handschoenen. Ja, Margarita wist het zeker, het was vooral de benepenheid van de diefstallen die haar zo mateloos ergerde. Natuurlijk, kleptomanie was een ziekte, een afwijking, op zijn minst een roep om aandacht, zo had ze later geleerd toen ze zich in het gedrag van haar zus had verdiept. Maar een ziekte en een afwijking konden ook een bron van ergernis zijn.

'Ik moet u verzoeken te vertrekken,' zei ze tegen de fotograaf.

'Ik mag hier gewoon staan,' zei de man. 'Jullie grond loopt tot hier.' Hij wees een plek vlak voor zijn voeten aan. 'En ook de weg is openbaar terrein.' Nu deed hij twee stappen opzij, zodat hij op het asfalt kwam te staan. 'U bent misschien de koningin van Nederland, maar er bestaat ook nog zoiets als openbaar terrein, waar iedereen vrij is om te gaan en te staan waar hij wil.'

Ze hoorde een auto, en toen ze haar hoofd omdraaide zag ze hem aankomen, een blauwe Toyota, de bestuurder minderde even vaart en stak bij wijze van groet zijn hand op. De fotograaf deed opnieuw een stap opzij, zodat hij weer op het gras in de berm stond, waarbij hij zijn best leek te doen om de onzichtbare lijn tussen openbaar terrein en privébezit niet te overschrijden.

'Ben je hier, lieve schat?' klonk een bekende stem achter haar rug. 'Ik dacht dat je misschien weer croissantjes was gaan halen in Hulst. Maar toen zag ik de auto staan, en ik... Wie is dat?'

Joseph Bosman stond op de weg, aan het begin van het tuinpaadje, en rekte zich uit. Zijn haar zat in de war, alsof hij net uit bed was gekomen – en dat was hij natuurlijk ook, bedacht Margarita het volgende moment.

'Joseph...'

Ze deed een paar passen in zijn richting, bleef toen staan.

'Ga naar binnen,' zei ze kalm; uit alle macht probeerde ze haar stem niet paniekerig te laten klinken. 'Ik leg het je straks allemaal uit, maar je moet nu gewoon weer naar binnen gaan.'

Hij keek haar licht verbaasd aan, daarna wierp hij een blik op de fotograaf. 'Maar –' begon hij.

'Geen vragen,' kapte de koningin hem af. 'Weg,' zei ze, nog altijd zonder haar stem te verheffen. 'Zo snel mogelijk. Schiet op.'

Achter haar rug hoorde ze het klikken van de camera. Eén keer, twee keer, en daarna meer dan tien keer kort na elkaar.

Met een ruk draaide ze zich om, in een paar passen was ze bij de fotograaf, ze dekte de lens af met haar lichaam. 'Geef me uw rolletje,' wilde ze zeggen, maar nog net op tijd realiseerde ze zich dat digitale camera's geen fotorolletje meer hadden maar een geheugenkaart.

'U hebt het recht niet!' zei ze. En daarna besefte ze dat hij het recht nou juist wel had. Daar had hij haar nog geen halve minuut geleden immers op gewezen.

'Alstublieft!' zei ze. 'Dit is niet wat u denkt. Mijn zus heeft wel vaker gasten te logeren.'

De fotograaf sloeg zijn camera over zijn schouder, liep naar zijn scooter en trok deze uit de struik.

'Wacht!' zei de koningin. 'Ik wil niet dat er straks een of ander onzinverhaal in de Italiaanse bladen verschijnt. Dat wilt u zelf waarschijnlijk ook niet. Misschien kan ik u een ander verhaal aanbieden. Een verhaal dat wel waar is.'

De man stond inmiddels met de scooter op de weg. 'Ik heb genoeg gezien,' zei hij in vrijwel accentloos Nederlands. 'En gehoord. Ik heb gehoord wat u tegen elkaar zei.'

De koningin staarde hem aan.

'Mijn vader is Italiaans,' zei de fotograaf. 'Mijn moeder Nederlands, geboren in Nieuwegein, mocht het u interesseren.' Zelfs de g en de ei sprak hij beter uit dan de meeste buitenlanders. 'Ik heb een dubbele nationaliteit, maar vandaag heb ik alleen mijn Italiaanse paspoort bij me. Het spijt me oprecht voor u, maar misschien had u gewoon wat voorzichtiger moeten zijn.'

Hij startte de scooter, hees zich met een ruime zwaai van zijn dikke lichaam op het zadel en gaf gas. 'Ciao!' riep hij nog, en hij stak zijn arm in de lucht.

Een paar seconden bleef de koningin sprakeloos staan, toen draaide ze zich om en liep terug naar het huis, bij het tuinpaadje versnelde ze haar pas.

'Joseph!' riep ze. 'Waar ben je? Joseph?'

Ze hoorde het geluid van de douche, de deur van de badkamer was niet op slot.

'Wat doe je?' schreeuwde ze.

Met beide handen veegde hij zijn natte haar naar achteren. 'Ik moest naar binnen, zei je. Ik dacht: ik ga vast douchen.'

Toen Margarita een jaar of acht was, had haar vader haar haar eerste rijles gegeven. Half zittend, half staand tussen zijn benen had ze mogen sturen, hij bediende het gaspedaal, de versnellingspook en de rem. Een paar keer per week nam hij haar in de oude Land Rover mee naar de smalle landweggetjes in de polders buiten Hulst om te oefenen.

Tijdens die eerste lessen leerde ze hoe ze een bocht moest insturen en hoe ze de richtingaanwijzer moest bedienen. 'Elke keer de richtingaanwijzer aanzetten,' zei haar vader. 'Ook al is er in de verste verte geen andere auto te bekennen. Zo vergeet je het nooit. Want die ene keer dat je het wel zou vergeten, kan fatale gevolgen hebben.'

Ze herinnerde zich die lessen nog goed: het ronken van de zware motor dat een trilling veroorzaakte die tot in haar kleine, om het stuur geklemde handjes te voelen was. Het was als met andere dingen die ze voor de eerste keer had gedaan: schaatsen, skiën, zonder zijwieltjes fietsen. Toch was er niets zo opwindend als autorijden, de Land Rover was nog een model zonder stuurbekrachtiging en ze moest zich tot het uiterste inspannen om het gevaarte een bocht in te sturen.

'Zo voel je hoe zwaar een auto is,' zei haar vader. 'Wat je in je handen hebt. Zowel een vervoermiddel als een moordmachine. Jonge mensen leren nu uitsluitend nog autorijden in auto's met stuurbekrachtiging, die hebben dat gevoel niet. Daarom lees je de laatste jaren ook zo vaak over tieners en twintigers die de macht over het stuur verliezen en uit de bocht vliegen.'

Met het puntje van haar tong tussen haar lippen stuurde ze de Land Rover de bochten in. Haar vader remde voor elke bocht af tot ze bijna stapvoets reden. Al snel begon dit Margarita te vervelen.

'Kunnen we niet wat harder, papa?' zei ze.

'Rustig,' zei haar vader. 'Je moet eerst de perfecte bocht kunnen nemen. Maar je doet het heel goed, je hebt echt talent.'

Bij de volgende bocht remde hij nauwelijks meer af en de Land Rover kwam met zijn wielen in de berm aan de overkant van de weg terecht.

'Zie je wat ik bedoel, liefje?' zei haar vader. 'Let op, daar komt weer een bocht, die gaan we net zo hard in als de vorige.'

Na een paar maanden nam haar vader op de passagiersstoel plaats en leerde hij haar schakelen. Autorijden werd haar favoriete tijdsbesteding.

Twee weken nadat ze achttien werd, haalde ze haar rijbewijs. Ook haar rijinstructeur prees haar natuurlijke aanleg. Al na drie lessen vroeg hij het examen voor haar aan.

'Ik heb hier verder weinig aan toe te voegen,' zei hij bij de derde les. 'Er is niets meer wat ik je nog zou kunnen leren.' De linkerhand van de instructeur kwam omhoog, zweefde een paar tellen besluiteloos in de lucht. Even leek het of hij hem op haar knie zou leggen, maar hij bedacht zich bijtijds. 'Ik zie het echt bijna nooit, zoveel aanleg voor autorijden. En al helemaal niet bij een vrouw.'

Ze keek opzij en zag dat haar instructeur een rood hoofd kreeg, maar het bleef onduidelijk of dit kwam door zijn afgebroken poging een hand op haar knie te leggen of door zijn opmerking over de rijvaardigheid van vrouwen in het algemeen.

'Sorry,' zei hij snel. 'Ik bedoelde daar verder niks mee.'

Tot aan het einde van die laatste les hadden ze er vervolgens het zwijgen toe gedaan.

Het waren dezelfde soort weggetjes met populieren aan weerszijden als waar Margarita de eerste rijlessen van haar vader had gekregen, waarover ze nu voortraasde. Ze had niet gewacht tot Joseph onder de douche vandaan kwam om zich af te drogen en aan te kleden. Dat zou allemaal veel te veel tijd hebben gekost. Zonder verdere aarzeling, zonder de naakte Joseph Bosman onder de douche zelfs nog maar een blik waardig te keuren, was ze de dijk op gehold en had haar witte Range Rover Evoque gestart.

Al bij de eerste driesprong, op amper tweehonderd meter van het huis, twijfelde ze. Linksaf of rechtsaf? 'Godverdomme!' schreeuwde ze, terwijl ze zich in een Italiaanse paparazzo op een scooter probeerde te verplaatsen. 'Ik had je daarnet al...' Maar ze maakte haar gedachte niet af – in elk geval niet hardop.

Ja, welke kant zou hij op zijn gevlucht? Linksaf was richting Scheldevaartshoek, Zandberg en Hulst, daarna kwam je al snel op de weg naar Antwerpen. Rechtsaf was de Westerschelde. Als hij vermoedde dat ze achter hem aan zou komen, welke richting zou hij dan kiezen? De minst voor de hand liggende, besloot de koningin, gestaald door haar jarenlange ervaring met het volgen van Netflix- en HBO-series waarin de minst voor de hand liggende verdachte ook altijd de dader bleek te zijn. Ze zette de richtingaanwijzer aan en sloeg rechts af.

Op het lange rechte stuk naar de volgende driesprong gaf ze flink gas, de teller liep al snel op tot boven de honderddertig. Ze minderde vaart toen ze in de verte een tractor aan zag komen. Ze moest niet de aandacht op zich vestigen. Geen getuigen die later zouden verklaren dat ze een witte Range Rover op topsnelheid over een weg hadden zien razen waar zestig kilometer per uur de maximumsnelheid was.

Ze stuurde de auto zo ver mogelijk de berm in om de tractor te laten passeren en stak haar hand op naar de boer, die haar teruggroette. De mensen hier deden er niet moeilijk over dat het jongste van de zusjes Biesbroeck het tot koningin had geschopt, maakten het niet interessanter dan het was. Ze respecteerden hun privacy; ook dat koning Hendrik hier regelmatig op fazanten kwam jagen, was maar bij weinig mensen buiten Zeeuws-Vlaanderen bekend.

Geen rode scooter te zien op de weg die naar Lamswaarde voerde. Ze vroeg zich af of de fotograaf al in of voorbij Lamswaarde kon zijn, maar toen liep de weg met een paar bochten omhoog, de dijk op naar de driesprong, en kreeg ze op een honderdtal meter van de afslag naar Duivenhoek de Vespa in het vizier.

'Yes!' riep de koningin en ze maakte een vuist. 'Ik heb je, dikzak!'

Ze gaf opnieuw gas, nam de bocht vrijwel zonder vaart te minderen, maar niet zonder haar richtingaanwijzer aan te zetten. Haar vader had gelijk gekregen, had altijd al gelijk gehad: ze was een natuurtalent. Niet alleen reed ze uitzonderlijk goed 'voor een vrouw', zoals haar rijinstructeur zo fijntjes had opgemerkt, ook de meeste mannen zou ze in een rally het nakijken geven. Haar zus was een ander verhaal. Naast Astrid in de auto stond Margarita doodsangsten uit.

Bij Duivenhoek sloeg ze met gierende banden links af, en zo zag ze nog net dat de scooter op de kruising bij Kruispolderhaven rechtsaf de weg naar de Westerschelde op schoot.

Vlak voor hij de zeedijk bereikte keek de fotograaf een keer achterom. Ze minderde geen vaart, ze remde pas af toen ze hem dreigde te raken. Hij keek nogmaals om, misschien zag hij nu wie hem achtervolgde. Hij slingerde een paar keer vervaarlijk over de weg – hij leek te twijfelen of hij links of rechts af zou slaan – en reed toen vol gas het smalle fietspad op dat naar de andere kant van de zeedijk voerde.

Margarita aarzelde geen seconde. Er stond weliswaar een rood-wit paaltje halverwege het fietspad, maar daar zwenkte ze handig omheen door de auto de schuine helling van de dijk op te sturen.

Boven op de dijk zat ze opnieuw vlak achter de scooter. Tot dan toe had ze geen vastomlijnd plan gehad. Ze moest tot elke prijs zien te verhinderen dat de foto's van Joseph en haar gepubliceerd zouden worden. De fotograaf ervan overtuigen van publicatie af te zien, leek tot mislukken gedoemd. Ze zou de camera in handen moeten zien te krijgen. De camera, of in elk geval de geheugenkaart.

Ze keek om zich heen: er waren geen fietsers of wandelaars op het fietspad, dat hier weer steil naar beneden liep. Op de Westerschelde voer een reusachtig containerschip in de richting van de haven van Antwerpen.

Ze gaf gas, er klonk een heldere metalen klap en daarna een kreet, en meteen trapte ze vol op de rem, waardoor de Vespa werd gelanceerd. Scooter en berijder rolden een paar keer over het asfalt en kwamen op een paar meter van elkaar tot stilstand.

Ze reed nog een klein stukje door en stapte uit. Nadat ze eerst nog een keer goed om zich heen had gekeken, liep ze langs de scooter naar de fotograaf, die kermend zijn linkerbeen omklemde. Het zat raar, zijn been, en pas toen ze vlak voor hem stond zag ze dat het bot bij de knie door het vel heen stak. Er kwam bloed uit zijn neus, en ook een beetje uit zijn mond.

'Godverdomme!' jammerde hij in het Italiaans. 'Bent u gek geworden? Moet u zien! Mijn been! Mijn been! Godverdomme!'

De koningin zei niets. Ze pakte de leren band waarmee de camera om zijn nek hing en trok die over zijn hoofd.

'Nee!' schreeuwde hij.

De camera leek zo op het eerste gezicht onbeschadigd. Margarita keek nogmaals om zich heen.

'U hebt uw lesje hopelijk geleerd,' zei ze. 'Dat u de privacy van mensen dient te respecteren.'

'U bent gek!' schreeuwde de Italiaan, en er kwam nu meer bloed uit zijn mond. 'Jullie zijn allemaal hetzelfde. De schone schijn ophouden vanuit jullie gouden koetsjes en ondertussen... Ondertussen...'

Ze pakte de camera stevig vast bij de lens en sloeg de man met het zware gedeelte hard in zijn gezicht. Ze hoorde hem vloeken in het Italiaans, maar er klonk ook een krakend geluid in zijn neus. Bloed spoot nu alle kanten op, instinctief deed ze een stap achteruit, zodat het niet op haar spijkerbroek of witte All Stars terecht zou komen, en ze haalde haar telefoon uit haar zak.

'Ik zal een ambulance voor u bellen,' zei ze. 'Maar ik zou u met klem willen aanraden om het verder te laten rusten. Paparazzi die leden van het Koninklijk Huis lastigvallen zijn hier niet erg populair. Misschien maakt u het ongewild alleen nog maar ingewikkelder voor uzelf.'

Het leek of hij nog iets wilde zeggen, maar hij zakte zacht reutelend achterover in het gras naast het fietspad.

De koningin stapte in de Range Rover en legde de camera op de passagiersstoel. Daarna keerde ze en reed in een rustig tempo de dijk op.

Igor zat in de zwarte BMW en rookte een sigaret. Hij zat er al een paar uur, maar er was nog altijd niemand naar buiten gekomen.

Hij was geduldig, voelde zich rustig. Als een roofdier dat wachtte voor het hol van zijn prooi. Hij was erop getraind, maar hij stond niet voor de volle honderd procent voor zichzelf in.

Toen eindelijk de buitendeur werd geopend, verstijfde hij op zijn stoel. Er kwam een jongen naar buiten. Dé jongen, stelde hij vast, toen deze een hand door zijn zwarte krullen haalde. In zijn andere hand droeg hij een vuilniszak, waarmee hij naar een container aan de stoeprand liep. Hij riep iets naar iemand die in de deuropening was blijven staan en haalde een tegen een lantaarnpaal geparkeerde fiets van het slot.

Waar is de scooter? vroeg Igor zich af. De jongen droeg een rode sporttas over zijn schouder, waarschijnlijk ging hij op dit tijdstip – het liep tegen het einde van de middag – naar een of andere training.

De jongen stapte op zijn fiets en reed het eerste stukje over het trottoir. Toen hij de BMW passeerde, duwde Igor met kracht het portier open. De jongen wist het portier nog net te ontwijken, maar kwam daarna slingerend tegen een portiek tot stilstand.

'Hé, kun je niet uitkijken?' riep hij.

'Wie moet er uitkijken?' zei Igor. 'Jij mag hier helemaal niet fietsen.'

In een paar passen was hij bij hem. Hij was nog kalm, hij voelde dat hij kalm was, maar hij bevond zich dicht bij iets anders, het was maar een klein stapje, en dan zou hij de onzichtbare lijn naar zijn andere kant overschrijden.

Hij had de jongen bij de hals van zijn T-shirt vastgepakt en trok hem ruw naar zich toe. 'Waar is je scooter?' vroeg hij.

De jongen keek hem aan, niet eens met een angstige blik, eerder verontwaardigd. Eén punt voor hem, dacht Igor, die vaker met bange dan met dappere mensen te maken had gehad.

'Je scooter,' zei hij. 'Waarom ben je niet met je scooter?'

'Wat is dit?' zei de jongen. 'Ik heb helemaal geen scooter. Nooit gehad ook. Laat me los.'

Werktuiglijk willigde Igor het verzoek van de jongen in en liet zijn T-shirt los. 'Je hebt geen scooter.' Hij merkte dat hij hijgde. 'Je hebt nooit een scooter gehad.'

De jongen bukte zich om zijn fiets, die half op het trottoir was gevallen, op te rapen. 'Nee,' zei hij.

Igor wilde zich omdraaien en terug naar zijn auto lopen, maar hij bleef staan. 'Je zit bij prinses Vera in de klas, dat klopt toch?'

De jongen zat alweer in het zadel, met een voet op de trapper – maar hij fietste nog niet weg.

'Vera is verliefd op je,' zei Igor. 'Als jij haar ook leuk vindt, doe daar dan je voordeel mee. Zij gaat het nooit tegen je zeggen. Meisjes, dus ook prinsessen, wachten nog altijd tot de jongen het initiatief neemt.'

Het kostte Astrid zeker een halve minuut voordat ze, al graaiend in haar handtas, tussen de lipsticks, papieren zakdoekjes, portemonnee, briletui en sjaaltjes, haar telefoon had gevonden. Ondertussen klonk de ringtone – een week geleden had ze 'We Will Rock You' van Queen vervangen door het Wilhelmus – luider en luider.

Ze stond bij de cosmetica-afdeling van de Etos in Hulst, maar er waren geen andere klanten in de buurt. Eindelijk had ze haar telefoon te pakken, ze las de naam op het display en nam op.

'Hendrik,' zei ze, net iets te hard, want vanuit haar ooghoek zag ze de twee meisjes bij de kassa haar kant op kijken. 'Hendrik,' zei ze nogmaals, bijna fluisterend. 'Waar ben je?'

Nadat ze bij de Bijenkorf was betrapt, had prinses Astrid een nieuwe hobby ontdekt. Minstens zo spannend als de oude, constateerde ze nadat ze het een paar keer had uitgeprobeerd – en volkomen ongevaarlijk.

Het kwam er in feite op neer dat ze niets meer stal, maar zich wel helemaal gedroeg alsof ze van plan was dat te gaan doen. Zo scharrelde ze rond in warenhuizen, of zoals nu in de Etos, haalde flacons en potjes van de schappen, las uitvoerig de etiketten, zette ze weer terug, om ze vervolgens nogmaals van het schap te pakken. Een enkele keer ging ze zover dat ze een potje of flacon ook daadwerkelijk in haar tas liet glijden. Dan liep ze een eindje door, deed alsof ze haar vergissing bemerkte, diepte het potje of de flacon weer uit haar tas op en zette het 'per ongeluk' ontvreemde artikel terug op zijn plek.

Dit gedrag had vrijwel elke keer het door Astrid gewenste resultaat. Bij de kassa werd ze door een medewerker of een beveiliger aangesproken met het verzoek haar tas binnenstebuiten te keren. Wat ze met alle liefde deed. 'Ziet u wel,' zei ze, met een glimlach die tijdens het hele onderzoek van de inhoud van haar tas niet van haar gezicht week. 'Ik heb echt niets gestolen. Kunt u mij een klachtenformulier aanreiken? Ik vind dit werkelijk hoogst ongepast.'

Ze vond het jammer dat ze haar nieuwe hobby niet eerder had ontdekt.

'Waar ben je, Astrid?' vroeg Hendrik. 'Ben je alleen? Kun je vrijuit praten?'

Astrid keek een paar keer om zich heen. Er waren inmiddels meer klanten de Etos binnengelopen. Vlak naast haar stonden twee vrouwen die kennelijk iets wilden pakken van het schap waar ze nu voor stond.

Ze deed een stap opzij, nam toen een besluit en liep in de richting van de uitgang.

'Antwoord anders alleen met ja of nee,' hoorde ze Hendrik in haar oor zeggen.

Ze wist het zodra ze tussen de poortjes bij de uitgang door liep en het alarm afging. Het potje! Hetzelfde potje antirimpelcrème, althans van exact hetzelfde merk, dat ze destijds bij de Bijenkorf had proberen te ontvreemden. Hier in de Etos had ze het in haar tas laten glijden met de bedoeling het daarna weer terug te zetten. Maar door het telefoontje was ze dat vergeten.

'Astrid, waar ben je? Wat gebeurt er?'

Ze was blijven staan. Een van de twee meisjes kwam achter de kassa vandaan en liep op haar toe.

'Niks,' zei ze. 'Er gaat hier een alarm af. Wat wilde je vragen?'

Even bleef het stil. Ook het alarm was afgezet.

'Die man die er gisteren was?' vroeg de koning. 'Die schilder, ik weet even niet meer hoe hij heet...' Er viel opnieuw een korte stilte, toen zei Hendrik: 'Is hij echt je nieuwe vriend, Astrid? Antwoord alleen met ja of nee.'

Prinses Astrid glimlachte naar het winkelmeisje terwijl ze bereidwillig haar tas overhandigde. Ze dacht koortsachtig na. Op de een of andere manier had ze dit telefoontje al sinds gistermiddag verwacht. Vanaf het moment waarop ze Hendrik met een licht schudden van haar hoofd duidelijk had willen maken dat de zaken anders lagen dan Margarita haar man had willen voorspiegelen.

Gisteren en vanochtend was ze er steeds sterker aan gaan twijfelen of hij haar hoofdbeweging wel had gezien, maar nu wist ze het zeker.

Gisteravond, en vannacht in bed opnieuw, had ze aan de receptie in New York gedacht, waar ze hem had gevraagd of hij zich niet verveelde. Ze had zijn blik gezien, hoe hij haar goedkeurend van hoofd tot voeten opnam. Ze had hem alle tijd gegund.

Daarna was ze haar jongere zusje gaan halen, ze wist nog altijd niet precies waarom. Ze vermoedde dat ze ervan uit was gegaan dat de buit al binnen was. Dat door een leuk, maar voor de prins net iets te jong zusje haar eigen begeerlijkheid alleen maar feller zou stralen.

Soms dacht ze aan een wereld – aan een heel mensenleven – waarin ze in haar eentje op die receptie aanwezig was geweest. Of een wereld waarin ze helemaal geen jonger zusje had gehad.

'Is hij je vriend, Astrid?' vroeg Hendrik.

Ze haalde diep adem.

'Nee,' zei ze.

Die ochtend was prins Karl ergens wakker van geworden, hij wist niet meteen waarvan.

Hij wreef in zijn ogen en zag een smalle streep licht tussen de gordijnen. Het was waarschijnlijk nog vroeg, er klonken in elk geval geen geluiden op de gangen van De Kastanjehof.

Pas toen hij zijn telefoon van zijn nachtkastje wilde pakken, zag hij de man aan de bedrand staan. Een grote man met een kaal hoofd. Hij droeg het witte verplegersuniform, maar prins Karl kon zich niet herinneren dat hij hem ooit eerder had gezien.

De man had iets in zijn handen – een kussen, zag Karl –, waarmee hij zich nu langzaam over het bed heen boog.

'Het spijt me,' zei Igor. 'Het spijt me oprecht dat ik dit moet doen.'

AFLEVERING 10

Hendrik voelt hoe de bodem onder zijn bestaan dreigt weg te vallen en de leegte zich opent. Als een echte koning besluit hij eindelijk het heft in handen te nemen. Astrid heeft zo haar eigen dromen over de nabije toekomst.

Margarita keek naar haar man. Zijn gezicht stond vriendelijk, hij glimlachte nu zelfs, maar er was iets wat niet klopte. Lang geleden – het leek in elk geval lang geleden – hadden ze samen naar het eerste seizoen van *The Killing* gekeken. Dertien afleveringen. Halverwege aflevering één had de koning gezegd dat hij wist wie de moordenaar was.

'Ik kan me natuurlijk vergissen,' zei hij, 'maar ik denk het eigenlijk niet. Wees gerust, ik hou mijn mond.' Hij pakte zijn telefoon van het nachtkastje. 'Ik zal het hier noteren, dan weten we na dertien afleveringen of ik gelijk had.'

En hij had gelijk gehad. Ook bij andere series wist hij het vaak al na één of twee afleveringen. 'Het is allemaal veel te voorspelbaar,' zei hij. 'De dader is altijd het personage van wie je dat het minst verwacht.'

Tijdens het kijken viel hij dan ook regelmatig in slaap. 'Is er nog iets belangwekkends gebeurd?' vroeg hij dan als hij weer wakker werd. Soms had ze de indruk dat hij alleen maar voor haar keek.

'Het is allemaal veel te voorspelbaar.'

De koningin bestudeerde het gezicht van haar man. Misschien was hij net wakker geworden, en had hij het al die tijd geweten. Misschien zou hij haar straks vragen of er nog iets belangwekkends was gebeurd.

De koning stak een hand in zijn broekzak. 'Ach, nou heb ik mijn telefoon in de auto laten liggen,' zei hij. 'Een ogenblikje, ik ben zo terug.'

Hij stapte het terras op en liep over het tuinpaadje naar de weg. Door de openstaande deur van de slaapkamer zag de koningin hem voorbij het slaapkamerraam lopen. Kalm, stijf misschien wel. Kalmer en stijver dan anders?

'Wat denk je?' richtte ze zich tot haar zus.

'Wat?' zei Astrid.

'Denk je dat hij iets doorheeft? Ik bedoel, ik vind het niet normaal. Ik vind hém niet helemaal normaal. Alsof hij het allemaal speelt. Die overdreven beleefdheid, zo doet hij alleen tegenover hoog bezoek uit het buitenland.'

'Dit is werkelijk een voortreffelijke wijn,' zei Joseph Bosman. Hij had de fles half uit de picknickmand getrokken en bestudeerde het etiket. 'Hoe laat is het? Ik bedoel, waarom zouden we zo niet een glaasje nemen?'

De koning had het gezien. Hij had dit keer aan één blik genoeg gehad. Zijn vrouw. De schilder – hoe zij naar hem keek.

En hoe Margarita hem, Hendrik, had aangekeken. Met een bijna hulpeloze blik, alsof ze zojuist een kostbaar stuk porselein uit haar handen had laten vallen. Ja, hij las iets smekends in haar ogen, alsof ze hem nu al om vergiffenis vroeg. En waarom zou ze hem om vergiffenis willen vragen als ze onschuldig was?

De schilder was een ander verhaal. Hij had de koning een brede glimlach geschonken. Waarschijnlijk had hij hem gewoon uit staan lachen, bedacht hij terwijl hij de achterklep van de Range Rover opende. Ja, hij was uitgelachen: om zijn naïviteit, omdat hij niets in de gaten had en de rol van de nietsvermoedende bedrogen echtgenoot met verve vertolkte.

Hij verheugde zich nu al op het gezicht van de schilder. Straks, nu, binnen enkele minuten, wanneer alles op zijn plaats zou vallen – voor iedereen.

En tegelijkertijd voelde hij zich leeg. Doodop. Hij moest zelfs even steun zoeken tegen de auto, zo slap voelde hij zich, alsof zijn knieën elk ogenblik onder het gewicht van zijn lichaam konden bezwijken.

Onderweg hiernaartoe had zijn Apple Watch twee keer getrild en hem gemaand om te gaan staan. 'Ja, ja,' had hij voor zich uit gemompeld. 'We zijn er zo. Dan gaan we echt staan. Beloofd.'

Hij dacht aan de zich plotseling verdiepende zee aan de Costa Brava – en hij voelde een koude rilling over zijn rug lopen.

Hij kon ook de achterklep dichtslaan, achter het stuur gaan zitten en wegrijden zonder afscheid te nemen. Ook daarmee zou hij zijn punt maken. Zijn vrouw zou onmiddellijk begrijpen hoe de zaken ervoor stonden.

Zou hij in deze toestand wel kunnen rijden? Zo slap als hij zich voelde zou hij al bij de eerste bocht kunnen flauwvallen en van de dijk af rijden. Hij kende een restaurant in Lamswaarde dat vroeger een pannenkoekenhuis was geweest. Daar kon hij stoppen om iets te eten en op krachten te komen. Je kon er inmiddels geen pannenkoeken meer krijgen, bedacht hij met spijt. Het restaurant had nu een menukaart zoals elk ander restaurant, met garnalenkroketjes, vitello tonnato en steak tartaar. Maar hij zou op dit moment een vermogen overhebben voor een pannenkoek met stroop.

Hij leunde tegen de auto en keek om zich heen. In de verte torende een containerschip boven de dijk van de Westerschelde uit. Al die kleuren, dacht hij. Al die vrolijke kleuren van die containers. Het was een gedachte die zijn slapte weer even snel verdreef als ze was komen opzetten.

Hij dacht aan het grapje dat hij hier exact vierentwintig uur geleden had gemaakt. Gisteren stond hij hier ook, samen met zijn vrouw, haar zus en de kunstschilder. Hij had op het punt gestaan te vertrekken. Ze waren alle drie tot aan zijn auto met hem opgelopen.

Ook toen was er een reusachtig containerschip voorbijgevaren.

'Wat prachtig,' had zijn vrouw gezegd. 'En wat groot, het lijkt wel een flatgebouw.'

'Maar omgekeerd zou je nooit van een flatgebouw zeggen dat het op een containerschip lijkt,' had hij in een zeldzaam ogenblik van inspiratie gezegd.

De twee zussen hadden zijn opmerking genegeerd, hij meende zijn vrouw zelfs te horen zuchten, maar de schilder had hem op de schouder geklopt.

'Dat is heel goed gezien, Hoogheid,' had hij gezegd. 'Dat is precies hoe ik ook naar de dingen kijk.'

Nee, dit keer zou hij niet wegrijden. Er werden al jaren geen pannenkoeken meer geserveerd in Lamswaarde. Hij zou de schilder een laatste verfrissende kijk op de werkelijkheid gunnen.

Astrid liep naar het raam van de slaapkamer en blikte naar buiten. De koning stond op de dijk, hij had de achterbak van zijn Range Rover geopend en haalde er iets uit.

Een geweer, zag Astrid.

Hendrik bukte zich onder de achterklep. Daarna klapte hij het geweer open. Astrid zag al deze handelingen als afzonderlijke gebeurtenissen binnen het grotere geheel van de verstrijkende tijd, als lógische handelingen misschien wel.

Het was nog altijd mogelijk dat de koning plotseling had besloten te gaan jagen. Ja, zo zou ze het later voor zichzelf uitleggen – aan anderen uitleggen wanneer die ernaar vroegen.

Ik dacht dat hij wilde gaan jagen.

Hij had het geweer geladen, klapte het dicht, deed een weitas om zijn schouder en sloot de achterklep van de Range Rover.

Met al deze handelingen was er misschien een minuut, anderhalve minuut verstreken. Als Astrid haar zus en Joseph meteen had gewaarschuwd, hadden ze anderhalve minuut langer de tijd gehad om weg te komen en een kleine voorsprong te nemen.

Snel, maak dat je wegkomt. Hij heeft een geweer.

Maar ze sprak deze woorden nog niet hardop uit. Ze telde eerst tot drie. Ze had een vage voorstelling van de toekomst waarin ze Hendrik zou komen opzoeken, waar hij dan ook zat: ze wist niet hoe dat ging bij leden van een Koninklijk Huis. Misschien genoten ze wel immuniteit waar het zaken van leven en dood betrof. Misschien werden ze hooguit naar een afgelegen eiland verbannen, zoals Napoleon.

In die vage voorstelling was er in elk geval zo'n ruit met gepantserd glas die je weleens in films en series ziet: de veroordeelde en zijn bezoeker kunnen elkaar niet aanraken, ze praten in de hoorn van een telefoon. Soms leggen ze allebei hun handen tegen de ruit, spreiden ze hun vingers. Ze kunnen elkaars warmte niet voelen, maar ze weten dat die warmte er is.

De koning had het begin van het tuinpaadje bereikt. Als ze bleef staan zou hij haar zo dadelijk zien. Ze draaide zich om, haalde diep adem, stapte vanuit de slaapkamer de woonkamer in.

Margarita en Joseph stonden bij de buitendeur, hij met zijn handen in zijn zakken, zij las iets op haar telefoon.

'Snel!' zei Astrid. 'Naar buiten! Hij komt eraan, hij heeft een geweer!'

Hendrik schoot eerst losjes, achteloos bijna, vanuit de heup, zonder echt te richten. Een paar duiven in de takken boven zijn hoofd vlogen klapwiekend op. Hij voelde zich zowel warm, verhit, als ijskoud. In de herfst en in het voorjaar werden de akkers hier in Zeeuws-Vlaanderen bevolkt door trekganzen. Honderden ganzen, duizenden soms wel, die, al naargelang het seizoen, naar het noorden of het zuiden trokken. Ze behoorden tot de beschermde vogelsoorten, er mocht niet op ze worden gejaagd, maar vaak had hij zich bij het zien van zo'n hele akker vol vogels niet kunnen bedwingen en had hij rakelings over ze heen gevuurd.

Alleen al door de knal stegen ze met zijn allen tegelijk op. Daar deed hij het voor, de aanblik van al die prachtige vogels, met zijn honderden scherp afstekend tegen de grijze herfsthemel, of tegen het eerste lichtblauw van het nieuwe voorjaar.

De verleiding was groot om er een paar uit de lucht te schieten. Het was strafbaar, maar als koning zou hij er gemakkelijk mee wegkomen. Er waren koningen en prinsen die op beschermde olifanten joegen in Afrika en daarmee wegkwamen. Toch gaf hij nooit aan de verleiding toe. Het verschafte hem een ongekende, bijna erotische spanning om alleen naar de ganzen te kijken.

Wanneer hij daar zo stond, de loop van zijn jachtgeweer naar de grond gericht, bracht dat hem terug naar de lang vervlogen tijd waarin er nog helemaal geen beschermde diersoorten waren. De tijd waarin de mens nog een echte jager was, die dieren doodde om te kunnen overleven. En goedbeschouwd was de mens zelf in die tijd ook geen beschermde diersoort. Ook op de mens werd gejaagd, zij het, op een paar roofdieren na, vrijwel altijd door andere mensen.

Hij had het eerste schot uitsluitend gelost om een boodschap af te geven – dat het hem menens was. Kalm herlaadde hij zijn geweer, de lege patroon maakte een rinkelend geluid op de terrastegels, als dat van een mes dat je per ongeluk van tafel laat vallen.

De schilder had bij dat eerste schot een kreet geslaakt en zich plat op de akker laten vallen. Nu krabbelde hij overeind en strompelde verder. De koningin keek achterom, ze was nog heel dichtbij, hij zag de angst op haar gezicht.

'Alsjeblieft, Hendrik!' schreeuwde ze. 'Doe alsjeblieft normaal.'

Het hele tafereel zag hij als een déjà vu. Hij vergat zijn dromen meestal direct na het ontwaken. De paar fragmenten die wat langer bleven hangen, losten in de loop van de ochtend op, als mistflarden die uiteindelijk worden verdreven door de zon. De droom van nog maar een kleine maand geleden was hij vergeten, daarom presenteerde het tafereel met de twee over de akker wegvluchtende gestalten zich als iets wat hij meende al eens eerder in het echt te hebben gezien.

Wat een ruimte, was zijn volgende gedachte. Ja, er was veel ruimte in dit landschap. Een ruimte die zich uitstrekte tot aan de horizon. In de verte ploegde een minuscule rode tractor, in zijn kielzog gevolgd door een troepje meeuwen.

Hij maakte zich geen zorgen over het geluid van de geweerschoten. Er klonken hier wel vaker schoten tijdens het jachtseizoen; niemand, ook de boer in zijn rode tractor niet, zou er echt van opkijken.

Nu bracht Hendrik het geweer naar zijn schouder, richtte en schoot. De schilder leek te struikelen en viel recht voorover op de akker. De koning zag de koningin aarzelen: moest ze omkeren en haar gewonde geliefde te hulp schieten of kon ze zich beter zo snel mogelijk verder uit de voeten maken, buiten bereik van het jachtgeweer van haar man zien te komen?

'Joseph!' gilde ze. 'Joseph!'

De koning was naar de rand van het terras gelopen en had één stap in het bloembed gezet. Zonder geluid te maken viel de lege patroon tussen de bloemen. Terwijl hij, net zo rustig als na het eerste schot, zijn geweer herlaadde, vroeg hij zich af wat er zou gebeuren. Zou hij getuige worden van een sterfscène waarin de koningin bij de schilder zou neerhurken, zijn hoofd in haar handen zou nemen en snikkend door zijn haar zou strijken terwijl hij zijn laatste adem uitblies? Of zou ze eieren voor haar geld kiezen en het, voor zover de weerbarstige kleigrond van de akker dat toeliet, op een lopen zetten?

Koesterde ze misschien de vage hoop dat met het doden van de schilder de wraakgevoelens van haar man voldoende zouden zijn bevredigd en hij haar vervolgens vergiffenis zou schenken?

Hij zag zijn eigen handelingen in een soort slow motion, en vanuit verschillende hoeken, als een eindeloos op tv herhaald doelpunt. Alsof hij er zelf niet helemaal bij was, maar al die handelingen nu al vanaf grote hoogte kon zien, als een vanuit een politiehelikopter gefilmde achtervolging: twee over een akker wegvluchtende gestalten, eentje lijkt al niet meer te bewegen, de tweede komt maar moeizaam vooruit; een derde persoon klimt net uit de sloot wanneer er in de deuropening een vierde gestalte verschijnt, die het terras op stapt.

Hij zou deze herhalingen eindeloos en vanuit alle beschikbare hoeken kunnen afspelen, de rest van zijn leven lang, maar dat lag niet in zijn bedoeling. Het was waarschijnlijk het beste om het hierbij te laten.

'Hendrik!' riep de vrouw die vanuit het huis het terras op stapte. 'Wat doe je? Alsjeblieft! Hendrik!'

Hij draaide zich om, het geweer losjes in zijn hand. Daar stond ze, de zus van zijn vrouw. De eeuwige zus, schoot het door zijn hoofd, en hij moest moeite doen om niet te lachen.

'Waar was jij?' zei hij. 'Waar was jij toen het er nog toe deed?'

'Hendrik,' zei ze. 'Hendrik, ik kan het je uitleggen...'

Vanaf de overkant van de sloot schoot hij haar recht door haar hoofd. Ze was op slag dood. Het ging allemaal zo snel dat haar lichaam nog een paar seconden op de real time achterliep, als bij een fabrieksschoorsteen die door slopers wordt opgeblazen, maar na het exploderen van de lading dynamiet nog een paar seconden denkt dat hij gewoon kan blijven staan.

Astrid zeeg neer op het terras, alsof hij haar niet in haar hoofd had geraakt maar in haar benen. Ze zakte door haar knieën, haar hersenen waren er niet meer, ze konden geen signalen meer aan het lichaam doorgeven.

De koning klikte de loop van zijn geweer open, wipte de lege patroon eruit en pakte een verse uit zijn weitas.

In een paar passen was hij bij de op de kluiten zeeklei uitgestrekte schilder. Er was wat bloed, het stroomde in de geultjes tussen de voren en werd door de welwillende aarde opgezogen.

De schilder maakte een rochelend geluid. Alsof hij misselijk is, dacht de koning. Misschien heeft hij iets verkeerds gegeten en moet hij overgeven.

Joseph Bosman bewoog, hij verplaatste zijn armen, alsof hij dacht dat hij nog voldoende kracht zou hebben om zich op te drukken.

De koning plaatste de loop van het geweer tegen het achterhoofd van de schilder en haalde de trekker over. Er ontstond een gapend gat tussen de schouders en de achterkant van de schedel. Het verbaasde Hendrik hoe weinig er echt te zien was. Eerder een leegte, een afwezigheid van vlees en botten op een plek waar ze bij een gezond lichaam de verbinding tussen het denkende hoofd en de te sturen ledematen vormden.

Hij dacht aan *Game of Thrones* en de onthoofding in aflevering één van het eerste seizoen. De koning die een verrader met één houw van zijn zwaard het hoofd afhakt. Ter lering en instructie van zijn achtjarige zoon. Nee, het zou niet slecht zijn geweest wanneer hij Vera had meegenomen vandaag. Ondanks haar afkeer van de jacht had ze er voor de rest van haar leven iets aan kunnen hebben. De vorsten van de wereld wachten niet af wat anderen over hen besluiten, maar nemen het heft in eigen hand.

'Je kunt weer kijken,' zou hij zijn vrouw willen toeroepen terwijl hij zijn geweer herlaadde. 'Het ergste is voorbij. Je kunt gewoon weer verder kijken.'

Onwillekeurig dacht hij nu terug aan de avond waarop ze samen in bed naar *The Crown* hadden gekeken en zich hardop hadden afgevraagd of er ooit een vergelijkbare serie over hun eigen leven zou worden gemaakt.

'Daar zijn wij te saai voor', of woorden van gelijke strekking, had de koningin gezegd. 'Dan moet er eerst echt iets gebeuren in ons leven.'

Destijds had hij het als kritiek opgevat. Misschien vond ze hém wel te saai.

Nu was alles anders. 'Saai' kon je hun leven onmogelijk nog noemen.

De koningin strompelde nog een paar passen verder, toen draaide ze zich om, liet zich op de aarde zakken en ging op haar knieën zitten. Ja, dat was wat ze deed, zag hij tot zijn ontzetting. Ze zat op haar knieën, kníélde voor hem neer, haar handen tegen elkaar gevouwen in de lucht.

Ze smeekte hem. Ze smeekte hem haar leven te sparen.

'Hendrik... alsjeblieft...' zei ze.

Hij deed nog een paar passen. Een meter of drie bij haar vandaan hield hij halt.

'Hendrik!' schreeuwde ze, toen ze zag wat hij ging doen. 'Hendrik, nee!'

'Niet kijken,' zei hij. 'Doe je ogen dicht.'

Zijn laatste gedachte was aan zijn dochter – aan Vera.

De mensen moesten aanvankelijk nog wennen aan de nieuwe koning, aan zijn stijl vooral. Philip deed alles net iets losser dan zijn broer, met een glimlach, alsof het hem niet echt interesseerde. Op zijn eerste Koningsdag verrichte hij alle verplichte handelingen, hapte van de aan een waslijn hangende stukken ontbijtkoek, slingerde een wc-pot in een opblaaszwembad en luisterde naar de gedichten over bombardementen en honger die de kinderen van de vluchtelingen uit het asielzoekerscentrum hadden geschreven.

Maar bij het zaklopen hield hij niet vlak voor de finish in om de kinderen te laten winnen, zoals zijn broer altijd had gedaan. 'Ik kan het niet helpen,' zei hij met een brede grijns. 'Ik ben altijd zo geweest. Ik wil altijd winnen.'

Meer nog dan bij het vorige koninklijk paar hadden de mensen de indruk dat ze naar een film over het leven van de koninklijke familie zaten te kijken in plaats van naar dat leven zelf. Dat kwam behalve door het knappe uiterlijk van koning Philip vooral door zijn vrouw Adelheid. De mensen wisten de beelden nog altijd niet goed van elkaar te scheiden: Adelheid die in de populaire tv-serie *Jouw leven, mijn leven* door haar tegenspeler op het aanrecht werd getild in een van de broeierigste seksscènes uit de hele Nederlandse tv-historie, en prinsés Adelheid die met een breedgerande witte hoed en een boeketje bloemen in haar handen uit de Gouden Koets stapte op Prinsjesdag.

Ze zou altijd een prinses blijven, nooit koningin worden. Philip en zij namen de functie slechts waar, totdat prinses Vera op haar achttiende tot koningin zou worden gekroond. Vera woonde zolang bij haar grootmoeder, prinses Mildred. Haar moeder had een appartement in het centrum van Den Haag betrokken. De omgangsregeling was niet anders dan soepel te noemen. Moeder en dochter mochten elkaar zo vaak zien als ze wilden, maar ze sliepen nooit een nacht samen. Nooit kon Margarita Vera 's nachts in haar armen nemen wanneer ze een nare droom had gehad of haar bij het ontbijt vragen waarover ze precies had gedroomd. De toekomstige koningin was en bleef in de eerste plaats bezit van het Koninklijk Huis, zoveel was in elk geval duidelijk.

Inmiddels was prinses Vera te oud voor het voorlezen van verhaaltjes voor het slapengaan. Wel keek ze samen met haar moeder series op haar kamer. Alle vier de seizoenen van *The Killing* hadden ze er inmiddels op zitten, evenals alles van *The Sopranos*, *Mad Men*, twee seizoenen *Big Little Lies* en *Game of Thrones*, en ook nog twee seizoenen van *Mindhunter* en *Succession*.

Margarita vond het niet erg om het allemaal een tweede keer te zien. Ze lagen dicht tegen elkaar aan op Vera's bed en ze keek zo vaak als mogelijk opzij, naar haar dochter. Vera hield nooit haar hand voor haar ogen bij gruwelijke scènes. Dat heeft ze dan van haar vader, kon Margarita niet nalaten te denken.

Een paar avonden per week waren ze met zijn drieën. Dan schoven moeder en dochter iets op om plaats te maken voor het vriendje van de prinses. Margarita vond het een leuke jongen, beter opgevoed in elk geval dan de jongen die haar dochter een keer mee naar het paleis had genomen om een partijtje te tennissen.

Hij was ook niet onknap. Een lief gezicht met halflange zwarte krullen – hij deed haar aan iemand denken, een acteur misschien, maar hoe ze ook haar hersenen pijnigde, ze kon er niet op komen.

Elke keer nam ze zich voor het de volgende dag aan Vera te vragen, en elke volgende dag vergat ze het.

Uiterlijk om middernacht, en vaak al eerder, als Vera een belangrijk proefwerk had op school, kuste Margarita haar dochter welterusten, bestelde een Uber en verdween stilletjes, door niemand uitgezwaaid, door een hek aan de achterkant van het paleis.

Af en toe haalde ze thuis de twee schetsen tevoorschijn. Joseph Bosman had haar als meisje getekend, terwijl ze boven op een jongen zat, haar handen vol met sneeuw. De jongen lag op zijn rug. Je zag hem alleen en profil, desalniettemin vertoonde hij een sterke gelijkenis met een vele jaren jongere versie van de schilder zelf.

Op de ene schets stond er een violist op de achtergrond, op de andere een oudere vrouw met een knotje in haar haar. Linksboven op die tweede potloodtekening vloog er ook nog een paard door de lucht.

Hij had haar de schetsen op de laatste dag van zijn leven laten zien. En Margarita had ze, met zijn toestemming, achter in een lade van een klerenkast op zolder opgeborgen.

De camera was een ander verhaal. Na haar confrontatie met de fotograaf onderaan de dijk van de Westerschelde was ze in een rustig tempo teruggereden naar het buitenhuis. Daar was ze niet meteen uitgestapt. Ze was nog even in de auto blijven zitten, had de camera gepakt en vluchtig door de foto's geklikt.

Eerst verschenen de recentste foto's, die van haar en Joseph, op het display. Als je snel achter elkaar van de ene foto naar de andere klikte, leken het haast wel bewegende beelden. Margarita met haar rug naar de fotograaf, terwijl ze de schilder met zachte hand probeerde weg te duwen van de dijk. Joseph die ten afscheid zijn arm omhoogstak, of gooide hij hem alleen maar in de lucht in een soort wegwerpgebaar?

Daarna haar eigen boze gezicht terwijl ze op de fotograaf toeliep en haar hand uitstak, alsof ze hem uitnodigde zijn geheugenkaart of camera te overhandigen.

Ze had nog wat verder terug geklikt, en was zo op een eerdere fotoserie gestuit. Het waren zes foto's in totaal, direct voorafgaand aan de serie met haar en Joseph. Op de eerste foto stapte Astrid van het tuinpaadje de weg op. Ze stak haar hand in een groet op naar de fotograaf. Ze glimlachte. Er waren twee foto's waarop ze achtereenvolgens een grappige en een kokette pose aannam. Op een andere deed ze net alsof ze haar gezicht voor de camera wilde afschermen, maar meteen daarop lachte ze alweer. Er was ook nog een foto waarop Astrid naar het huis wees, ze hield een vinger voor haar lippen, ten teken dat ze stil moesten zijn.

Margarita had naar de datum en de tijd op het display gekeken. De foto's van haar zus waren allemaal vroeger op de ochtend genomen, ongeveer op het tijdstip waarop Astrid had aangekondigd dat ze boodschappen ging doen in Hulst. Een klein uur voordat de koningin zelf het tuinpaadje op was gelopen om de oplader van haar telefoon uit haar auto te pakken en ze bij toeval de fotograaf achter de heg had ontdekt.

Vaak lag Vera lang wakker nadat haar moeder was vertrokken. Dan dacht ze aan die laatste middag met haar vader.

Ze was iets eerder thuis van school en trof hem in de keuken aan. Op het aanrecht stond een picknickmand waar een fles wijn uit stak.

Haar vader leek te schrikken toen hij haar zag, maar hij herstelde zich razendsnel.

'Waar ga je heen?' vroeg ze hem, terwijl ze een schuine blik op de picknickmand wierp.

De koning slaakte een diepe zucht. Hij vertelde haar dat hij naar het buitenhuis in Zeeland ging. Daarna had hij haar beide handen in de zijne genomen. 'Hou je van je moeder, Vera?' vroeg hij.

'Wat is dat nou voor vraag?' zei ze. 'Ik hou van mama en ik hou van jou. Van jullie allebei evenveel.'

'En is dat voor eeuwig? Ik bedoel, zul je altijd van ons blijven houden, wat er ook gebeurt?'

Ze keek haar vader diep in de ogen. Verbeeldde ze het zich of zag ze iets glinsteren in een van zijn ooghoeken?

'Ja,' zei ze. 'Wat er ook gebeurt.'

'Dat is goed. Mijn lieve Vera. Kom hier...' En hij nam haar in zijn armen en drukte haar stevig tegen zich aan.

Soms vroeg ze zich af of het allemaal anders was gegaan als ze een ander antwoord had gegeven. Maar welk antwoord had dat dan moeten zijn? Ze was er nog altijd niet uit.

De prijzen die er voor de schilderijen van Joseph Bosman worden betaald, zijn na zijn dood alleen maar verder gestegen. Nog maar een paar weken geleden is *The Shockwave Will Reach Them Within 11 Seconds* op een veiling in New York verkocht voor het recordbedrag van 79 miljoen dollar, het hoogste bedrag ooit betaald voor een schilderij van een Nederlandse schilder.